算什麼大師

2

風文創 1125

懿珊 著

目錄

第二十一章……005
第二十二章……021
第二十三章……037
第二十四章……053
第二十五章……069
第二十六章……085
第二十七章……099
第二十八章……115
第二十九章……131
第三十章……147
第三十一章……161
第三十二章……177
第三十三章……193
第三十四章……209
第三十五章……225
第三十六章……239
第三十七章……253
第三十八章……267
第三十九章……281
第四十章……295

第二十一章

四目相對，林清音一臉的急切，而姜維則是滿臉的迷茫。

「做菜的教室？妳是說食堂嗎？這裡沒有食堂，妳要吃什麼我替妳到外面去買。」

「不是早飯的事！」林清音覺得心裡那種不順的感覺越來越濃了。

「王胖子和我說新東方是教烹飪的，那些做飯好吃的廚師都是從新東方畢業的！」

姜維瞪大眼，抿了抿唇，欲言又止。

看著姜維一言難盡的表情，林清音心裡湧出不祥的預感。「難道不是嗎？」

「很多廚師是從新東方畢業的沒錯。」姜維看著林清音瞬間欣喜的表情，不得不殘忍的打破她這個美夢。「但那是新東方烹飪學校，這是新東方英語學校，根本就不是一回事！」

林清音的表情宛如雷劈一樣。「不是同一所學校？」

姜維看著林清音夢碎的樣子，有些不忍心的點了點頭。「完全沒有關係，只是湊巧名字一樣，這裡是學英語的地方。」

林清音瞬間有種想哭的感覺，要是早知道這樣她就不來了。

明明可以靠算卦得滿分的，為什麼要來學英語啊？

姜維看到林清音的表情就知道不妙，他生怕林清音轉頭跑掉，趕緊拿出學費的收據。「我給妳報了一年的課，這個費用是不能退的，上不上妳都要把錢給我！」

林清音看著收據上十萬出頭的金額頓時驚呆了。「為什麼這麼貴！」

「這個老師高中就去英國留學，大學也是英語相關的科系，語法相當標準，而且是一口正統的倫敦腔，口語表達好，每週日上課，會根據妳的情況隨時調整學習進度。」姜維掏出錢包，拿出一張金融卡。「小大師先把錢付一下，妳跑了我可抓不住妳！」

林清音淚流滿面的付了錢，這錢可比她算卦賺的錢多，也不知道這裡面的老師有沒有想算一卦的，她真想把學費賺回來一些。

付了這麼一大筆錢出去，林清音坐在教室裡露出一副破釜沈舟的表情，不是按照情況隨時調整學習進度嗎？她就不信她這一年時間學不出三、四年的課程來，四捨五入算一算她賺多了。

英語老師抱著一疊資料走進小教室時，看到的就是林清音一副想同歸於盡的表情，頓時覺得腿有點發軟。「嗨……」

「別嗨了，快上課吧，這時間都是付錢的！」

英語老師沈默片刻，抽出一張試卷。「我要先給妳做個測驗，看看妳的英文程度才好上課。」

「不用考，你直接從最基礎開始教吧。」林清音把姜維送給自己的牛津英語大詞典拿了出來。「從背單詞開始吧，你教我讀，我們盡量用一個星期的時間把這本詞典背完，然後再來練句子！」

英語老師看著那本詞典，又看看林清音的表情，頓時有點頭皮發麻。

不知道現在去和上頭要求換個學生是否來得及，這個學生看起來怎那麼嚇人呢？

林清音在新東方苦大仇深的和老師背單詞，家裡林清音父母的小店終於開張了。

從林清音家的住宅區出來便是一條十分繁華的老街道，道路不算寬，只能並排行走兩輛車，兩邊的店鋪有賣文具的、有賣快餐的，也有賣手工製作的綠豆糕一類的點心，熙熙攘攘，格外熱鬧。

清音父母租的是街道中央兩間最大的鋪子，將隔牆打通以後面積足足有三十七坪。鋪子裡面重新粉刷牆鋪了地板，林清音用盆栽和裝飾擺出一個招財的陣法。

清音爸媽自從戴了林清音給的轉運護身符以後，氣運明顯有了好轉，再加上林清音擺的招財陣不愁不賺錢。

提起轉運這件事林清音父母一開始也有些擔心，他們雖然沒什麼高學歷但也知道命不是那麼好改的，生怕給林清音造成不好的影響。

但林清音和他們說，並不是所有的改運、改命都會天理不容，要不然也不會有「我命由我不由天」這句話了。

像用陰險手段強行奪走姜維氣運的陳玉成，或是利用張蕪的無知，在人家祖墳布上陣法用一家人的性命為自己延壽的王五鋒都不是走正道，自然是天理不容，遭到的反噬也是一般人承受不了的。

而像林清音這種修仙之人則是靠修煉來改命。順則凡、逆則仙，修仙本就是逆天而行，不僅要忍受歲月的消磨，更要經歷雷劫的洗禮，能渡過去的人寥寥無幾。

但普通人改命，不是為了逆天，只要堅持多做善事多積德積福就行，也可以佩戴符合自己八字的改運符。林清音給父母的改運護身符都是選用了靈氣濃郁的玉石，用靈氣滋養他們的肉身，讓氣運一點一滴的發生變化。

大道五十、天衍四九，上天總會給人留下一線生機，這一線生機就是抓住改運的機會，清音父母的生機就是林清音。因為有林清音在，他們才結束了日夜操勞還留不住錢財的局面。

小店的店名以林清音的名字命名，叫清音生活超市。超市裡面分成三個區域，最外面賣一些油鹽醬醋米麵，中間則是餅乾、洋芋片、巧克力和各種酒水飲料，最裡面的區域主要是以文具為主，除了現在必備的各類筆記本和筆以外還有很多製作精巧的創意文具。

超市門口兩公尺寬的臺階，可供商戶擺一些貨物或是廣告牌，清音的爸爸林旭在外面擺一個水果攤和一個雪糕櫃。超市裡設有監視器、門口有防盜警示，鄭光燕一個人看顧；門外面的水果攤則是由林旭負責。

現在開業也不許放鞭炮，林旭在林清音算好的時間點把一張符紙點燃了，就算是正式開張了。

看著人來人往的路人，林旭坐在店外的折凳上守著自己面前紅通通的蘋果、黃嫩嫩的梨子、紫嘟嘟的葡萄，心裡有些沒把握。

這些年以來他嘗試過好幾次做小買賣，每一次都賠得血本無歸。不但沒有讓家裡的生活好過一些，反而讓全家經濟日漸窘迫，要不是靠林清音的獎學金，只怕他現在還得打兩份工還債呢。

就連現在開店的本錢也是女兒賺的，雖然大家都說林清音算卦看相很靈驗，但是林旭依然有些擔心，怕連女兒都改不了自己這衰命。

正當林旭胡思亂想的時候，一對年輕的小夫妻路過這裡。女的漫不經心的一轉頭正好瞧見林旭攤位上水噹噹的葡萄，頓時覺得口乾舌燥，拽著老公就走了過來。「這葡萄真好，給我秤兩串，這蘋果也不錯……」

原本只是想下樓買些剛出爐的綠豆餅，結果路過小超市買了好幾樣水果、一袋子冰淇淋和一堆薯片瓜子餅乾之類的，正正好兩百塊錢。女人的口袋裡也不知道什麼時候塞了兩百塊錢，她懶得掏手機便直接付現金給林旭了。

這兩張紅錢就像是開門紅，讓小店的財運一下子就來了。

有家裡做飯正好缺了油鹽醬醋的進來看看，原本只想買幾樣調味料，可看著裡頭的商品日期新鮮，價格和大超市也差不多，便多買了幾樣回去。

也有學生本來只是想買些筆記本和筆，但是看到架上的文具一個個不但好用還好看，挑了這個又想要那個，一選就買多了，最後還不忘買點零嘴解饞。

外面買水果的就更多了，林旭進的水果十分新鮮，一箱箱都是剛開封的，光看品相就招人喜歡。一個、兩個來買，跟風來買的就多了，不一會兒店門口就被圍得水洩不通，這還是林旭第一次明白「生意興隆」這四個字是什麼意思。

一直忙到午飯時間，來買東西的人才陸陸續續的歇了，門口的水果已經賣掉大半，超市裡面的櫃檯也有些空了。

夫妻兩個對視一笑，這一上午雖然連一口水都沒喝，但是看到生意這麼好，心裡頓時覺得格外踏實。

努力早點把清音給的本錢賺起來還給她！

重新分班以後，于承澤十分緊張班上的秩序，生怕再和上學期一樣，出現不和睦的現象，尤其擔心有人會去找林清音的麻煩。

那位可是惹不起的小大師啊！

重新劃分的班級按照學習成績也考慮品德，分到一班的學生大致上都是高二年級最用心讀書的五十名學生了。

對於林清音，班上的學生對她也有所耳聞，畢竟學校當初把她招進來的時候搞得轟轟烈烈的，恨不得掛橫幅發廣告讓全市人民都知道東方國際私立高中把中考狀元招進來了。結果也就前幾個月的時候林清音的總排名是全年級第一，可後來成績就直線下滑了，上學期期末考的時候直接掉到了年級的三百名外，中考狀元最終成了笑話。

開學考試的成績沒有公布，但是當重新分班後的高二一班的學生發現林清音依然在一班時都有些詫異，他們以為按照林清音的成績怎麼也會排到四班或五班去。

好在一班現在的學生都是打算要好好唸書的，他們對成績退步的林清音沒多關注，但也不會欺負她。相比之前同學的惡劣，林清音再看這些一心只埋頭學習的單純學生反而覺得有些可愛。

重新分班，學習秩序也上了正軌，于承澤通知學生和家長要正式開始上晚自習了，從六點四十開始到八點半結束，中間有十分鐘休息時間。

因為晚自習的緣故，林清音班上很多學生都打算住校。其實班上有不少學生是從高一就開始住校的，但也有的是不願意和別人合住，堅持每天回家。

林清音也屬於每天回家那種，不過不是因為她嬌氣，而是學校的住宿費實在是太貴了。

東方國際私立高中最初的定位是培養菁英，目標群體是有錢人家的孩子，根本就沒想過普通人家的感受。

學校的宿舍區就像是個小型的住宅區，三臥朝南的房子，每個學生都有自己獨立的房間，除此之外還有共用的廚房、餐廳、寬闊的大陽臺和兩套洗手間。這種條件別說是其他學校的宿舍，就是林清音家的房子都比這差遠了。

現在林清音雖然已經有些積蓄，但是她並不願意把錢浪費在這上面。有那錢她買玉修煉多好？

林清音雖然不願意花錢在學校住宿，但是她現在非常願意花錢在學校吃飯，她自從吃過一次食堂後立刻愛上這個地方，一日三餐都在學校解決，就連上錯新東方的遺憾都拋到了腦後。

因為食堂太好吃了！

王清豐那個強迫症校長，一切都按照最好的標準來辦學校——宿舍是如此，食堂也一樣。各種菜系應有盡有不說，還有學生喜歡的牛排、披薩、薯條、炸雞和可樂，甚至還有烤肉、羊肉串之類的，基本上都是林清音沒吃過、沒見過的。

林清音第一次覺得上學真好！

林清音每天修煉消耗大，胃口也好，還屬於光吃不胖，越吃臉蛋越紅潤那種，在學校吃了一個月，樣子都比剛開學時候更好看了。

點了半隻燒鵝、一份滷水鵝掌、一份叉燒煲仔飯，林清音一手一個托盤穩穩的將自己食物端到窗口的位置上。剛吃了口飯，啃完一個滷水鵝掌，有個端著粥的女生走了過來四處張望一下，最終將視線落在林清音坐的位置上，朝她有些歉意的笑了笑。「我可以坐在妳這裡嗎？別的地方沒有位置了。」

林清音認識她，這是她現在班上的同學，叫張思淼。

林清音坐的是四人桌，她將自己的食物推到裡面的位置上，將外面的一半桌面留給了張思淼。

又吃了兩片燒鵝，林清音忍不住打量起斜對面的張思淼。察覺到林清音的視線，張思淼有些不太好意思的抬起頭將頭髮捋到耳朵後面。「我叫張思淼，也是一班的。」

「我知道。」林清音點點頭，忽然道：「晚上不要坐黑車回家，不安全。」

張思淼有些詫異的看了林清音一眼，她每天晚自習放學都是父母來接，連計程車都不坐，更別提那種無照營運的黑車了。不過這個提醒也是善意的，張思淼還是笑了笑，道了聲謝。

林清音看著她眉心間的一團黑氣不禁皺起眉頭。

張思淼晚上吃不太多，一份粥她只吃了半碗就飽了，將餐具收拾好和林清音打了聲招呼，張思淼從食堂離開回了教室。

剛進教室，張思淼的手機響了，她拿出來一看是媽媽打來的。接通電話，媽媽有些焦急和歉意的聲音響起。「淼淼真的很抱歉，我有個緊急的工作要出差，現在已經在去機場的路上了。妳爸晚上有應酬走不開，今天妳自己叫計程車回家吧。」

張思淼的父母都是做生意的，以前兩個人都會儘量保證一個人來學校接孩子，但這回實在是不湊巧，兩個人的事撞期了，誰也挪不出空來，只能讓張思淼自己回家。

掛上電話，張思淼拿出英語課本來背課文，剛背了兩句，她忽然想起了晚飯時林清音在食堂和她說的話——晚上不要坐黑車回家，不安全。

張思淼忍不住抬頭看了眼林清音的背影，鄭重的把這個建議放到心裡。最近一、兩年關於網約車出事的案件接二連三，受害的以年輕漂亮的女孩子居多，讓人看了十分心痛。

張思淼本身就長得很好看，白皮膚大眼睛一笑兩個酒窩，屬於很甜美的那種女生。她家境好，從小學音樂練舞蹈，氣質十分出眾，在東方國際高中裡算是數一數二的相貌了。女兒長得這麼好看，她的父母卻操碎了心，怕她上學談戀愛、怕她放學路上被人欺負，打從上高中起就每天輪流接送她。

只是今天恰好兩人的事都撞在一起，思淼媽媽臨時接到出差通知，而此時思淼爸爸已經和客戶開始應酬，再怎樣也不能扔下客戶自己去接孩子，只能和妻子說明情況，讓她和張思淼說一聲，放學自己回家，而他會盡量早點趕回家去，這也是沒辦法中的辦法。

張思淼從小習慣了接送，乍一讓她自己坐車她還有些不安，尤其在林清音說這句話之後，她想起了很多女生單獨坐車出事的新聞，她們大部分都選擇了網約車。網約車不安全，但好歹還能找到司機備案的資料，比網約車更嚇人的是黑車，無牌照、無備案，也不知道開車司機的身分。

不過張思淼根本就沒想過要坐黑車的事，她是屬於乖乖牌的那種女生，容易出危險的事她不輕易去嘗試。既然不打算坐黑車，張思淼也沒放太多心思在上頭，抽出一張數學試卷開始做題。

將近兩個小時的晚自習時間說長也不長，當張思淼把一份試卷做完也要放學了。收好晚上要讀的書本，張思淼一邊看手機，一邊走出教室，等走出教學樓的時候才發現，外面不知道什麼時候變了天，北風呼嘯而過，捲著樹葉颳到了空中發出令人戰慄的聲音。聞著潮濕的空氣裡泛著泥土的氣息，張思淼知道這是要下雨了。她今天早上出門的時候天氣還不錯，因此只搭一件不算厚的風衣，現在被風一吹覺得有些透心涼。

住校的學生揹著書包三五成群嘻嘻哈哈的往宿舍樓跑去，張思淼第一次有些羨慕住校的同學，他們五、六分鐘就能到住宿處，而自己家離學校坐車也要二十分鐘。想起今天爸媽沒辦法來接自己，張思淼心裡有些慌的朝校門口跑去，她必須在雨下來之前趕回家。

東方國際私立高中的位置不算太偏僻，平時晚上經常有計程車路過這裡，但今天也不知道是不是變天的緣故，不僅計程車沒看到，就連馬路上行駛的自用車都比往日少了許多。

時間一分一秒過去，眼看著不住校的同學都被家人接走，而張思淼足足站了十分鐘也沒等到一輛計程車。緊了緊被風吹開的領口，她有些無助的給爸爸打了個電話，可也不知道張思淼爸爸的手機是不是放在包包裡，電話足足響了一分鐘也沒人接。

細小的雨滴從空中飄落，張思淼聽著話筒裡嘟嘟嘟的聲響有些著急，這麼冷的天，再被雨淋一下，一場大病是跑不了的，而高二的課程比高一的緊湊許多，請假會落後太多的課程。

張思淼中考的時候就因為淋雨得了肺炎，考試失利才到這個學校讀書，她想在高中三年努力拚一下考上好的大學，她耽誤不起生病的時間。

拿著手機猶豫了下，張思淼最終打開了叫車的軟體，一開始她找的是計程車，可是等了兩分鐘卻沒有司機接單。眼看著學校門口的學生越來越少了，張思淼又移到了專車的頁面，想著等一上車就打電話給媽媽，電話保持著通話的狀態肯定沒事。

可意想不到的是，就連專車也沒有司機接，張思淼頓時慌了，離家這麼遠，她就是走也走不回去啊，而學校附近也沒有共享單車之類的。

眼看著雨滴越下越密，張思淼只能把書包舉到頭頂，準備往下一個路口跑跑看，說不定能碰上一輛計程車。

剛跑了沒二十公尺，一輛黑色的轎車停在張思淼面前，駕駛座的車窗搖了下來，一個四十來歲的男人笑咪咪的看著張思淼。「小姑娘坐車嗎？」

細雨打在臉上，張思淼忍不住打了個噴嚏，身上冷得直哆嗦，她這個時候早就顧不了黑車不黑車，趕緊問：「到荷香城多少錢！」

「住荷香城啊，那裡可都是別墅。」司機笑呵呵的說道：「今天天氣不好價格也貴一些，五十塊錢不講價。」

五十塊錢，比平時雙倍的價格還多。

若是這個司機按照原價索費，張思淼或許還會猶豫，可這司機一狠要價反而讓張思淼放下了戒心，覺得這車是為了錢。

雨越下越密，張思淼顧不得再想別的，打開車門就鑽進了車裡。車廂將風雨擋在了外面，車裡放著舒緩的音樂，舒適的溫度和氣氛讓張思淼緊繃的身體漸漸放鬆下來。

從書包掏出手帕仔細的擦拭臉上頭髮上的雨水，又把書包也擦一遍，免得弄髒司機的座套。忙完這些，張思淼往車窗外面看，剛才還淅淅瀝瀝的小雨不知什麼時候下大了，一道道的水流從車窗上流淌下來，擋住了朝外看去的視線，只能看到車窗外一片昏黃色的光。

張思淼低頭掏出手機給爸媽打電話，也不知道今天怎麼回事，兩人的電話都打不通。張思淼有些鬱悶的將手機收起來，再一抬頭朝前邊看去，頓時有點傻眼。

外面的路她有些陌生。

這條從家到學校的路張思淼走了足足有一年多，熟悉得不能再熟悉，她甚至可以說出大部分店鋪的名字，可這條路她從來沒有見過。

這時候，她突然又想起了林清音說的話。

張思淼頓時有些害怕，覺得心臟怦怦跳得像是要跳出來一樣。眼看著司機越開越快，張思淼忍不住問道：「這是去哪兒啊？我怎麼看著不像是去我家的路。」

「我繞了一下。」司機十分坦然的說道：「我剛才從中心大道上過來的時候那裡四輛車撞上了，正在塞車，從那邊走至少會耽誤一個小時，我稍微繞一下反而比走中心大道要快一些。」

張思淼聽到這個解釋心裡安穩了些，因為中心大道是雙向四車道，平時就十分塞車，一遇到颳風下雨就更塞，碰到車禍那更不用說了。

車子遇到紅燈停在路口，司機的手機忽然響了起來。看了眼紅燈還有九十多秒，司機接起電話，不知道對方說了什麼，司機有些不耐煩。「我出來跑車了，一個學生，送完她就回家……什麼現在回？我能把人家學生丟在路邊嗎？現在還下著雨，妳怎麼這麼……」

話說到一半司機忽然停住了，他看著手機懊惱的捶了下方向盤。「怎麼沒電了！」

將沒電的手機丟到車前面的擋風玻璃處，司機轉頭有些不好意思的問道：「我能借妳手機用一下嗎？剛才我老婆打電話來，剛說兩句我的手機就沒電了，要是不回電話說清楚只怕我今晚就回不了家。」

第二十二章

看著司機有些著急的樣子，張思淼很善良的把手機遞給了他。

司機接過手機臉上閃過一絲喜色，剛想撥打，前方的紅燈已經變成綠燈，他便先把手機放到腿上先踩油門。

過了路口，前面的車比剛才那條路少了許多，司機猛踩油門速度開到了六十，並一直保持這個速度連續過了兩個路口。平時這個速度還好，可是雨天讓張思淼覺得有些發慌，她伸手抓住椅背想從前擋風玻璃的位置辨別方向，發現周邊都是不認識的路。

張思淼嗓子有些發緊。「司機，是不是該轉彎了。」

司機嘿嘿的笑兩下，聲音聽起來莫名有些猥瑣。「不用著急，馬上就到了。」

「那你把我的手機先還給我吧！」張思淼顫抖著將手伸了過去。「我得給我爸打個電話讓他來門口接我。」

「好！」司機伸手去腿上拿，可卻猛一踩油門，被他放在腿上的手機登時滑到地上，司機「哎呀」一聲，幸災樂禍說道：「掉下去了，等停了車再撿吧。」

張思淼此時總算意識到這司機包藏禍心，可是現在她手上沒有手機，車門又被中控鎖鎖著，而此時的路邊已經沒有燈了，兩邊連房子都沒有，更別提過往的車輛了。

張思淼害怕得緊緊抱住自己，聲音裡帶著哭腔。「叔叔，求求你送我回家好嗎？我多給你錢！」

司機頭也不回的往腰後一摸，抽出一把尖刀來，啪的一聲放在擋風玻璃前的檯面上，看著銀光閃閃的刀刃，張思淼嚇得把哭聲吞了回去，驚恐地睜大眼睛。

熟悉的手機聲從司機的腳底下響了起來，張思淼知道那一定是爸爸媽媽打回來的電話，若是剛才她沒有把手機借出，自己就不會落到這步田地。

後悔的眼淚無聲流了下來，張思淼一抬頭正好和從後視鏡觀察她的司機對視一眼，張思淼被司機冰冷的眼神嚇得心裡一顫，忍不住全身縮成一團。

手機鈴聲一直響個不停，司機猛然踩了煞車彎腰將手機撿起，看也不看的直接朝路邊丟了出去，瓢潑大雨蓋住了悅耳的音樂聲，看著張思淼絕望的眼神，司機忽然哈哈大笑又將車子發動起來。

黑車在雨中一路狂奔，最終在一個廢棄的鐵路橋洞停了下來，司機打開車門，張思淼也乘機在這一瞬間推開車門瘋狂的朝外面跑去。

眼看著就要跑出橋洞，可身後的腳步聲已經就在耳邊了，張思淼甚至能感受到司機渾濁帶著菸味的呼吸，似乎他只要一伸手就能抓住自己。

就在張思淼感覺到絕望的時候，忽然一個打著雨傘的女孩從雨中走進橋下，張思淼不敢置信的睜大了眼睛——來人居然是林清音！

就在張思淼一走神的瞬間，司機抓住了她並抱在懷裡，一手捂住她的嘴，一手摟住她的腰想把她拖回車子。

林清音把滴著水的雨傘遞給身後的王胖子，冷笑著從口袋裡掏出一把石子。「你也太明目張膽了吧。」

司機看了看王胖子和林清音，一個胖、一個弱，兩個加起來看著也不如自己能打。司機在掙扎的張思淼胳膊上掐一把，看著林清音的眼神十分猖狂。「小丫頭我告訴妳趁早滾遠點，要不爺一會兒連妳也一起弄了！」

張思淼使出了渾身的力氣去拽司機的手，可那大手捂著張思淼的嘴紋絲不動。

「在我面前也敢稱爺，你也不怕被雷劈！」

林清音捏起一顆石頭朝司機丟過去，司機下意識歪頭一躲，等扭頭一看，那石頭離自己半公尺多左右就掉下來了，頓時囂張的哈哈大笑起來。「我站著不動讓妳扔都砸不中我。」

林清音也不吭聲，一顆顆石子快速的從她手裡飛了出去，或近或遠將司機圍了起來。張思淼絕望的看著林清音的舉動，使勁的朝她揮手，自己肯定是逃不出去了，但林清音卻有跑的機會。

眼看著林清音手裡的石頭就剩最後一顆了，她捏著石頭朝張思淼說道：「我喊一二三，妳就朝我這裡跑！」

張思淼聽到這句話完全沒有反應，因為她根本就不相信林清音能打中這個變態，也不相信自己跑得出去。

「一！二！三！」

隨著一聲清脆的「三」，林清音手裡的石頭呼嘯而出，幾乎是一瞬間就砸到了司機的眼睛上。司機疼得哎喲一聲，下意識鬆開了張思淼，半彎著腰捂住眼睛。

張思淼腦袋一片空白，聽見一聲厲喝。「跑！」

她下意識朝聲音的方向衝了過去，直到衝進一個溫暖又瘦弱的懷抱才渾身軟了下來。她看著摟住自己的林清音，哽咽了兩下，哇一聲哭了出來。

林清音拍了拍她的背，從王胖子手裡接過一件厚實的羽絨外套披到張思淼的身上。

司機捂著眼睛慘叫了幾聲，一隻眼睛紅腫得像李子似的緊緊閉著，另一隻眼睛凶神惡煞的看著緊緊抱住林清音的張思淼，探進車裡把那把尖刀抽了出來。

張思淼聽到聲音下意識回頭一看，頓時腿就軟了，伸手推了林清音一把。「快跑！報警！」

林清音看著張思淼惶恐絕望的神色，左手一拽將她拉到了自己身後，右手一揮打出靈氣，啟動了陣法。

司機仗著這裡荒無人煙連掩飾都不顧了，拿著刀就朝三個人衝了過來，可是他剛跑兩步忽然覺得眼前一閃，再一看原本離著五、六公尺遠的三人不見了，周圍不知什麼時候來了幾個拿著砍刀的大漢將他團團圍起來。

司機心裡有些害怕，賊眉鼠眼的環視一圈，忽然拿著刀朝最弱的一個人衝了過去……

張思淼被林清音擋在身後，她看著司機拿著刀衝了過來，緊張到心臟都要跳出來了，眼看著就要跑到跟前了，司機忽然停住了，握緊手裡的刀，忽然跑到了他的車旁邊，惡狠狠的朝車門刺去。

連續捅了幾刀，尖刀的頭有些彎曲，司機一低頭又從駕駛座的座位下面抽出一根棒球棍子和一把砍刀。因為動作太大，還拽出來一根粗粗的麻繩。

張思淼看著司機藏在座位底下的東西，嚇得瑟瑟發抖，可看著林清音卻一副看好戲的模樣，看起來十分期待。

那司機將棒球棍拿在手裡，對著自己的車一頓猛砸，眼看著車窗被砸得稀碎，車身多了大大小小的凹坑。

張思淼看著這一幕有些反應不過來。「他難道是個瘋子？」可回想一路司機的裝模作樣與各種偽裝，完全不像是精神失常的人做的事。

王胖子看著這車快要被他砸到報廢了，忍不住嘖嘖稱奇。「小大師，這是什麼陣法啊？能讓他瘋成這樣。」

「沒有瘋，瘋的話不就逃脫法律制裁了嗎？」林清音淡淡的說道：「這只是個幻陣。」

王胖子雖然經常看到林清音用石頭布陣法，但都是驅個蚊蟲啊、調節氣溫啊，像這種讓人產生幻覺的陣法還是第一次見。

王胖子興奮地說道：「小大師，妳這個陣法能不能教我！」

林清音看了他一眼。「行啊，但是首先你要能在半分鐘之內將三十八枚石頭都放到相應的位置上，每個位置連一釐米都不能差。」

王胖子頓時萎了。「這也太難了，我還是把那個調節氣溫的陣法擺好吧。不過小大師妳眼力和腕力也太準了，我天天在家拿尺量有時候都擺不對。」

林清音踮起腳尖拍了拍他的肩膀。「沒事，這都是練出來的。」

王胖子一想到林清音的年紀頓時有了自信，就算林清音從六、七歲練也不過才十年，自己若是能用十年時間掌握這個本事也值得了。

看著王胖子振奮起來，林清音抿嘴一笑沒有戳破他的希望。掏出手機看了眼時間，林清音示意王胖子。「差不多了，報警吧，他這種的可以關個幾年吧。」

王胖子掏出手機想了想。「這種未遂的很難說，我看新聞說有的猥褻別人才拘留幾天。」

林清音摸了摸下巴。「非要出事了才重判嗎？那豈不是便宜了他！」

「就是太便宜他了。」王胖子指了指司機手中的砍刀、地上的棒球棍、尖刀和繩子。「這明顯是要預謀犯罪啊，小大師妳能不能看出來他是受了什麼刺激？」

林清音冷笑一聲。「從面相上看，他最近官司纏身、婚姻出現裂痕、事業不順。」

「原來是出來報復社會的！」王胖子環視附近的環境。「還別說，這荒郊野外的又是大雨滂沱，在這裡弄點什麼事，還真難追蹤犯人，雨一沖可能什麼線索都沒了。」

張思淼聽著兩人的對話有些迷糊，想發問又不知道怎麼問，等聽到線索這一句話的時候才忍不住說道：「不是有車牌號碼嗎？順著車牌號碼應該就能找到人了。我們學校附近的路段都有監視器。」

王胖子嘖嘖了兩聲，笑咪咪的看著張思淼。「小姑娘，妳肯定不知道有套牌這件事。」看著張思淼茫然的表情，王胖子好心的解釋。「套牌就是假車牌，根本就查不到他的個人訊息。另外市區都有監視器，但是從市區出來有十幾條新建的路，監視器還沒安好，即使警車出來也不知道該往哪個方向找妳。」他看了看地上的東西，搖頭嘖嘖了兩聲。「我看他準備這些東西，是打算殺人。」

張思淼嚇得小臉發白，一句話也不敢說。

林清音點了點頭附和。「他的眉目間確實帶著殺氣。」林清音抱起胳膊沈吟了下。「就這麼讓警察把他帶走，過幾天再放出來，實在是太便宜他了。」

王胖子一個勁點頭。「這種人必須得到些教訓，要不然下次倒楣的可未必有小姑娘這麼好的運氣了。」

林清音又從包裡掏出一把石頭。「既然這樣，那就交給天道來審判吧。」

看著林清音把一個又一個石頭扔出去，王胖子有些糾結的問道：「小大師，妳快把孝婦河邊的石頭撿光了吧？妳天天揹一袋不沈嗎？」

林清音沈重的嘆了口氣。「雖然沈，但是不花錢啊！」

這些鵝卵石都是天然形成的，裡面都有一些自然間的靈氣，雖然沒辦法供人修煉，但擺個普普通通的陣法倒是可以的，就是耗費石頭比較多，要不然那點靈氣運轉不了陣法。

將石頭都丟了出去，林清音手一揮打出一道靈氣，司機眼前又是一閃，等他回過神來發現根本就沒有什麼人和他對砍，反而是他把自己唯一的資產砸得稀巴爛。

他原本是打算今天幹一票後，明天把車賣了緩解窘迫的經濟壓力，可現在車毀了！

「啊！」司機抱著頭怒吼一聲，轉頭看向林清音三人頓時眼睛發紅。「是你們砸了我的車！」

「可真能賴！」王胖子揚了揚自己的手機。「幸好我錄了影片。」

林清音懶得搭理司機，她的眼睛一直盯著橋洞外面黑乎乎的天空，忽然她同時拽著王胖子和張思淼往後退了幾步。「捂住耳朵，天雷要來了。」

王胖子嚇得趕緊把手機關機放到了口袋裡。「媽呀，又要打雷了。」

隨即就看到兩道嬰兒胳膊粗細的雷從天而降，分別劈到了司機的身上和那輛快被砸廢的車上。只聽轟隆一聲，車頂被雷劈出大洞，瞬間整個車身冒起了藍光，用肉眼就能看到雷電的痕跡，剛剛被劈暈的司機又被離得很近的汽車電了一下，抽搐了幾下後倒在地上一動也不動。

橋洞下恢復了平靜，雨水漸漸的小了，王胖子遠遠的看著司機，有些遲疑的看林清音。「小大師，他死了嗎？」

林清音搖了搖頭。「他手上沒沾人命，不會被劈死的。」

此時張思淼的爸爸張喬找女兒都快找瘋了，學校裡也亂成一團，校長王清豐、教務主任汪海、班導師于承澤，還有一些離學校近的老師都被叫了出來，全都在找張思淼。

學校附近的監視器顯示張思淼坐上一輛黑車一路向西駛去，可城區西面離所屬縣城有十公里的荒野，最近政府才打算把那裡改造成新區，但是剛剛施工一半，道路錯綜複雜，又沒有監視器，再加上下大雨找人十分困難。

眼看著時間一分一秒的過去，張喬忍不住嚎啕大哭起來，此時距離他女兒失蹤已經一個半小時了。一個半小時說長不長說短不短，如果想加害一個人，這時間足夠了。

一起坐在警車裡的王清豐絕望到忍不住揪了一下頭髮，學校好不容易恢復了風平浪靜，怎麼又出現學生放學失蹤的事呢？

揪了兩下頭髮，王清豐猛然想起林清音來，他趕緊掏出手機一邊撥號，一邊安撫張喬。「張先生你放心，我找個大師，保證能把你女兒所在的位置算出來。」

坐在副駕駛座的警察聽到這句話忍不住回頭看了王清豐一眼。

這校長是急瘋了吧？

電話響了兩下就被接聽了，聽到林清音的聲音王校長險些哭了出來。「小大師……」

「找張思淼是吧？」沒等校長說話，林清音就猜到了他的目的。「放心，我已經把她救出來了。你帶警察過來吧，我給你發位置。對了……」林清音猶豫了下。「順便叫個救護車吧！」

慌亂中王清豐的手機按到了免持，全車的人都聽到了林清音聲音，開車的警察連忙腳踩煞車，等待王清豐的定位地址。

張喬聽到電話裡通知要叫救護車，腦補了女兒躺在血泊裡的模樣，頓時哭得更淒慘了。

王清豐把發過來定位的手機交給了副駕駛的警察，笨手笨腳的安慰坐在旁邊的張喬。「你先別往壞處想，說不定只是思淼受驚嚇發燒了。而且，救思淼的人是小大師，她肯定提前算出了這件事，我覺得她既然都出手救了思淼一定不會讓她出事的。」

張喬就像是即將溺死的人抓到了最後一根稻草。「你說的是真的？」

「肯定是真的！」王清豐想舉個例子，可是學校的事又不能往外說，尤其是當著警察的面。著急的時候他又習慣性的摸了下頭髮，頓時靈光一現。「你看見我的頭髮了嗎？剛才我揪了兩把都沒掉，最近又長出了很多新的頭髮，厲不厲害？」

看著張喬有些傻眼的表情，王清豐驕傲的挺起胸膛。「小大師幫我治的。」

原來只是個治脫髮的大師，張喬眼淚掉得更凶了。

王校長看著號啕大哭的張喬，有些不解的摸了摸自己的頭髮，明明小大師很靈驗的，怎麼還哭成這樣？難道自己解釋得不夠清楚嗎？

好在林清音發來地址離他們只有三個路口，警車按照定位調轉方向，只用了不到十分鐘就看到了那個廢棄的橋洞。

張喬緊張的緊緊抓住了王清豐的胳膊，生怕一會兒看到什麼難以接受的畫面，被掐到齜牙咧嘴的王清豐還要一個勁的安慰他。「放心放心，小大師在呢，肯定沒事！」

張喬已經沒空去想一個治禿頭的大師怎麼給王校長這麼大自信，他女兒此時還不知出了什麼意外，哪有心思管頭髮啊！

橋洞裡王胖子的車大燈開著，再加上車頂的探照燈將橋洞照得宛如白晝。警車開進了橋洞，車子還沒有停穩，張喬就打開車門跳下來，警察們也趕緊下了車。等看到眼前的情景後，縱使是見多識廣的警察也愣住了。

被騙走的小姑娘看來是安然無恙，那個躺在地上如黑炭似的人是黑車司機？

這還真是夠黑的！

張喬根本就沒管司機，他一下車就緊緊盯著自己的女兒，見張思淼披著一件厚外套，緊緊摟著一個女生的胳膊，張喬頓時鬆了口氣。

幸好沒事！簡直是萬幸！

「淼淼！」張喬衝過去一把抱住女兒哭起來，哭聲裡帶著懊惱和悔意。「對不起對不起，爸爸應該來接妳的！爸爸錯了，以後再也不會這樣了，幸虧妳沒事！」

王清豐看著沒有受到一點傷的張思淼不由得鬆了口氣，連聲說：「找到了就好！」

看到林清音站在一邊神色淡然的撫摸著自己的龜殼，王清豐趕緊過去打招呼。「小大師，今天的事真是多虧妳了。」

「沒什麼。」林清音微微一笑。「張思淼心性善良，人也可愛，我不忍心看她遭毒手。」

王清豐連忙拍了個馬屁。「主要是小大師人太好了，您這一援手可是救了他們全家啊！」

此時警察已經在勘測現場了，他們有些不太明白黑車司機是怎麼把自己整這麼慘的，拍了現場照片後找林清音了解情況。

林清音不會說謊話，瞎編這種事還是交給王胖子。

王胖子輕咳一聲，一本正經的說道：「我們家林清音和張思淼是同學，今天天氣不好，清音家長委託我幫忙開車來接下孩子，我才剛到校門口清音就說看到一個同學上了黑車了，她擔心不安全，讓我開車在後面跟著，把人送到家。跟著跟著我開始覺得不對，這黑車怎麼往郊區跑呢？我趕緊加大油門一路跟到了這裡。我們下了車後，正好看到司機捂著張思淼的嘴往車裡拖……」

王胖子說到這，旁邊摟著女兒的張喬心裡一緊，他無法想像自己精心保護到大的女兒居然經歷了這麼殘酷的事，想一想他就覺得絕望。

幸好，幸好她的同學和家人好心的一路護送，否則後果真的不堪設想。

王胖子看了眼林清音繼續說道：「他挾持著張思淼我們無法靠近，林清音拿石頭砸到了他眼睛上，張思淼才乘機逃脫了。」

警察看著一地的石頭忍不住追問。「這是砸了多久才砸中的啊？」

「就一下，那是後來他拿著刀過來的時候我們手無寸鐵才用石頭丟他的！」

警察低頭看了看地上並不算大的石頭，又看了看犯罪嫌疑人身邊的刀具，總覺得這兩種武器差距有點大。

王胖子摸了摸鼻子。「後來他想嚇唬我們，就拿著刀和棍子對著他的車又是砍又是砸的！」王胖子說著掏出手機找出自己精心拍攝的影片。「你們看！」

兩個警察湊過來，只見影片畫面裡司機凶神惡煞的對著自己的車一頓猛砍，嘴裡還罵罵咧咧些威脅恐嚇的字眼。

「然後呢？」

「然後……」王胖子指了指黑乎乎的天空。「你們剛才看到那道雷了沒？轟隆一大響！大概老天爺看不過眼，才降了一道雷打他身上了。」

王胖子一攤手。「就是這麼湊巧！」

警察目瞪口呆，滿臉不可置信。

我們當警察的也是要考大學，你可別騙我們！

被劈得烏漆墨黑的司機被救護車帶走了，警察從他車上搜出不少東西來，除了一開始拿出來的那些，還有繩子、麻袋、石頭、保險套之類的東西，抱著什麼心思一目了然。

張喬摟著女兒的頭沒讓她去看那些東西，他怕髒了孩子的眼睛。

按照規定在場的三個人都必須去派出所做筆錄，但是鑒於天已經晚了，女孩子情緒也有些崩潰，便把做筆錄的時間挪到了明天。

王胖子是開越野車來的，而且他的車廂夠大，可以坐下五個人，便主動攬下了送王校長和張家父女的任務，警察還得去醫院一趟，剛才只有一個警察陪著罪犯去醫院實在不太讓人放心。

第二十三章

警察走了，張思淼的情緒也平復了許多，張喬走到王胖子和林清音面前撲通一聲跪倒了，感激的泣不成聲。「多謝你們救了我的女兒。」

「別謝我，這都是小大師的功勞。」王胖子伸手把張喬托了起來，笑呵呵的說道：「小大師既然願意花這麼大力氣救你的女兒，說明你女兒肯定不錯。不過有句話我也要說你，女孩子雖然需要嬌生慣養，但是也不能把她們養得像白紙，太單純了容易上當吃虧。」

張喬連連點頭。「這確實怪我，以前總覺得她還小呢，只要乖乖唸書就好了，其他的都交給我和她媽媽就行，沒想到……」他伸手抹了下眼角，哽咽的說道：「沒想到差點付出這麼大的代價！」

王清豐也拍了拍張喬的肩膀說道：「學校也有責任，我們這方面的教育太少了。這次的事多虧了小大師了！」

林清音看著又緊緊摟著自己胳膊的張思淼，有些不知道怎麼回應。「現在都快半夜了，要不先上車回家吧。」

王虎坐上駕駛座，林清音上了副駕駛座，王清豐和張喬父女坐在後排。看著張思淼萎靡不振的樣子，王清豐低聲和張喬耳語。「我看張思淼同學可能受驚了，不如你跟小大師請個符，免得張同學晚上發燒睡不好覺。」

張喬從來沒接觸過這一類東西，不過女兒的命是人家救的，別說請符了，就問自己要錢他也會心甘情願的給！不過學校的校長也信這個太讓人意外了，就因為小大師給他治脫髮所以成腦殘粉了嗎？居然這麼迷信！

「小大師！」張喬見他們都管林清音叫小大師，也跟著這麼叫。「我想給淼淼請個符。」

林清音從書包裡拿出一顆石頭和一把刻刀。「生辰八字是多少？」

現在的人大部分問出生日期，很少有人說生辰八字，張喬搞不清楚八字是什麼，便老老實實的把女兒的出生日期告訴林清音，最後精確到分。

林清音聽了以後沒說話，坐在副駕駛上飛快的在鵝卵石上刻著一道道複雜的紋路，張喬看得眼花繚亂，忍不住輕聲問王校長。「小大師在幹麼啊？」

「給你女兒做護身符啊。」王校長已經對林清音出品的護身符瞭若指掌了。「小大師的符分好幾種，玉的最貴、紙的最便宜，石頭的雖然效果比不上玉的，但是比黃表紙的性價比要高！」他獻寶似的從自己的脖子上把紅色的絨布袋拽了出來。「這是我從小大師那求的生髮符，效果可好了，怎麼揪都不掉頭髮，還長出新的頭髮了。」

張喬有些懷疑的看了王校長一眼，忍不住伸手摸了摸自己近日來稀疏的髮頂。這玩意兒靈驗嗎？

王胖子按照張喬說的地址將車停在張思淼家的樓下，林清音將刻好陣法的護身符遞給了張思淼，鄭重的囑咐道：「妳今天寒氣入體又受到了驚嚇，回家洗了熱水澡後一定要把護身符戴在身上，就像王校長這樣。」

張思淼小心翼翼的接過護身符，今晚發生的一切都像是作夢一樣，尤其是林清音的本事讓她大開眼界。她爸爸是為了人情買這個護身符，但她是真的相信的。

畢竟連雷都能引來的人，刻個護身符簡直是太簡單不過的事了。

張喬按照林清音說的價格轉帳過去兩萬塊錢，又替女兒向校長請假。「在家休養幾天看下心理醫生，等沒事了我們再去學校。」

一直沈默不語的張思淼忽然開口說道：「我想住宿舍，我不想再每天這麼來回，太累了。」

張喬遲疑一下，沒立刻答應也沒馬上拒絕，只說再商量商量。

目送張家父女兩人上了樓，王清豐才發現自己忘記一件大事。

當初招林清音的時候只免了學費，並沒有說免住宿費！

雖然以林清音現在的吸財能力不在乎住宿費用，但王校長覺得自己應該把態度先表達出來。再說了，有林清音在學校坐鎮，還用擔心學校會出事嗎？

王校長默默的為自己的機靈點了個讚！

「小大師，您要不要也住校啊？可以免住宿費！」

林清音沈吟一下，認真地問道：「這個倒無所謂的，我想問問餐費能免嗎？我們學校的飯好吃是好吃，就是太貴。我一天光吃飯就要花兩百多塊錢！」

王校長心覺不妙。

學校餐廳的飯菜並不貴啊！小大師妳一天兩百多到底吃了多少東西啊？

王校長堅定地搖了搖頭。「這個真不行，我們還是談談免費住宿的事吧！」

王胖子震驚的看了眼校長，沒想到你是這麼摳的人，我們小大師能吃多少啊？這不正在發育嘛！你看我和小大師認識這麼久，什麼時候這麼摳過？

「小大師，妳晚飯吃了什麼？要不要再去吃宵夜？我請客！」

林清音摸了摸肚子。「晚上吃了半隻燒鵝、一盤滷水鵝掌、一道叉燒，可惜今天去晚了，沒有點到爆炒鵝腸。」

王胖子不禁打量著林清音的身材。

小大師，妳是被鵝追咬過嗎？從頭吃到腳就算了，連腸子都不放過。

林清音想了想還補充。「好吃極了，又嫩又脆！」

王校長聽到林清音報的這一串菜名，暗暗為自己的英明決定點讚，學校宿舍住上兩年不花什麼成本，但吃飯他可真是供應不起啊！

雨下得越來越大，就連以往營業到後半夜的燒烤店也關門了，宵夜自然也就泡湯，林清音遺憾的摸了摸肚子，這吃完晚飯都過六、七個小時，她真的有些餓了！

「住校的話，學校晚上有宵夜嗎？」

王校長默默的看了她一眼。「只有熱牛奶和三明治之類的，像煲仔飯、燒鵝什麼的肯定沒有。」

林清音撇了撇嘴，給他三個字的評價。「不實惠！」

林清音回到家的時候爸爸媽媽還沒睡呢，雖然林清音給家裡打過電話，也有王胖子開車跟著，但是只要林清音沒回來他們就惦記著，不等人回來他們絕對不睡覺。

打開家門，夫妻倆聽見動靜同時從沙發上站了起來，看到林清音安全無事不由自主鬆了口氣。「今天怎麼這麼晚？身上都是濕氣，媽媽給妳燒了水趕緊去沖沖澡睡覺，明天還要上學呢。」

林清音本來沒把住校的事放在心上，可是看到父母等自己等到半夜又覺得不妥，他們開一天的店本來就辛苦，她實在不想因為自己影響他們的休息。

「爸、媽，學校說上晚自習以後來回不方便，讓我住校，學校可以給我免住宿費。」

「要住校嗎？」林旭和妻子對視一眼，都有些發愣。「那妳自己是怎麼考慮的？想住校嗎？」

林清音點了點頭。「住校也挺好的，省了每天來回路上一個小時，我可以多看看書。」

「那也行。」鄭光燕點了點頭。「這入了秋一天比一天冷了，等到冬天上學放學就更受罪了，住學校也方便一些。」她有些無措的站了起來。「那我得給妳準備被子，妳有沒有問學校的床多長多寬？我去外面給妳買布做床單被罩，家裡的可能大小不合適。」

林清音笑了笑。「不用的，所有的用品都是學校配齊了的，妳知道我們學校有錢人家的孩子多，學校採購的住宿用品都是從大賣場買的，你們放心就行。」

一家人三言兩語把這事決定了，夫妻倆回房間休息，林清音沖了個熱水澡也躺在了被窩裡。她上輩子對睡覺的記憶也寥寥無幾，入仙門前光餓肚子，睡覺也睡不安穩；入仙門後她很快就進入了練氣期，基本上都是靠打坐來代替睡覺，她從來不知道睡覺也可以是一件很享受的事情。

她覺得她上輩子錯過太多享受了，明明是站在最頂層的人，活得比窮人家的女兒還要慘！簡直太苦了！

張喬帶著女兒回家後趕緊在浴缸裡放滿了熱水，又滴了兩滴可以放鬆神經的精油，等張思淼進去泡澡的時候他有些不放心的在浴室外面守著。

其實他坐在這裡是安女兒的心，也是安自己的心，聽不到女兒的聲音，他就心裡發慌，生怕這一切都是自己的想像。

此時遠在外面出差的張思淼的媽媽丁紅情緒十分崩潰，她一下飛機就接到了女兒失蹤的消息，當時整個人都要瘋了，連機場都沒出就訂了回程機票。

張喬想給妻子打電話報平安，可丁紅的手機還處於關機的狀態，多半此時還在飛機上。張喬怕丁紅下飛機開車的時候心急出事，趕緊給丁紅連發了幾條訊息，告訴她女兒之前和同學在一起，現在已經接回了，讓她開車的時候務必小心。

放下手機，喝了不少酒的張喬卻了無睡意，覺得這一晚上發生的事就像是一場惡夢。浴室裡響起了吹風機的聲音，張喬鬆了口氣，趕緊去廚房煮一杯熱牛奶，等張思淼一出來就遞給她。

張思淼接過來有些無奈的說道：「爸，我都刷牙了。」

「牛奶有助於安眠，妳趕緊喝了以後再漱漱口就行。」張喬小心翼翼的看著她，有些不踏實的問道：「一會兒睡覺時候給妳留一盞燈？或者爸爸睡妳房間的地板也行，陪著妳。」

「沒事的，我已經不害怕了。」張思淼端著牛奶坐在沙發上。「其實我沒出什麼事，我一下車林清音就來了，我一點傷都沒有。」

張喬連連點頭。「多虧了妳同學，我和妳媽一定要上門好好謝謝人家！」

比起遇到惡人的驚嚇，想到晚上看到的一幕，張思淼還是覺得非常不可思議。「爸，我和你說，林清音很神的。」

張喬有些不太理解這句話的意思，張思淼微微皺起了眉頭，似乎很難用語言來表達。「今天吃晚飯的時候，我恰好和林清音坐在一起，她當時告訴我晚上回家不要坐黑車，不安全。」她看一眼張喬。「而那個時候媽媽還沒有打電話告訴我你們不能來接我的事。」

張喬有些意外的挑了挑眉毛。「妳的意思是說，她知道妳會上黑車？這不太可能吧！」

「我一開始覺得她只是順嘴一說，可是她救了我以後，我覺得這是她算出來的。你知道我們校長為什麼叫她小大師嗎？我聽那位胖胖的王先生說，林清音無論是算卦還是擺風水陣都很厲害。」張思淼握著裝著熱牛奶的杯子，露出一絲糾結的神情。「爸你可能不信，其實地上那些石頭不是她丟來打那個黑車司機的，那是林清音布的陣法。」

「陣法？」張喬忍不住笑了，摸了摸張思淼的頭髮想讓她去睡覺。

張思淼認真地說道：「我是說真的，她撒了那些石頭以後，司機就像發了瘋似的拿出棍子和刀砍自己的車，都快把車給砸爛了。後來那位王先生說那個黑車司機可能判不了多久，林清音就說那不如交給上天來審判，她又丟出去幾個石頭，讓我們往後退說天雷要來了……」

張喬傻眼的看著張思淼。「然後那黑車司機就被雷劈了？」

張思淼用力點點頭。「劈得可準了，一點都沒浪費，都劈在黑車司機身上了，我們一點事都沒有。」

張喬的表情也像是被雷劈了似的，聽這說法怎麼這麼誇張呢？算命看風水他倒是知道，可是沒聽說過看風水還能這麼神的。

要是張思淼的話是真的，那自己花兩萬塊錢買的石頭不就賺了嗎？

看著張思淼喝完牛奶去漱口，原本還堅定說不可能的張喬忍不住叮囑。「記得把妳的護身符戴好。」

張思淼去睡覺了，張喬卻睡不著，也不好再喝酒，他乾脆坐在沙發上煮一壺白開水，一邊等妻子回來，一邊思考女兒的話。

張思淼從小就是乖孩子，張喬知道她肯定不會說假話，可是要說這事是真的也太稀奇了。這不能賴他見識少，可能全國也沒有幾個見過這種事的。

一壺茶下肚，張喬的妻子丁紅回來了，她連鞋都顧不得換，直接跑到了張思淼的房間裡，看著躺在床上睡熟的女兒才安下心來。

張喬把丁紅拽了出來，兩人小心翼翼的給張思淼關上房門，才說起了晚上發生的事。當時出事的時候張喬擔心妻子太過著急，只輕描淡寫的說沒接到孩子，要出去找找。

可那個時候都離放學一個小時了，就算再怎麼隱瞞丁紅也立刻知道出事了。沒有一個當媽的受得了這個打擊，丁紅幾乎是一路哭著飛回來的。

張喬趁著丁紅換衣服的工夫也給她煮了杯牛奶，緩緩說起了晚上的事。和張喬覺得有些不可思議不同，丁紅對張思淼和王校長說的事情完全相信。

「在那種情況下，王校長第一時間想到給林清音打電話，肯定知道她的本事。而且思淼的話我也信，人是不是雷劈的一到醫院就知道，他們不可能在警察面前說謊話。」丁紅瞪了張喬一眼。「你這人也是，人家都救了你女兒了，對於我們家來說就是大恩人，就是活神仙！可不可思議的又有什麼關係，天底下的能人多的是，你沒見過就代表沒有這樣的能人嗎？你一個人就代表全世界了？」

張喬被噴得灰頭土臉的，他連忙解釋道：「我就是覺得林清音的本事特別的神奇，跟傳說中的高人似的，沒別的意思，我們得好好謝謝人家。」

「那倒是真的，不過送禮也要投其所好，等明天思淼起來好好問問人家林清音喜歡什麼。主要是她看得上眼的，不管多貴都得送！」

折騰一個晚上，兩人都有些累了，丁紅不放心張思淼一個人睡，怕她半夜作惡夢驚醒，所以直接搬著枕頭睡在了女兒的旁邊。

也許是石頭的功效太好了，張思淼一夜無夢，一直睡到第二天中午才醒，起來以後神清氣爽的，絲毫不見恐懼和害怕。

她睡得挺好，但是張喬夫妻都睡不安穩，一閉上眼睛就作夢，張喬被折磨得一晚上過來看了張思淼好幾趟，都有些分不清哪個是現實哪個是夢境，丁紅則是翻來覆去的。一直到天亮了，夫妻兩個才迷迷糊糊睡著了。

一家三口一覺睡到中午，張思淼神清氣爽的看起來精神狀態特別好，主動要求下午去派出所做筆錄，她想早早看著人渣司機坐牢。

張喬和丁紅也惦記著這件事，兩人陪同張思淼到了派出所，聽到女兒敘述被拐走的經過忍不住捂住了臉。尤其是聽到手機被騙走的那段，他們都不知道要說什麼好了，只能暗暗搖頭嘆氣。

張思淼被保護得太好，善良單純的都有點蠢了。

平常時候這種小蠢看起來還萌萌的挺可愛，可像這種危險的時候簡直是要命啊！

錄完筆錄，張喬向警察詢問了犯罪嫌疑人的情況，對於那個黑車司機的倒楣事，整個派出所都傳遍了，大家私下都暗暗叫好。

「你說那個犯罪嫌疑人啊？」做筆錄的小警察強忍著笑意說道：「被雷劈了，醫生說情況不太好，身體百分之五十的面積灼傷，右手手腕斷裂，最嚴重的事……」警察看了眼張思淼沒有把話說完，而是朝張喬使了個眼色。「也受傷了，以後都沒用了。」

張喬聽了十分解氣，真活該，這種人就該一輩子都做太監！

也不知道是不是護身符的原因，張思淼情緒恢復得非常快，甚至連惡夢都沒有，看起來一點陰影都沒留下，第二天就回到了學校上課。

學校也沒有對她被綁架的事情多說，怕學生的議論紛紛會對張思淼造成二次傷害，至於安全知識宣導活動也放到一個月以後，避免學生們猜出端倪。

張思淼的平安無事多虧了林清音，但張喬最近晚上總是作惡夢，夢裡張思淼沒有幸運的遇到林清音，她被剝光了衣服壓倒在橋洞底下，直到死的時候還在喃喃的叫著爸爸媽媽，最後被捆上石頭裝進麻袋丟進了河裡……

每一次張喬都是滿頭大汗的從夢裡驚醒，那種絕望到窒息的感覺即使醒來也能深刻的感覺到，若是那天林清音沒有出手救張思淼，只怕夢裡的感覺就成為現實了。

這麼大的恩情，肯定要好好感謝！

上門道謝是必須的，只是送禮物得投其所好才行，張喬問女兒林清音有什麼喜歡的，張思淼費盡心思想了半天才遲疑的說道：「可能比較喜歡吃吧，我每次在食堂，都能看到她點好幾道菜。」

張喬無奈的看了張思淼一眼。「林清音可是大師，那麼仙風道骨的人怎麼會喜歡這種俗氣的事呢？肯定是因為長身體才吃多一點，妳小孩子什麼都不懂！」

張思淼仔細回想了下林清音啃鵝掌時的沈醉表情，怎麼也和仙風道骨這四個字聯不到一起，她有些不服的看著張喬。「小大師真的很喜歡美食！」

張喬擺了擺手決定去問問專業人士，他那晚就看出來了，王校長絕對是林清音的腦殘粉，找他打聽肯定沒錯。

這種事在電話裡三言兩語說不清楚，張喬直接開車到了學校。王校長剛處理完工作，正對著鏡子欣賞自己的頭髮。最近他頭髮長出來不少，雖然看起來不如二十歲時的濃密，但是遠遠看已經看不到裸露的頭皮了。

張喬來到王校長辦公室，略微客套了兩句直奔正題。「校長也知道，我們家思淼能平安無事多虧了林清音同學，無論怎麼樣我們都得好好感謝人家。我今天來就是想打聽一下，林清音同學到底喜歡什麼呀？」

聽到張喬打聽林清音的喜好，王校長遲疑中透著心虛。「別的我也不太清楚，我只知道小大師很能吃，我們食堂她一天都能吃兩百多！」

張喬頓時瞪大眼。

王校長你實話實說，你到底是小大師的粉還是黑啊？

王校長絲毫沒有察覺張喬情緒的異樣，還一個勁的嘖嘖讚嘆。「小大師胃口可真好，你說她吃那麼多還不長胖，不愧是高人啊！」說著說著王校長反應過來。「你問我小大師的愛好，是不是打算送禮給她啊？」

張喬點了點頭。「思淼這次能脫險多虧了小大師和王先生，他們不僅是救了我們思淼，也是救了我們全家，我們必須好好感謝感謝他們二人。但送禮容易，送什麼我就為難了，總得送到人家心坎上才行啊！」

王校長摸了摸自己的頭髮，十分良心給出了建議。「要不然你替她加值我們學校的飯卡吧，十萬、八萬的都可以，差不多夠她這兩年的伙食費了。」

張喬有些一言難盡的看著王校長，覺得他在自己心裡的偉岸形象已經崩塌了，這校長除了迷信還貪財！

斟酌一下說辭，張喬果斷拒絕了王校長的建議。「十幾萬二十萬的禮物都沒問題，可哪有往飯卡放十萬的啊？這麼多錢都夠吃十年、八年了吧？再說，誰家送禮送飯錢啊？」

「飯錢怎麼了？甭管什麼東西，只要送到小大師的心裡就是好禮物。」王校長生怕林清音追著自己要求吃飯免費，努力給張喬直銷。「小大師的飯量哪能用常人的來計算？本事高的人多吃點怎麼了？我和你說，小大師昨天和我說了要住校，還特意問了晚自習下課後都有什麼宵夜。她一天怎麼算也要吃四頓飯，一天兩百多塊，兩年下來十萬塊錢還多嗎？」

看著張喬依然有些猶豫不決，王校長拍了拍胸脯。「你放心，等兩年後她畢業，飯卡裡剩多少錢我都退出來給她，這樣行吧？」

這錢加值到飯卡裡確實少不了，而且張喬也知道校長肯定不會占林清音的便宜，畢竟這點錢可比不上他頭髮珍貴。

張喬想了想，同意了給林清音加值飯卡當禮物。

王校長心裡暗暗鬆了口氣。小大師的飯錢有了，她就不會追著自己要求免餐費了，他為學校節約了一筆大的開支，真是機智！

第二十四章

加值了飯卡後，也差不多到了放學的時間。

今天是週六，高二的學生不用上晚自習。放學以後學生們背著書包三三兩兩的出了教室，校門外停滿了等著接孩子的轎車。

張思淼一放學趕緊收拾好書包跑到林清音旁邊等著她，等出了教室，張思淼還拉住了林清音的手，另一隻手摟住了她的胳膊，一副雀躍的模樣。

林清音看著張思淼臉上藏不住的歡喜有些摸不著頭腦，張思淼怎麼突然間這麼喜歡自己？就因為自己救了她？可自己救的人多了，也都沒人像她一樣呀！

似乎發現了林清音在看自己，張思淼趕緊朝她笑了笑，可是摟著她胳膊的手就是不鬆開。

算了，愛抱就抱吧。林清音無所謂的將頭轉了回來，心裡覺得挺有趣的。

「林清音，我聽妳和于老師說下週起妳要住校？」張思淼有些緊張地小聲問道：「我也想住校，到時候我們可不可以一個宿舍啊？」

「可以啊！」林清音點了點頭，她還沒有和外人同住在一個室內的經歷，不過比起和別人，她也希望同住的人是張思淼，這個姑娘性格善良，人也挺可愛的，相處起來一定很融洽。

聽到林清音同意，張思淼隨即開心得笑了起來，把林清音的胳膊摟得更緊了，生怕她跑了似的。

林清音拖著張思淼這個人型掛飾出了校門，張喬和丁紅早就等在門口了，一看到林清音和張思淼趕緊迎了過來。

校門口人來人往的，張喬和丁紅不方便尊稱她小大師，只能稱呼她的名字。「林清音同學，思淼的事還得多謝妳，我們全家想上門拜訪一下，不知什麼時候方便？」

若是別人林清音肯定就推拒了，但是看著身邊一臉期待的看著自己的張思淼，林清音不知道為何有些不想拒絕。

畢竟友情也是七情六慾的其中一種，她也想試試有一個好朋友是什麼感覺。

「明天上午我得去新東方學英語，下午還要搬東西到學校，要不你們就今天晚上來吧，晚上八點半。」林清音拿出手機和張思淼加了好友，把家裡的地址發給了她。

丁紅聽到林清音去新東方學英語，隨即露出讚嘆的表情。「我聽思淼說妳上次的英語考試是全班唯一一個滿分呢，這麼好的成績還去補英語，可真是太愛學習了！」

林清音表情頓時尷尬。「呵呵……」

心塞，不想說話！

林清音騎著自行車回家，路過自家的小超市的時候特意停了下來，熟門熟路的從冰櫃裡拿出一支最喜歡的雪糕，一邊吃、一邊和父母說了晚上家裡要來客人的事。

「我同學和她爸爸、媽媽要來！」

鄭光燕一聽高興壞了，林清音從小就埋頭學習，很少有玩得來的朋友，長這麼大還是第一次往家裡帶同學呢。

「那我們得趕緊準備準備！」鄭光燕喊林旭把最好的水果裝一些，又拿一個大的購物袋遞給林清音。「妳去裡面看看，喜歡什麼零食就裝什麼零食，等媽給妳結帳。」

林清音對生意一竅不通，對於自己吃東西也要付帳有些弄不明白。「這不是左手到右手的事嗎？」

「主要是為了對帳、盤庫存方便，妳只管吃就行，別的不用管。」

林旭一邊裝水果，一邊笑道：「之前妳放學回來從這裡拿零食，妳媽都是讓我付錢，我存的那點私房錢都被她刮乾淨了。這次輪妳媽媽付錢了，妳可要多拿點。」

林清音不太懂私房錢的情趣，不過能多拿零食她還是很開心的。她發現這個世界的人對各種口味的追求到達了極致，不僅飯菜好吃，就連這些所謂的垃圾食物也讓人吃得停不下來。

林清音看著貨架上滿滿的零食覺得太幸福了，讓爸爸、媽媽開一個小超市真是最正確的決定！

晚上有客人要來，鄭光燕比平時提前一個小時關了超市的門，把水果都洗乾淨切好擺上，零食也拆了幾包放在碟子裡。她也不怕拆多了浪費，反正不管多少林清音都能吃完。

把一切準備好以後，張思淼一家三口開著車也到樓下了。

這種老住宅區的樓號已經看不清楚了，張喬按照定位把車開到樓下，但是不太確定是不是這棟樓，便和在外面散步消食的老先生、老太太打聽。「請問這個樓是三號樓嗎？」

「是三號。」一群老太太的眼睛盯著他們拎的東西看個不停。「你們找誰家啊？」

張喬對這種上了年紀的人喜歡八卦十分理解，笑呵呵的說道：「找林清音。」

住在林清音家樓下的老太太朝上面指了指。「就在那三樓，亮著燈的那家就是。」

張喬道了謝打開後車廂，一家三口帶來的禮物都拿了出來，每個人都拎得滿滿的險些要拿不動了。

看到三個人拎著東西上樓了，幾個老太太不約而同的把頭湊在一起。「妳們看見沒？拎的都是好東西啊！我看見還有裝玉、裝首飾的袋子，這可不少錢吧？」

「這林家悄無聲息的就像是發財了，家裡開了超市，來的人好像也都挺有排場的。」

「難道是中彩券了？」

「那不能，中彩券早就買房子搬走了，誰還住這裡啊？冬天冷、夏天熱，春秋還發陰，我都住煩了！」

老太太們順著話尾就將話題跑偏到老舊住宅區住得不舒適這上面去了，至於剛上去的一家三口是幹麼的，早就拋到了腦後。

張思淼一家三口拎著滿手的東西上了樓，剛到三樓聽到動靜的鄭光燕就開了門，丁紅客氣的問：「您好，請問是林清音家嗎？」

鄭光燕笑著讓開門的位置。「是的，快請進！清音放學回來就和我們說了，有同學要來家裡玩。」

將人讓了進來，鄭光燕看著三人手裡拎著價值不菲的禮物，有些詫異的問道：「都是同學，怎麼還帶這麼多的禮物？這不太合適吧？」

將手裡的禮物放到門口的位置，丁紅感激的說道：「沒什麼不合適的，前幾天下雨的那個晚上，我家思淼被黑車司機拉到郊外去了，幸虧是林清音察覺到不對把她給救了，否則的話後果不堪設想。」

張喬也附和道：「我那天趕過去的時候都絕望了，可到了地方發現我家思淼被林清音同學護在身後，身上還穿著林清音同學特意帶給她的外套，我真的都不知道怎麼感謝她才好了。」

鄭光燕這才明白過來。「原來那天晚上清音半夜才回來，是去救你女兒了，她也沒和我們細說。」

既然這些禮物都是送給林清音的，鄭光燕便由林清音自己處理，而林清音根本就沒有客氣的概念。上輩子不管什麼門派無論什麼地位，來求見她的從來沒有空著手過來的，她已經收禮收習慣了。

張家三口被讓到沙發上，張喬看林家雖然不大，但是收拾的非常乾淨，窗臺上茶几上擺著鮮翠欲滴的盆栽，花盆外面隨意的丟了幾塊石頭，看起來十分有藝術性。

丁紅順著這花草石頭就開始誇讚了。「這石頭擺得隨意但卻有一種獨特的美，一看您就是會打理屋子的。」

鄭光燕笑呵呵的說道：「都是清音弄的，她擺了就不許我們動，我平時擦窗臺澆水的時候都小心翼翼的，連碰都不敢碰。」

張思淼想起那天晚上林清音扔的一塊又一塊的石頭，忍不住好奇的問道：「如果不小心碰到會怎麼樣？」

林清音站起來隨意的拿走了窗臺上的一粒石頭，大約過一分鐘後原本溫度適宜的房間突然間變得有些陰冷，絲絲的冷氣紛紛往人衣服裡鑽。

下意識緊了緊衣服領子的鄭光燕猛然回想起來，以往這個季節家裡就是有些陰冷的，出門的時候穿一件薄衣服就行，可回到家還得加一件厚外套，要不然就凍得難受。今年家裡的溫度一直非常舒服，她都忘記這件事了。

林清音把石頭又放回了遠處，陰冷的感覺漸漸消散，室內又恢復了先前溫暖又舒適的環境。這下不僅張喬和丁紅目瞪口呆，就連清音的爸爸、媽媽也愣住了。

林旭只聽女兒說她算卦看風水擺陣法很厲害，但是他對這些事情沒什麼概念，現在他算是知道女兒到底有多大的本事了，怪不得那些人肯花一、二十萬請清音辦事呢。

而張喬則一直對張思淼描述的扔石頭引天雷的事抱持疑惑，因為他不太明白普普通通的石頭怎麼可能有超自然的力量。現在他雖是親眼目睹了，可依然想不明白，這到底是為什麼啊？

「小大師，這是怎麼回事啊？」

林清音笑了笑。「八卦甲子、神機鬼藏，你要是感興趣也可以自己買《周易》、《奇門遁甲》、《九宮八卦陣》一類的書回去研究研究，說不定也能學會一、兩個陣法。」

這種調節氣溫的小陣法還真不是修仙界的，修煉者一旦踏上仙途便寒暑不侵，根本就不需要這種陣法。說起來這種小東西還是上輩了林清音叫手下弟子收集凡人世界術數書籍看到的內容，她神識強大、過目不忘，既然看過了就會永遠都記得。

張喬雖然不明白裡面的原理，但這不妨礙他認識到林清音的厲害，怪不得王校長天天小大師小大師的叫著，原來真的是大師啊！不但會陣法，還會治脫髮的那種大師！

摸了摸有些稀疏的腦袋，張喬滿懷期待的懇求道：「小大師我想求個生髮的符。」

林清音從書包裡拿出了刻刀。「要二十萬的還是兩萬的？」

張喬愣住了。「這還有價格分別嗎？那王校長是用哪種啊？」

「他的是兩萬的，石頭做的，石頭裡的靈氣有限，大約三個月才能恢復到正常髮量。」

林清音挑出一顆圓潤光滑的石頭放在桌上，又從房間裡拿出一盒玉石，這都是姜維的父親找關係幫她買的圓玉，質地不錯也沒有雕刻過，比從商場裡的成品的玉器便宜許多。

「也可以用玉來做符，三五天頭髮就能恢復正常，另外還有強身健體的功效。」林清音撥弄了下盒子裡的玉石。「根據質地不同，二十萬起。」

張喬激動了。「小大師，如果我想明天就恢復頭髮的濃密需要哪種？」

林清音說道：「三十萬的差不多。」

張喬看了看裝玉的盒子，一眼就瞧中裡面一塊圓潤的白玉，他剛想伸手就見丁紅速度比他更快，直接將他相中的那塊玉拿了出來。「小大師，可以做美容養顏的符嗎？」

林清音點了點頭。「自然是可以的，用玉裡的靈氣滋養身體，可以讓皮膚緊致皺紋減少，自然也就達到了美容養顏的效果。不過若是想變出雙眼皮之類的，那就沒辦法了。」

丁紅激動壞了，她其實五官很美，只是因為年紀大了點皮膚有些鬆弛、肌肉也有些下垂。可她又沒那個膽子做什麼醫美手術，靠保養品根本就抵擋不過正常衰老。她每天對著鏡子都發愁，沒想到居然在這裡找到了解決方法。

至於效果怎麼樣，丁紅一點都不擔心，小天師的陣法可是連雷都能引來的。

丁紅將手裡的玉遞了過去。「麻煩小大師幫我雕一個符吧。」

張喬急了。「那塊是我相中的。」

鄭光燕目瞪口呆的看著夫妻倆為了搶玉險些吵起來，最後還是林清音根據兩人身上的氣息幫他們挑了合適的玉。

一個要生髮、一個要美容養顏，張家夫妻都是做生意的誰也不缺錢，兩人一共花了六十萬買了兩塊玉石做的符。

張喬小心翼翼的拿著玉石回家，晚上沐浴後趕緊將石頭找了個紅袋子掛在脖子上，滿懷期待的去睡覺了。

第二天早上他六點鐘就起床照鏡子了，原本稀疏的頭頂果然已經恢復了濃密烏黑，若不是臉上的肌肉有些下垂，只怕說他三十也有人信。

看著年輕了十歲的自己，張喬抓心撓肝的想找人炫耀，可今天是週日，公司放假，老朋友也不出門，就是炫耀也找不到人。
正在發愁的時候就見習慣早起的張思淼敲門進來了。「爸爸、媽媽，我想住校。」似乎怕他們不同意，張思淼連忙補充。「林清音也住校，我們說好了住在同個宿舍。」
一聽說是和林清音一個宿舍，張喬和丁紅都同意了，只是宿舍的事得和班導師申請，看看有沒有空著的宿舍可以安排。
丁紅本來打算週一再和班導于老師聯繫一下，張喬卻直接找了王校長。
他終於找到可以炫耀的人了，用石頭當護身符的王校長頭髮長得可沒有他好！
安排宿舍的事其實不用王校長出面，這種小事行政就能辦了，但他不知道為什麼張思淼的爸爸一定非要約他在學校見面。
經過這幾天的接觸，王校長和張喬也算熟悉了，尤其是看著張喬的地中海，王校長特別有優越感，畢竟他現在的髮量已經能蓋住頭皮了。
王校長家離學校不遠，吃了早飯到了約定的時間走著就來了。剛一進學校大門口，王校長就見張思淼一家三口在新立好的文昌塔下面等著，他趕緊快步走了過去。
聽到腳步聲的張喬滿臉興奮地轉過頭來，還不忘用手撥了撥自己烏黑濃密的頭髮。
王校長看得眼睛都瞪圓了。
張喬像一隻驕傲的孔雀，一會兒甩頭髮一會兒伸手摸兩把髮絲，陶醉的模樣簡直讓人不忍直視。王校長看得特別生氣，十分想去把他頭頂上那圈頭髮給剃掉。

明明是我先用生髮符的，憑什麼你的頭髮比我的長得快？

看著一臉便秘表情的王校長，張喬覺得心裡十分舒爽，這麼多年他還是第一次在比頭髮上取得勝利呢！就憑這一點，這三十萬塊錢就不白花。等明天上班，他還會成為全公司頭髮最多的中年人，想想就覺得開心！

「王校長，真是太謝謝您了！」張喬笑得都快把嘴咧到耳根上了。「多虧你跟我說了小大師會做生髮符這件事，你看看我的頭髮，一晚上就長出來了，真的是太靈驗了！」

王校長露出虛情假意的笑容。「這麼快啊？要是不知道的人還以為你去植髮了呢。」

張喬臉上的笑容一僵，很快的就反擊道：「植髮哪有這麼好的效果？你看看我這濃密的黑髮、你摸摸這順滑的手感、你瞧瞧這迷人的光澤。植出來的頭髮哪能和我的頭髮比？王校長，我看你鬢角的地方還有一點點白色？是不是石頭做的生髮符效果太慢了呀？」

王校長忍不住伸手摸了摸耳朵上方的位置，其實這裡已經比戴生髮符之前好多了，那時候他兩側的頭髮都白了，看來像是五十多歲的人。現在也就剩零零星星的一點，等他的頭髮都長出來變成黑色，一定能比張喬帥。

有頭髮又怎麼樣？瞧他的胖肚子，一點都不顯年輕！

張思淼看著王校長連虛情假意的笑容都快維持不住了，生怕她爸爸把自己住校的事顯擺掉了，趕緊走過去擠到兩人中間。「校長，我們今天來是想和您申請住校的事……」

「對了，我們是為了住校的事來！」張喬一拍巴掌哈哈大笑。「你看看我，光說頭髮了，把正事給忘了。」

王校長氣得用力深呼吸。「住校直接和班導師申請就可以，把我叫來幹麼？」

張思淼有些心虛的看自己老爸一眼，她之前也不知道為什麼爸爸非要給校長打電話，她現在看懂了，就是為了和校長比頭髮，簡直太幼稚了！

張思淼已經不指望自己老爸能幫什麼忙了，這事還是自己說更容易些。「王校長，我和林清音說好了，我們倆想申請住一個宿舍。」

「小大師想和妳住一起啊。」王校長的臉色終於緩和下來，看著張思淼的眼神也多了幾分慈祥。「學校給林清音安排的房間正好只有她一個人，妳和她住一起也有個伴。」

王校長帶著張思淼交了住宿費辦好手續拿了鑰匙，又親自將她送到了宿舍。

東方國際高中的宿舍在齊城是首屈一指的高級，每個學生都有一間朝南的獨立臥室，三人共享一個客廳一個餐廳及兩套衛浴室，冰箱、洗衣機、冷氣、飲水機、風扇等設施一應俱全。

因為這個屋子是為林清音選的，所以還特意給她選了一間最東面的，這種的房型有一個東面和北面連起來的L型大陽臺，比其他只有北側有陽臺的房型好多了。

林清音還沒來入住，但學校已經把發的東西都送過來了，嶄新的四組寢具都已經放在了房間裡。

王校長簡單的介紹過宿舍的環境就走了，張喬還在樂呵呵的摸著自己的頭髮。「一分錢一分貨啊，妳們看王校長的頭髮長得多慢，還是我的生髮符好用。」

丁紅已經不想理張喬了，明明在生意場還算個八面玲瓏的人，這一長頭髮都不知道自己姓啥了，還一個勁兒的當著王校長的面炫耀，實在幼稚。也就王校長為人還不錯不和他計較，要是換了旁人早就記仇了。

「不記仇」的王校長出了宿舍樓越想越生氣，他掏出手機將張喬拉到黑名單。

哼，讓你再炫耀你的頭髮！

姜維考研究所的時間越來越近了，他現在全力在家複習衝刺，林清音便一個人到新東方學習英語。負責教林清音的英語老師叫楊大帥，從小到大也算是學霸一類的人物，一直以來他的人生都是順風順水的，直到遇到了林清音。

一想到要給林清音上英語課他就頭疼，其實目前兩個人並沒有進行語法教學，只是單純的背單詞。

兩人一人拿一本一模一樣的英漢大辭典，楊大帥念單詞，林清音重複發音，然後楊大帥還要念一遍上面的中英文解釋，一上午下來比講課都累，嗓子乾得直冒煙。

第一次這麼上課的時候他覺得這是無用功，這麼快的速度又只讀一遍，根本就記不住什麼。等課程結束後，楊大帥為了讓林清音知道這種學法沒有用，特意找一些生僻的詞語考她，卻沒想到林清音不但發音標準，甚至意思解釋也記得一字不差。

楊大帥徹底折服了，這就是傳說中的天才。

天才教起來的感覺特別酸爽，你不用考慮她的接受能力、是否聽得懂，也不需要聽她的反饋，只要埋頭講就行。

楊大帥一直以為這是最理想的教學狀態，可教了林清音後發現自己錯得厲害，光一直講真的很累啊！關鍵是他還不能休息，一休息林清音就計時，休息的時間，下課以後還要補回來，真是毫不浪費每一分鐘。

楊大帥第一次覺得賺點錢真不容易啊！

這才第三次課，上完課後楊大帥趕緊打開自己帶的保溫桶，盛一碗冰糖梨湯潤潤喉嚨。

林清音收拾好書包，將一張紙條遞給了楊大帥，上面寫著自己的名字和電話號碼。

楊大帥才二十多歲的年紀，一看到電話號碼就臉紅了，扭扭捏捏的將紙條推了回去。

「妳太小了，現在重要的是學習，其他的等考上大學再說。」

林清音沒聽明白他想表達的意思，伸手接過紙條在上面補充了兩行字拍在桌上。「我很忙的，想找我要記得提前打電話預約。」

楊大師看著林清音瀟灑的一甩書包出了教室，臉紅紅的撓了撓頭。「我怎麼這麼招學生喜歡呢？」

拿起桌子上的紙條，楊大師發現林清音的電話號碼下面多了兩行字：算卦、測字、看風水，早七點至晚九點之間勿擾。

楊大師傻眼了。這是什麼套路？

第二十五章

林清音回家吃了午飯，打開新買的行李箱開始裝衣服。她的衣服並不是很多，以前是因為家裡條件不好，衣服只剛剛夠穿。現在有錢了，可林清音又沒空逛街，數來數去能穿的衣服也沒幾件。

鄭光燕看著女兒空蕩蕩的行李箱直發愁。「這個年紀的女孩都是喜歡打扮的，妳倒是出去買幾件衣服啊？」

林清音不以為意的將英漢詞典放進行李箱裡。「我平時都穿校服，有兩套呢，足夠換洗了。」

鄭光燕聽了直嘆氣，想到那天來自己家的張思淼要和林清音一起住宿舍，忍不住直叮囑道：「沒課的時候和思淼去商場逛逛，馬上天就冷了，毛衣和大衣總得買吧，去年的都小了。」

林清音點點頭，將從超市拿來的十幾袋牛肉乾塞進了行李箱裡。「啪」的一聲扣上蓋子。

「媽，我去學校了。」

林清音平時都是騎自行車去上學，這次帶著行李騎自行車就不方便了，所以是叫王胖子來接的，等把行李放到學校以後兩人正好去公園算命。

週末都是家長或者親戚送學生，所以樓下的舍監阿姨沒有阻攔，王胖子順利的跟著林清音進了宿舍。

張思淼一家剛從食堂吃過午飯回宿舍，張喬坐在沙發上一個勁的誇食堂飯菜味道好，丁紅正在陽臺洗洗刷刷。

宿舍的洗衣機是有自淨模式和高溫消毒功能的，丁紅上午的時候已經清洗一遍洗衣機，又用九十度的高溫消過毒，然後分批將林清音和張思淼的寢具布套放進去洗，一邊洗還一邊教導張思淼。

「新買回來必須先洗乾淨了才能用，妳都不知道上面黏了多少灰。」

林清音推開宿舍門的時候看到帶著家人溫情的一幕，丁紅剛把林清音的寢具布套放洗衣機裡，挽著袖子出來和她說：「小大師，您的床單被罩我洗了，等烘乾後我幫您套上。」

林清音道了聲謝，放下行李箱拿起一袋石頭就準備出門了。

被媽媽念叨得腦袋疼，張思淼從沙發上跳了起來，有些好奇的問道：「林清音，妳要出去嗎？」

林清音點了點頭。「去公園算命，妳要去嗎？」

張思淼眼睛一亮，把手裡的書扔沙發上拎起外套就衝到了門口。「我和妳一起。」

王胖子早就給林清音準備好算卦的地方，但最近林清音一直忙學校的事，算卦的次數寥寥無幾，再加上她每次出來算卦的時候天氣都挺好，索性就直奔公園來了，畢竟這個季節有陽光的戶外反而要比室內舒服。

今天陽光足溫度適宜又不會讓人覺得曬，林清音照例把算卦的地點定在了草地上。林清音每次出來算卦人數有限，通常來看熱鬧的比算卦的還多，這次也不例外。林清音遠遠的就瞧見草地上擠滿了人，不過大家都自帶折凳坐在旁邊，中間的位置空著，那是給林清音和王胖子留的地方。

張思淼看到公園裡這麼多人還有些緊張，有些忐忑的問林清音。「大庭廣眾下算卦會不會被趕啊？警察不會管嗎？」

話音剛落，張思淼就看到一個女人激動的跑了過來，對著林清音直鞠躬。「小大師，我是馬明宇的媽媽。」

「馬明宇？」王胖子沒實際見過馬明宇，撓了撓頭才想起這個名字。「哎，就是小大師算過的小警察吧！他手術做完了？」

「做完了，因為發現的早所以手術很成功，今天早上剛出院。」馬明宇的媽媽說道：

「他今天傷口還有點疼沒辦法過來，等恢復好一定親自和您道謝。」

林清音微微一笑。「他也救過我一次的，就不用再說謝謝了。」

穿過人群，林清音坐在自己的老位置上，一直在原地轉圈的人見狀終於鬆了口氣，不等王胖子叫號就坐在林清音的面前。

「小大師，有件事我為難好久了，想請您替我算一算。」

林清音仔細的看了看他的面相，習慣性的摸了摸自己的龜殼。「你為難的事那麼多，到底想算哪一件啊？」

坐在林清音面前的是一個二十多歲的年輕人，個頭不高，身上沒二兩肉，眉尾略微有些往下垂，配合他滿臉的陰鬱，看起來就像是要倒楣的樣子。

來算卦的這個人叫白博安，他是那種普普通通、平平凡凡的人，沒有姜維天生順風順水的好命，也不是倒楣到喝涼水都塞牙的人。他沒有大的才能，也不是那種懶惰的人，剛好可以掙到一份能養家的薪水。

白博安以為自己的人生會一直這麼平凡下去，踏踏實實的做一份朝九晚五的工作，年紀到了和女朋友結婚，結完婚以後生一個或者兩個小孩，然後教導孩子長大……

大部分的人都是這樣過來的，白博安覺得自己也不例外，可是從半年前開始他的人生軌跡似乎有些跑偏了。

最開始是做了三年的工作突然開始不順手了，頻繁被客戶挑剔，但他卻弄不明白哪裡出錯了，每個月都為此流失一到兩個客戶，他從一個偶爾被誇讚的員工變成了每逢開會必要被點名檢討的人，甚至這幾天他的部門主管暗示他，老闆似乎有了想辭退他的想法。

白博安的工作不順就夠讓他焦頭爛額的了，這個時候他的愛情也開始出現問題。從大學時開始交往的女朋友似乎到了感情瓶頸期，她不再願意和他週末去逛公園，也不想和他去看婚房要用的家具，甚至一提到辦婚禮的事就煩，似乎想悔婚。

最讓他鬧心的是原本身體還不錯的父母經常出現沒有原因的低燒，白博安從網上搜尋了這方面的情況，看了以後卻心裡發涼。他想帶爸媽去醫院，可是老倆口看著兒子工作、愛情遭遇了雙重危機，怕這時候再生病會讓兒子的境遇雪上加霜，死活不肯去醫院，甚至一說就翻臉。

白博安都絕望了，愛情、事業、家人哪裡都不順，要不是怕父母受不住打擊，他都想跳河自殺了。

其實早在兩個月之前白博安的姑姑白娟就建議他去算一卦，說有一個小大師算命特別靈驗，前一陣子也有一個小夥子莫名其妙的倒楣了，後來被小大師算出來是被人奪了運勢，現在那小夥子一家人又發跡起來，聽說都是小大師的功勞。

白博安才不到三十歲，他對算卦這種事向來是不怎麼相信的，他那時候事業和愛情剛剛出現危機，還沒變得嚴重。況且他在辦公室一直秉持中庸的原則，向來不得罪人，家裡又沒有那麼大的產業，所以他不相信有人會這麼費事的針對自己，可能只是偶爾不順，過這陣子就好了，便一口回絕了白娟。

白娟見勸不動姪子，自己乾脆先預約了，她的兒子和白博安差不多的年齡，也有了女朋友。白娟想算一下，看看明年什麼日子適合給兒子辦喜事，算出大概來好提前準備，免得到時候手忙腳亂的。

一晃兩個月過去了，白博安的情況越來越糟，白娟看著心裡難受，勸不了自己的哥哥去醫院，只好再勸白博安，讓他來找小大師看看到底是哪裡出了問題。在白娟看來，姜家的事比姪子嚴重多了，小大師都解決了，自己姪子這事肯定是手到擒來的。

而之前一直拒絕算卦的白博安開始動搖，他現在真的有些絕望，甚至一些多年的好友也不知為何對他愛搭不理的，讓他想訴苦都找不到人。或許算卦也是一種方法，起碼可以找到訴說的人。

白博安的父母也勸他來算算，即便是算不出什麼也圖個心安。白博安來之前還特意上網查了些資料，有的說一些算命的故意往壞的方面說，就是讓你出錢化解，靈驗的沒幾個。看多了這種說法，原本就不怎麼信這些的白博安更加不當回事了，想著過來算算就是讓家裡人安心，若是所謂的大師說可以破解並且獅子大開口的話，自己絕對不上當。

他原以為算卦定好了就可以去，可問了白娟才知道小大師必須先預約，時間也不一定，人家小大師哪天有空哪天才來。

白博安沒有提前預約，要是現在排隊也太晚了，白娟便把自己的號讓給他。好在沒等多久，才兩天群組就公布了小大師算卦的時間，白娟趕緊把白博安領過來。

白博安到了公園以後看著草地上坐得滿滿當當的人，心裡嘟囔這小大師粉絲還挺多。等了半個多小時後，就見一個胖乎乎的中年男子帶著兩個學生樣子的女生來了，大咧咧的坐在草地前的空位上。

白博安迫不及待的衝了過去，按照白娟教他的稱呼客客氣氣的朝王胖子說道：「小大師，有件事情我為難好久了，想請您替我算一算。」

王胖子笑呵呵的看著他沒吭聲，只見坐在中間的那個年輕的女學生開口了。「你為難的事那麼多，到底想算哪一件啊？」

白博安愣住了，原來小大師是這個小女孩？現在的學生不好好唸書都出來發展副業了嗎？第二個想法就是這麼小會算個啥啊？雖然白博安之前也沒指望能算出什麼，但是看著王胖子那樣的就適合聊天，如今他實在是不好意思對一個小姑娘吐苦水啊。

林清音沒理會他的詫異，摸了摸龜殼直接說道：「我給你起一卦吧。」

林清音每次來算卦都帶著這個龜殼，但卻很少使用，聽到這句話的圍觀群眾都興奮了，一個個都不由自主的往前邁一步，想看清楚些。

林清音拿出三枚古錢，用龜殼連搖六次，六爻全陰。

輕輕嘆了口氣，林清音看著白博安的眼神帶著幾分憐憫。「龍戰於野，其血玄黃。」

白博安第一次來這裡不太了解情況，可他的姑姑白娟心裡卻咯噔一下，小大師算了這麼久的卦，還是第一次用這種眼神看人。

「小大師，這卦是什麼意思？」

林清音說道：「六爻全陰，物極必反就會導致陰陽爭奪勢力範圍。陽為天，陰為地，坤陰的增長已經到了極致，所以這是一個窮途末路的卦象。」

白博安聽了臉色一變，站起來就想走，白娟死死的抱住他，聲音有些發顫。「小大師的卦從來沒算錯過，你要是走了你就真的完了。」

林清音對白博安的態度並不以為意，只是算卦要收錢，她為了良心還是多說一句。「你父母的身體沒有什麼大礙，去醫院住上半個月、一個月左右也就痊癒了，倒是你自己外出時多注意安全。」

白娟聽了這話說不上是鬆了口氣還是更擔心了，自己哥哥身體沒有大礙是好事，但是白博安要是出什麼意外，對老倆口的打擊恐怕比自己生病還要嚴重。

白博安氣呼呼的掙脫了白娟，從口袋裡掏出手機。「算卦多少錢，我付給……」話沒說完，白博安愣住了，他收到了兩個訊息，一個是女朋友在半個小時前發來的，她說自己找到了真正喜歡的人，向白博安提出分手；另一個則是公司的人事，通知他星期一去辦離職手續，他被開除了。

白博安眼眶一濕，自嘲的笑了下。「失業失戀算什麼，還不到窮途末路的地步。」把手機隨意的放在口袋裡，白博安居然想開了，一屁股又坐了回去。「那妳說說我都這樣了，該怎麼辦吧？」

林清音摸著自己的龜殼神色有些淡淡的。「你的生辰八字是多少？」

白博安說了自己的出生日期，等說到具體時間的時候有些猶豫了。「我只記得我媽說我出生那天，前半夜生的十來個孩子都是男孩，後半夜開始連著好幾個女孩，我應該是前半夜生的。」

白娟趕緊補充。「我記得是晚上十點、十一點左右，確實的我也想不起來了。」

林清音微微點了點頭，和白博安說道：「無論從八字還是面相上看，你都屬於平常人，沒什麼大福運同樣也沒有太多晦氣，沒有出彩的地方但也不是那種笨拙的人。」

白博安不由得點點頭，從小到大他的成績不上不下，一直在班上二十名左右，考大學時剛過一線，但因分數有限，最後才上一間二線大學；女朋友是大學時候談的，兩人外貌都普普通通，但都屬於脾氣性格差不多，再加上又是同鄉的緣故，兩人就順其自然在一起了；畢業後找的工作也是那種不大不小的公司，加上老闆一共三十來個人，他的工作做得不溫不火，不出頭但也不至於扯後腿。

林清音繼續說道：「現在你天庭的兩側出現了被陰氣覆蓋、晦氣瀰漫，導致天庭陰暗，父母宮受損，愛情不順、事業低迷。從陰氣的瀰漫程度和範圍來看，你這個情況至少有半年了，往前推測一下，應該是清明節前後。」

白博安的表情從不以為然到漸漸凝重。

還不等他發問，林清音繼續說道：「一般從天庭兩端冒晦氣通常是祖墳不好導致的，但你和你姑姑本出同源，她卻沒有什麼異樣，這說明你們家的祖墳並沒有大礙，這件事應該只和你個人有關。」

白娟臉色變得有些難看，她仔細的回憶，倒想起一些端倪。「今年清明節我哥帶著他去老家上墳，當天晚上他還打電話給我說看到村裡別人家的墳地都立碑了，也想給我們家的祖墳也立上，免得村裡人笑話。我當時說今年怕來不及，這墓碑都必須提前找人刻，可以等明年一過年就找人做，到清明的時候正好立上，可我哥說村裡有現成的碑，一天就能刻好。後來不知道為什麼電話就掛了，我當時和女兒在外面旅遊，就沒再繼續問，等我回家都半個月以後了，早忘記這事了。」

坐在小凳子上的白博安臉色有些難看。

「當時村裡的那個匠人要價比平時多一倍，我考慮快結婚了，手頭本來就緊張，再花這麼多錢立碑就不夠了，和我爸說緩兩年寬裕些再說。」

白娟聞言有些忐忑不安的看著林清音。「是不是我姪子不願意立碑祖宗怪罪了？」

林清音搖了搖頭。「那倒不會。這個世間靈氣匱乏、陰氣缺失，只有十分特殊的地方才會有亡靈滯留。從你們的面相上看，你們的祖墳就是普普通通的埋骨之地。能在這種地方造成自己體內的陰長陽消變成了窮途末路之相，應該是在墓地見血了吧？」

白博安心裡一震，伸手將自己的劉海掀了起來，上面有一個指肚大小的疤痕。「那天我和我爸吵了起來，半夜氣不過想去墓地撒尿，結果烏漆墨黑的一下子摔倒了，額頭正好碰到墓前的一塊石頭上。」

聽到這話，所有人心裡都升起了同一個念頭：這倒楣孩子！真是自找的！

白娟一聽氣壞了，伸手朝著白博安的後腦杓打一巴掌。「你跑誰家的墳前撒尿去了？」

白博安捂著後腦杓委屈撇嘴。

「就是石匠周老三家的，本來我爸也沒想立墓碑的事，就他跑到我們老宅來比比劃劃的，話裡話外嘲笑我們不給祖墳立碑。我爸媽商量這並不是一時半刻的事，明年立也行，他又說沒誰家立個碑還等一年，簡直是大不孝。」

看著白娟有些氣不平的樣子，白博安的聲音也有了底氣。「周老三看著我爸和我媽商量這事，就插嘴說他家有現成的碑，原本是別人預定的，但是對方不急著用，可以先勻給我們，然後報出一個誇張的價格，我爸被他說動急著立碑便想答應，我死活攔住了。」

白博安看著白娟露出幾分可憐的神情。「姑，妳也知道，那時候我都要和小雅訂婚了，正需要用錢，要是按照周老三的價格，得花一萬多塊呢，我們實在不急著立碑。說句不好聽的，我爺爺的墳十來年沒有墓碑不也好好的，我太爺爺的更早呢！也就這幾年才興立碑，以前大家不都是土包，誰家立碑呢？」

白娟眼睛一豎，點著他腦門氣得直咬牙。「那你也不該起了到人家墳頭撒尿的心思啊！」

白博安氣不忿的說道：「這本就是我們家的事，可那天周老三說話別提多難聽了，好像我們不馬上用他的碑就是白家的千古罪人。後來我把他攆出去了，再去村裡幾個相熟的嫂子家打聽，才知道他偷工減料用了不好的石頭給人家，人家主家在刻字前來驗收不過，直接不要。他那墓碑晾著好幾個月沒人買，這次看我們回鄉想訛我們當冤大頭，不但想把不好的墓碑賣給我們，還要了好墓碑雙倍的價格，妳說缺不缺德？」

白娟聽了也同仇敵愾，若是平時她肯定掐腰把周老三家從祖宗十八代罵個遍，可現在不是計較這個的時候，現在她姪子額頭兩端冒黑氣都快把命送了。

「你尿他家祖墳前頭了？」

白博安縮了縮脖子。「他家祖墳和我們家的離很遠，我白天時路過看見了，晚上就去往他爸的墳墓上……」

白娟聽了險些氣昏過去，這也就是自己親姪子，要是換成別人她肯定會說一句活該。

「小大師，您不是說現在的墓地沒有孤魂野鬼亡靈嗎？我姪子這是怎麼回事啊？」

林清音有些無奈的說道：「墓地屬陰，你們老家墓地的範圍是不是很大？」

白娟尷尬的點了點頭。「各家各戶的祖墳基本上都連成片了，除去這些年遷走的，還有上百個墳頭……」白娟越說越心虛。

林清音嘆道：「夜晚的墓地本來就是極陰的，他偏偏還在那裡磕破了天庭的部位，所以才導致晦氣纏身。也幸好他仗著還是童子身，存著一點元陽才護著他暫時沒有性命危險。不過他體內那點元陽也消耗得差不多了，也就勉強還能支撐半個來月的時間。」

白娟臉都嚇白了，就連白博安也開始害怕。當初他跑到墳場裡撒尿磕破頭的事並沒有告訴家裡人，一是覺得丟臉，再者老人忌諱這個，他怕挨罵。可沒想到今天讓一個十幾歲的小姑娘看了出來，更沒想到後果居然這麼嚴重。

要是知道有這樣的後果，他絕對不會賭氣幹這事！

白娟的聲音帶了幾分哭腔。「小大師，我姪子這窮途末路之相還有救嗎？」

林清音輕笑。「若是沒救我連說都不說，免得讓你們嫉恨我。說白了他現在也就仗著這一點點存著的元陽還有一線生機。等這點元陽消磨完，他或是大病或是意外，左右都逃不過必死的結局。」

聽到還有一線生機，白娟懸著的心放下一半。「小大師，得用什麼法子？」

「八枚極陽符擺陣，每天中午十二點到下午兩點坐在陣法中間的浴桶裡補陽消陰，要一個月的時間勉強能達到陰陽平衡，另外需要一枚八卦兩儀符隨身佩戴至少一年以上，可以讓體內的陰陽之氣恢復到正常狀態。」

白娟聽了猶豫著問道：「小大師，如果遇到下雨天陰天沒有太陽怎麼辦啊？」

林清音一臉淡然，似乎掐算好了。

「未來一個月都是大晴天，妳不用擔心這個問題。」

圍觀的人有的掏出手機看看天氣預報，看到裡面如拋物線似的溫度忍不住嘀咕。「我記得本市新聞說下週有大雨降溫的天氣。」

「我記得也是，為此我還特意把秋衣秋褲給找出來洗了。」

「你們看我手機上的天氣預報，上面就顯示下週三四五都有雨，一週以內的天氣預報現在還挺準的。」

下面嘀咕聲不斷，白博安聽了也有些擔心，弱弱的問道：「小大師，天氣預報說下週有雨。」

林清音抬頭看了看天，而後堅定的搖了搖頭。「沒有！」

眾人不信，卻也不敢說話，只在心裡說：好吧，您是大師您說得算。

第二十六章

「小大師，那這期間還有什麼需要注意的事嗎？」

林清音看著白博安加重語氣說道：「兩年內不能去墓地、不能參加葬禮，夜間不要走僻靜無人的地方，尤其是不能再隨地大小便了，免得再沾染上陰氣。」

白博安臊得連話都說不出來，還是白娟忍不住幫著問：「小大師這些東西要花多少錢啊？」

林清音伸出兩根手指，就在白娟要鬆口氣的時候聽到林清音說道：「二十萬，不議價。」

白娟深吸一口氣，不敢為姪子做主了，二十萬可不是小數目，在他們這個小城，一套二十四坪的二手屋頭期款也不過是這個價格。

來之前信誓旦旦，想絕對不會為破解困境出錢的白博安猛然站了起來。「好，二十萬就二十萬。」

白娟被白博安給震住了。「你不是說今年打算買房結婚嗎？你把這筆錢用出去你女朋友會答應？」

白博安頓時苦笑。「女朋友剛剛和我分手了，公司也把我辭退了，我即便用這筆錢當頭期款都無法貸款。再說，要是命沒了我還要這二十萬幹麼？」

白娟聞言跟著嘆氣，若是拿來買命的話這二十萬真不貴。況且小大師的能力在這一帶有口皆碑，她算的卦、出手救的人還沒有不靈驗的，別人不信也會信小大師。

白博安的手機銀行轉帳有額度限制，他去附近的銀行開通，林清音繼續給下面的人算命。有白博安這件大事在前，後面離婚的、破財的、算老公有沒有出軌的都算小事了。

一個小時過去，剩下的九個人都算完了，白博安也回來了，當即給林清音的帳戶轉了二十萬。

林清音轉頭問張思淼。「我要去他家布個陣，妳要先回學校還是跟我一起去？」

張思淼連忙說道：「我和妳一起，然後一起回學校。」

林清音點了點頭，帶著張思淼上了王胖子的車，白娟開車在前面帶路。

白博安的家離公園不算很遠，開車十幾分鐘就到了。白博安的父母今天中午吃了飯又有點發燒，關節有些發痠，有氣無力躺在床上打盹。

白娟進屋看到這一幕有些著急，擔憂問：「小大師，我哥和嫂子真的沒有大礙嗎？」

「沒事，只是被他的父母宮給妨礙了，再加上日復一日被陰氣侵擾造成了免疫力低下的緣故，去醫院檢查，該打針打針，該吃藥吃藥，很快就好了。」林清音說著推開所有朝南開向窗子，又調整了下屋裡盆栽和擺設的位置。「我挪過位置的這些東西你們暫時不要動，讓屋裡的陰氣往外散一散。」

林清音做這件事不過是順手而為，她來的主要目的是給白博安佈置。將白博安詳細的八字問出來以後，林清音將一絲靈氣導入刻刀裡，飛快的在石頭上刻畫陣紋。

白博安看著林清音拿支普普通通的刻刀，在堅硬無比的鵝卵石上刻得飛快，刀刀下去就像是沒有阻礙，很快刻好一枚紋路繁複的石頭。

一塊、兩塊、三塊……

不過十來分鐘，林清音就刻好了八枚石頭，這八枚石頭紋路各不相同，但大小形狀看起來卻一般無二，也不知道林清音是怎麼找到這麼多一模一樣的石頭的。刻好八塊石頭後，林清音又拿出一枚橢圓形的石頭，只見石頭黑色和白色的紋路糾纏在一起，分不清楚什麼顏色的更多一些。

這些繁複的陣紋就像是刻在林清音的腦海中，她似乎連多思考都不用，拿起來就下刀，絲毫沒有半分猶豫。

很快最後一枚石頭做好了，林清音將刻刀收起來，從書包裡拿出一枚穿著紅繩的針。以前她只負責雕不負責穿繩，後來看到自己客戶的脖子上戴得五花八門，什麼品牌的首飾袋都有，林清音覺得實在是不好看，乾脆從家裡找一根縫補衣服的針做穿繩工具。

白博安的父母看著林清音拿一枚老舊圓頭的針往石頭上扎了過去，下意識就要阻攔，這種老式的針都不結實，要是用力過猛容易掰斷，況且是用來穿石頭。

可話還沒說出口，就見那針絲毫沒有阻礙從又厚又重的鵝卵石裡穿過去。白博安的媽媽忍不住揉了揉眼睛。

您穿的這是豆腐還是石頭啊？怎麼看起來這麼容易呢！

刻石頭也就算了，給石頭打孔這一幕讓白博安一家人的眼睛都掉下來了，等林清音將串好紅繩的石頭遞給白博安時，一家人都緊盯著，都想確認一下是不是真的石頭。

白博安接過石頭來上下左右瞧了半天，無論是重量、手感還是外觀都和普通的鵝卵石相差無二。一開始他還以為是刻刀鋒利，可看到林清音拿一根普普通通的針也能穿透石頭，便知道這事和刀沒關係，是小大師獨特的能耐。

在紅繩末端打了個結，白博安小心翼翼的將石頭掛在脖子上，心裡覺得踏實不少。他從沒有想過自己居然有一天會花二十萬買幾塊石頭回來，可當自己偷偷做的損事被小大師一語道破，他就打心底信服這個小天師了。

說實話他也是真的怕了，因為一泡尿損失二十萬不算什麼，要是為此搭進去一條命才真的不值得。

林清音將其餘八枚刻好符紋的石頭拿在手心裡，直接朝其中一間南向的臥室走去。「這是白博安的房間吧？」

白博安的房間和他父母的房間沒什麼區別，房間裡都是一張雙人床一個立式的衣櫃。白母是個乾淨人，裡裡外外收拾得妥妥當當的，房間裡看不見亂扔的衣服，單看還真的不好分辨哪個是白家老倆口的房間，哪個是白博安的房間。

白娟滿臉欽佩的神色。「小大師您真是好眼力，這都能瞧出來。」

林清音呵呵一笑。「滿屋子都是陰氣，我還看不出來也甭算卦了。幸好他的房間朝南有大窗戶，白天還能進點陽氣，要不然這屋裡都不能住人了。」

張思淼和王胖子站在房間門口伸長脖子使勁揉揉眼睛，怎麼看也看不到虛無實質的陰氣。兩人對視一眼都有些洩氣，感覺和林清音的眼睛相比，他們的眼睛就像少了零件，什麼陰氣晦氣都看不見。

白博安的房間不算小，床到窗外之間有將近兩坪的空間，足夠林清音擺陣法了。

林清音在空著的位置轉一圈，轉頭問白博安。「你家有木頭的浴桶嗎？坐在裡面要到脖子的位置。」

白博安剛要搖頭，就見白媽媽立刻說道：「我家斜對面有店可以買，我記得有一款那樣式的木頭浴桶。當時營業員還說這款挺輕便的，可以放浴室也可以挪到陽臺，我還挺心動來著。」

林清音說道：「那你們今天一定要去買一個回來，記得不用太寬，能坐足一個人就可以，桶深到他的脖子部位，要把肩膀浸在水裡，脖子露在外面。」

白博安摸了摸自己的脖子覺得這要求還挺複雜，他想著等會兒去買的時候一定要每一個浴桶都試坐一次，買一個最符合小大師要求的回來。

只是浴桶應該放在浴室的，放在房間裡加水放水都比較麻煩。林清音也想到了這個問題，不過她不關心白家怎麼放水的事，她擔心的是自己的陣法。

「房間裡沒有排水口，浴桶肯定要每天拖來運去的，若是把石頭擺在地磚上面，只怕會碰撞到。」她指了指自己刻的符紋說道：「只要動一根頭髮絲的距離，陣法就可能失效。」

林清音說完，白家人都有些發愁，他們就是再小心也有意外的時候，而小大師又不可能天天來守著，要是陣法被破壞，這心血不是白費了？

白爸爸有些無措的問道：「那小大師您出個主意，有沒有固定不會動的陣法呀？」

林清音點了點頭。「有，但是那個成本高，我手上也沒有相應的材料。倒是有可以讓石頭固定的方法，只是不知道你們捨不捨得？」在白家人一口氣提到嗓子眼的時候，就聽林清音指著地上光滑的瓷磚問道：「我可以把石頭鑲嵌在瓷磚裡，但是如此一來會破壞瓷磚，你們介意嗎？」

白爸爸鬆了口氣，忙不迭的說道：「妳儘管往裡砸沒關係，這些都是身外之物，無關緊要的。」他轉身出去拿一把鐵鎚進來。「小大師您說往那裡砸？我幫您揮錘子。」

林清音輕輕一笑。「那倒不用。」

只見她手指一彎，一顆石頭從她的指尖朝地面飛了出去，就聽「咔」的一聲脆響，那顆石子十分俐落的嵌入瓷磚中間，石頭上雕刻出來的符紋朝著上方，而石頭周圍的瓷磚一絲裂痕都沒有，就彷彿那石頭原本就在那裡。一顆、兩顆、三顆……直到第八顆，所有的石頭按照八卦的位置鑲好，林清音揮出一道靈氣啟動陣法。

白博安站的位置離林清音比較近，她揮胳膊的時候正好從他眼前掃過。在林清音放下胳膊的一瞬間，白博安恍惚間看到了八顆石頭被一道紅光連了起來，而那道紅光看著就像是一條渾身燃著火焰的龍。

這樣的幻境只持續了兩、三秒鐘就消失了，白博安伸出手揉了揉眼睛，這才發現眼前沒有什麼火龍也沒有紅光，那八顆雕了符紋的石頭安安靜靜的躺在瓷磚裡，看不出有什麼異樣的地方。

林清音布好了陣法，抬腿走到八顆石頭最中間的位置停了下來。「明天就將浴桶放在這裡，泡的時候記得要打開窗戶讓陽光灑進來，記住一定要泡足兩個小時，少一分一秒都不行。你願意多泡也可以，但必須在陽光充足的情況下才有用，否則的話浪費時間。」

林清音看了白博安一眼，在她的眼中，白博安全身都被黑色的陰氣籠罩，唯有心口窩一絲弱小的元陽在艱難的支撐著。

說實話，陰氣已經濃郁到了這個地步才發現問題，全靠元陽留下的一線生機，否則的話估計早就沒命了。

林清音本著收了錢就要對客戶負責的態度，囑咐道：「你覺得渾身發冷的話，也可以在這裡盤腿坐一會兒。另外每天早上十點到十二點之間，讓你的父母也來這個陣法裡坐坐，病好得也能快一些。」

白家老倆口對視一眼，忍不住開口問道：「小大師，我們倆這是什麼病啊？非要去醫院嗎？」

「你們是受到了陰氣的影響，若是開始幾天多曬曬太陽，把陰氣驅逐出去就不會有什麼大礙。只可惜日積月累，陰氣太多，已經引發身體不適，這個時候驅逐陰氣是一部分，另一方面你們還得去醫院，該看病看病，該吃藥吃藥，並沒有什麼大礙，但是再拖下去就影響壽數了。」林清音在兩人的臉上同一個位置各點一下。「現在你們的壽數出現了分叉，就看你們怎麼抉擇了。」

看著老倆口心有戚戚然的樣子，林清音又強調。「任何時候都不要諱疾忌醫，拖是不會把病拖好的，反而可能拖出更嚴重的病來。」

「哎哎，小大師說得是，我們明天一早就去醫院看病。」一直拒絕去醫院的老倆口這回再也不敢瞎倔強了，像個聽話的孩子回應。「我們一定聽醫生的話。」

林清音點點頭又和白博安說道：「你暫時就不要出去工作了，等你身體恢復正常再出去也不遲，一個月後我會再來看你的情況。在這期間你若是有急事或者有什麼異樣隨時和王虎聯繫，他會轉達給我的。」

白博安忙不迭的點頭，一家人對林清音再三感謝，雖然還不知道陣法的效果如何，但是看著小大師侃侃而談的樣子，心裡已經踏實許多。尤其是白博安，他決定等小大師離開，他就先在這裡坐上兩個小時。最近一陣他總是覺得骨頭縫裡冒冷氣，還以為是因為入秋變天的緣故，卻沒想到是陰氣作祟。

想起半年前自己腦殘的舉動，白博安悔得腸子都青了，上了個廁所足足用了二十萬來補救，自己這泡尿估計和八二年的拉菲酒不相上下了！

林清音在白博安家裡布好陣法後便離開了，此時幾公里外的一個老式住宅區裡一個男人卻正在琢磨林清音的事。

他臉色陰鬱，腳步飛快的朝一家掛著周易牌匾的小店快走了過去，一進門就吆喝。「老黃，在嗎？」

這個周易的小店其實就是拿院子裡的儲藏室改的，過去的老房子儲藏室足足有兩坪半，這家又占了一部分院子加蓋一間，裡裡外外稍微裝修一下，外面那間屋子有書架、茶几和沙發，擺著一些玄之又玄的書，裡頭那間則是算卦的地方，裝潢得有模有樣。

「在呢！」老黃將老花眼鏡摘下來放到一邊的書上，穿著件棉馬甲走了出來。「什麼風把你給吹來了？是打算來找我喝一盅嗎？」

「都什麼時候還喝一盅啊？你還真是心大。」李康大咧咧坐在沙發上，拿起茶壺給自己倒一杯茶。「最近有個十六、七歲的女學生在市民公園算卦，你聽說了沒？」

老黃嗤笑一聲。「什麼時候小姑娘也能算卦了，周易她看得懂嗎？」

「甭管看得懂看不懂，人家招攬了一大群信眾呢。」李康喝了口茶繼續說道：「我剛才坐公車上聽見兩個老太婆說，那小姑娘人家都管她叫小大師，甭管算什麼起價一千，破解還得額外給錢。好像說這一千塊還是之前預約的價，往後再預約就要兩千了。」

老黃聽得一愣一愣的。「一千？算結婚日子也一千？」

「可不就是？」李康滿臉晦氣的呸一聲。「我算一個結婚日子三百還有人嫌貴，人家那一千還幾十個人排隊，你說這是什麼世道！」

老黃從口袋裡拿出一個油亮的葫蘆在手裡盤著，臉上露出了若有所思的表情。「這麼高的價格還有這麼多人趨之若鶩，是不是很靈驗啊？」

「有什麼靈驗的。」李康往門外看，見沒有外人路過才冷笑一聲。「說白了，我們做這行的都是靠一雙會觀察的眼睛和一張會套話的嘴，再加上多讀幾遍《易經》、《梅花易數》、《四柱學》之類的東西，根據事主的情況往上套。靈不靈驗的其實我們都說不準，更何況是別人。」

老黃對這段話不置可否，他這麼多年一直研究易經、八卦，還是齊城周易協會的理事，他自認為要比李康這種半吊子要強，起碼從他這算卦的還沒有回來找麻煩過的。

摩挲著手裡的葫蘆，老黃的眼神有些深沈。「算卦這行說容易也容易、說難也難，她這麼一個丫頭要打開局面可是不容易，是不是有人在後面托著她啊？」

「還真讓你說中了！我在公車上越聽越不對味，便假裝對那個小大師感興趣，問她們要了預約的聯繫方式。」李康掏出手機給老黃看。「你猜幫她打理這些的是誰？就是新華書店後頭那條南二巷擺攤算卦的王胖子。那孫子連易經都沒讀過，拿著他爺爺一本破書也敢擺攤算卦，一年到頭老有事主去揍他。」

「是他啊！」老黃摩挲葫蘆的速度不禁慢了下來，臉上的表情也比剛才輕鬆了許多。

「他這是算卦算不靈又整別的邪門歪道了？有這心思多讀些書多好！」

李康有些憤憤不平地說道：「老黃，你說他自己都算不明白，到底怎麼把那小姑娘捧起來的？可別和我說那小姑娘算得準，打死我也不相信！」他越說越生氣，好像若是王胖子在面前就要揍兩拳似的。「這王胖子怎麼總給我們添堵啊！」

「王胖子這人算卦不怎麼樣，命倒是不錯。」老黃喝了口茶有些感嘆的說道：「我們這些人，你、我，包括我們協會的那些人，甭管會長、副會長、理事，全都指望著這點本事吃飯。就王胖子不用，人家靠租金把自己養得白白胖胖的，你說氣不氣人？」

「他就和玩票性質似的，我以為他不幹了呢，沒想到又出了這麼一招。」李康試探著看著老黃，半開玩笑地激他。「我們幾個就你名頭大，這事你不出面？」

老黃是算卦的老油條，自然不會人家一激就上套，可也不會無動於衷。齊城這個地方只是個小城市，大部分都是本地人，外來的占很小的一部分，經濟發展基本上靠的都是本地人。

而他們這個算命市場也是如此，齊城總共就這麼些人，算卦的市場也就這麼大，多一個人算卦，他們就少分一杯羹。

再說了，一般事主想算卦的都喜歡提前打聽打聽，看有沒有靈驗的推薦，要讓他們蒙頭去找還真尋不到地方。其實很多算過卦的也說不準到底靈不靈，因為他們算流年運勢的時候都說得模稜兩可，很難說得正好。

一年到頭絕大部分生意都是來算結婚日子的，圖個吉利。雖然一單生意只要三百塊錢，但是十來分鐘就能搞定，有的還願意加一百算算流年運勢，也不費太多力氣；剩下一小半的生意通常是看風水的，家裡的風水、辦公室的風水，這個要上門了，通常一千塊錢起跳，因為價格不算便宜，所以這樣的生意比較少，有時候一個月也接不到一單。比上不足比下有餘，老黃靠著一個周易理事的身分生意還算好做，一個月怎麼也能賺個兩、三千塊錢，趕上旺季的時候還能賺四、五千。可齊城畢竟不是大都市，算卦的市場也有限，有一個人的名聲突然起來，對其他的同行來說肯定會造成影響。

撒手不管是不可能的，但得好好想想怎麼插手。

老黃搓著葫蘆用力得險些把手上的皮給搓下來，一看這力道就知道他心裡不平靜。「你都打聽了嗎？她都什麼時候在那算卦啊？」

李康一想起這個更生氣。「我還真問了她們，居然說要看她心情，我就沒見過這樣算卦的。」

老黃抬起手來往下壓了壓。「若是這樣還真不用慌了，這肯定是和那些做生意的人學的饑餓行銷。這人啊，骨子裡就有點賤，你越讓他排隊、越把架子抬得高高的，追捧的人越多！無所謂，不足為慮，越這樣越證明她只是花架子。」

老黃說完思索了片刻，又問道：「從她那算卦必須排隊？」

「也能插隊。」李康憋屈的說。「現在插隊的價格是兩千五。」

老黃頓時就不說話了，一般結婚算日子至少得提前半年，這個時候正好是淡季，這眼見月底了，他也才賺了兩千五、六，要是把這錢當探底的錢，實在是不值得。

「我們等著！這眼看就要放假了，她肯定還會出來擺卦攤，我們不花那個冤枉錢！」李康眼睛裡閃過一絲遺憾的光芒，很快他又若無其事的抬起頭來。「那等她算卦的時候，我們就眼睜睜的看著她搶客？」

老黃端起杯子輕輕一笑。「公園附近不是有個派出所？打個電話檢舉有人在公共場合從事迷信活動不就得了?讓她在她的信眾面前出醜，到時候再多叫幾個人起起鬨，說她算不靈，你說那些喜歡跟風的人還信她嗎？」

兩人對視一眼都哈哈大笑起來，老黃端起茶杯喝了口茶，微沈的眼皮擋住了眼睛裡算計的光芒。到時候多印一些名片去發，靠著他周易研究協會理事的身分，他一定能拉來一大批的客戶。

第二十七章

林清音和張思淼回到學校後，宿舍已經被丁紅收拾得一塵不染了。地板擦得光亮，冰箱裡擺著整整齊齊的牛奶、優格、水果、飲料和零食，就連給她們洗的床單被罩都已經烘乾套好了。

林清音換了鞋子回到自己的房間，將行李箱裡的衣服掛進衣櫃裡，書本放在書桌上，然後在房間裡佈置一個聚靈陣。

東方國際私立高中綠化做得好，學校裡的樹多草坪多，為了提高學校的形象，王校長還花大筆錢引進了不少古樹，又找了專人修剪維護草坪，相比外面來說，學校裡的靈氣要濃郁許多。

王校長這次為林清音選的宿舍也是最好的，所在的樓層不僅陽光充足，而且這棟樓的前面有一條從外面流進來貫穿整個學校的小河。

小河五、六公尺寬、蜿蜒綿長，河水卻只有一公尺深，既給校園增添了景致又不會有危險。這條河占地面積雖然不大，卻因為是活水的緣故，正好讓這一片的靈氣活躍起來。

布好聚靈陣，林清音感受一下從外面湧進來的靈氣，比在家的時候要濃郁一倍以上。在這種地方不僅利於修煉，就連普通學生在這樣的環境裡讀書也能保持耳清目明，學習效率會比在其他地方高很多，不得不稱讚王校長肯用心。

目前這個宿舍就只住林清音和張思淼兩個人，林清音為了保持宿舍的舒適度，打算在公共區域也布上陣法。既然要動擺設，林清音自然要問一問張思淼是否同意。

張思淼沒等林清音說完就欣喜的直點頭，之前去林清音家拜訪的時候她就很喜歡那種溫度適宜的感覺，不冷不熱很舒服，簡直是一種享受。

更何況林清音本來就對她有救命之恩，再加上今天又親眼目睹了林清音算卦的靈驗和神奇，張思淼已經義無反顧的成了林清音的腦殘粉。林清音無論說什麼做什麼，她都無條件的支持。

既然張思淼沒有意見，林清音便開始布陣。

林清音布陣法時遵循自然的原則，一般都是用有生命力和靈氣的東西來改變室內的氣場。她打算以宿舍現有的盆栽來布陣，只用少量的石頭來輔助，儘量保持房間現有的擺設和格局。

只見林清音一個人把宿舍裡的所有綠植、鮮花全都挪動一遍，有的花盆裡放了幾枚圓潤可愛的鵝卵石，看起來隨意中又帶著幾分野趣；有的綠葉上被林清音刻了幾道符紋，可瞧著並沒有遭到破壞的感覺，反而有幾分自然之感。

除了那個沒人住的空房間，林清音把宿舍的每一個角落都照顧到了。

張思淼看著綠油油的黃金葛、挺拔的發財樹、以及隨意放在客廳窗臺上的一枚小石頭有些不安的問道：「小大師，若是不小心碰到了石頭怎麼辦啊？」

她記得小大師在白博安家說過，挪動一分一毫陣法都會失效。

「沒關係的，碰到了我再放回去就好了。」林清音不以為意的說道：「這種陣法又不是多重要，失效也不會給宿舍造成什麼影響。」

聽林清音這樣說，張思淼頓時鬆一口氣，看著比剛才放鬆不少。「小大師，我們宿舍裡擺的是什麼陣法呀？」

林清音的手掌在一盆黃金葛上拂過，也不知道是不是錯覺，張思淼感覺那盆黃金葛比剛才還翠綠。

「主要是為了防塵防灰。」林清音有些糾結的皺起了眉頭。「我不會打掃，布一個這樣的陣法會省事很多。」

張思淼沒想到也有讓小大師為難的事情，眉眼彎彎的笑道：「這個陣法可真棒，讓我們省了不少事呢。不過如果需要打掃也不用擔心，我最會收拾房間了，如果有需要的話我可以幫妳。」

林清音微不可察的鬆一口氣，上輩子這種俗事有弟子操心，這輩子又有一個潔癖的媽媽，她還真沒打掃過。

「另外一個就是調節氣溫淨化空氣的陣法，過了十一之後天就要涼了。白天有陽光倒是不冷，但是晚上臨著水，難免會陰冷一些，我不喜歡太熱也不喜歡太冷，溫度濕度要剛剛好才住得舒服。」

張思淼覺得這陣法簡直太棒了，簡簡單單的石頭盆栽就能將冷氣、加濕器、空氣清淨機的功能都做到了，還省電環保，而且用起來比那幾樣加起來還舒服，和林清音同住一個宿舍太幸福了。

布好陣法天也快黑了，林清音特別期待的拿出了自己的飯卡。「妳要去食堂嗎？我們一起去吧？」

原本打算吃點水果當晚飯的張思淼趕緊拋棄自己的念頭，十分歡快的點點頭。路上張思淼想起老爸交代給自己的事，於是順嘴提道：「我爸說幫妳加值了飯卡。」

林清音有些詫異的挑了下眉毛。「是因為我救了妳的事？你們家不是送過禮了？」

「收禮哪還有嫌多的？禮物再多再貴，有我的命值錢嗎？」張思淼說著又伸手摟住了林清音的胳膊，無比認真的說道：「小大師那天真的是謝謝妳了！那晚妳突然的出現對我來說就和神仙下凡似的，我當時都激動得想哭了。我和我的家人都非常感謝妳，送禮物也只是想表達我們家的心意，妳放心收下就是了。」

林清音自從算命以來經常收到事主的謝禮，有人送過玉石、文玩擺件一類的貴重禮物，有的則送各種精緻的禮盒，平常一點的像是自己家做的點心、滷牛肉之類。給飯卡加值這麼有想法的禮物她還是第一次見，不過林清音覺得她挺喜歡這份禮物的，實在！

這個時間學生們都回學校了，食堂裡和平時的晚上一樣熱鬧。張思淼想起那天和林清音坐一張桌子吃飯吃的是粵菜，便提議仍然吃粵菜。

其實林清音無所謂吃什麼，在她的認知裡食堂裡的每種菜系都很美味，無論吃哪種都特別開心，所以就順了張思淼的意思，見對方笑得開懷，她也不自覺勾起嘴角。

兩人來到粵菜窗口排隊，大約三、四分鐘便排到了，林清音從窗口取下來兩個托盤遞過去。「我要兩隻紅燒乳鴿、一份豉汁蒸排骨、兩份蝦餃、再加一份艇仔粥。」

林清音已經不是第一次來這個窗口點餐了，負責裝盤的小姑娘已經認識她了。小姑娘熟練的將食物分別放在兩個不同的托盤上，還特別注意重量的分配，因為她知道一會兒這個特別能吃的瘦女孩會一手端一個托盤去找餐桌，每次看著都很讓人擔心。

把林清音點的食物裝好，小姑娘在刷卡機上輸入金額，林清音將飯卡往上一貼，然後兩個人同時愣住了。

窗口的小姑娘看著刷卡機上顯示的餘額忍不住伸手數一下位數。「個、十、百、千、萬、十萬？十萬三千八百元！」小姑娘驚得嘴唇直哆嗦。「同學，妳是把學費加值到飯卡上了嗎？」

林清音看到飯卡上的餘額也有些震驚，她轉頭看了張思淼一眼，壓低聲音問道：「妳爸給我加值十萬？」

張思淼也很傻眼，不過轉念一想，以她老爸的個性，會特意讓自己和小大師說一句估計也差不多是這個數字，一萬、兩萬的他肯定連提都不提了。

林清音見張思淼點點頭，有些意外的再次看了眼刷卡機上顯示的餘額，聲音有些悠長。「十萬啊，這一定是王校長出的主意，他怎麼這麼摳呢！」

食堂裡面亂哄哄的，服務員也聽不清林清音和張思淼說了什麼，不過她看到林清音的表情有些奇怪，還以為真的是加值錯了，非常好心的建議她到財務部把飯卡裡的錢退出來，要不然這麼多錢要吃到什麼時候啊！

面對服務員小姑娘的提議，林清音卻鄭重的將其中一個托盤給推了過去，聲音裡似乎帶著幾絲興奮和開心。「請再給我加一份叉燒！多淋點湯汁！」

服務員和張思淼都無語了。

爸，我覺得讓小大師用十萬塊錢吃兩年可能真的不太夠！她一頓飯都能趕上我吃兩天的了！

自開學以來，東方國際高中就鬧哄哄的沒完沒了，好不容易現在學校都回歸了正規，十月黃金週的連假又要來臨了。

這週是十月前最後一個星期了，但高二的學生不可能真的放一個星期的假，他們只有三天的假期。不過比起公立學校只放一天來說，他們已經算是幸福的高中生了。

如今林清音除了英語以外所有的課程都跟上了進度，林清音終於又回到一學就會一點就通的學霸狀態。尤其她做作業時的速度看來特別讓人眼紅，別人得做兩個小時的數學試卷，在她手裡就和加法的數學題一樣，根本看不到停頓和思考，二十多分鐘就能做完。

林清音對英語課也開始用心了，因為她已經在校外繳了十萬的補課費，不好好學對不起她的錢。

不過英語畢竟是一種語言，不是說學就能馬上見到成效的。不過自從林清音知道在校外學英語是多麼花錢以後，她特別珍惜在校內學習的機會。別人是花錢上學，她可是免學費招進來的，要是把老師講的都學會了，四捨五入一算這等於是在賺錢啊！

英語老師李彥宇看到林清音認真聽課的模樣心裡十分感動，小大師終於知道在英語上努力了，真的是太不容易了。

「林清音，妳讀一讀課文的第二段。」

李彥宇一激動就點了林清音的名字，可看到林清音面無表情的站起來後，他又有點後悔了。萬一林清音讀不出來，自己是不是就害小大師沒面子了？也不知道小大師記不記仇，想想王校長為了那幾根頭髮操碎了心的模樣，李彥宇覺得自己應該未雨綢繆，千萬不能得罪小大師，萬一以後自己也中年禿頂，小大師就是讓自己重回顏值巔峰的希望啊！

剛要找藉口讓林清音坐下，標準又流暢的英語從林清音嘴裡流淌出來，李彥宇立刻將注意力收了回來，仔細的聽林清音的發音，聽著聽著他覺得十分耳熟，好像和配套教材的錄音一模一樣，連中間空的秒數都相差無二。

為了驗證自己的想法，在林清音讀完第二段後，李彥宇又讓林清音繼續往下讀。在他的印象中，第三段的錄音裡兩個句子之間有一個明顯的停頓，足足有三秒鐘，正常朗讀的話是不需要停留那麼久的。

第一句、第二句，等念完那句後林清音果然停了下來，李彥宇默默的數著「一、二、三」一秒鐘都不差，林清音繼續後面的朗讀，若是閉上眼睛聆聽，除了聲音軟糯一些，其餘的和錄音一般無二。

李彥宇對林清音這樣的學生不知道該說什麼好，試卷能算出答案、課文能把錄音復刻出來，他都不知道該怎麼教才好。

林清音抬起頭從課本上看了李彥宇一眼，李彥宇露出了燦爛的笑容。「讀得非常的標準，一看就是提前複習過的，林清音同學最近進步很快啊！」

林清音滿意的坐下了，幸好課本有錄音教材可以聽，要不然她就出醜了。不過……這麼長一大段到底講什麼啊？怎麼不翻譯成中文呢？她的字典才背一半，根本就看不懂啊啊啊啊！

高中生的時間過得非常的快，每天不是上課就是在上課的路上，每堂課都被老師塞滿，讓人想走神放鬆一下都不敢。

好在一晃幾天很快就過去，終於到了國慶假期了，三天時間雖然短，但對於高中狗來說已經十分幸福了。

班導師于承澤有些頭疼的公布了放假的日子，有些不太明白王校長怎麼一邊想著提高學生成績又一邊給學生放這麼長的假。這些學生暑假回來心剛收回來一半，一下子放三天又要鬆一大截。

于承澤在學生的哀嚎聲中一連發了十份數學試卷，嘴裡還不忘嘮叨。「放假也不能放任性子玩，等回來就月考了啊，這次可是要分考場、排名次，考太爛了會丟臉。」

于承澤走了，李彥宇又來了，同樣的發了一堆作業以後也說起了月考的事，尤其著重強調。「關於英語考試中的小作文我要說一下，雖然平時我也教你們一些套路和萬用的句子，但是你們寫的時候可不能完全照抄參考書上的小作文。實不相瞞我看過不少參考書，你們用裡頭一、兩個句子可以，但一模一樣就不行了。」

林清音皺起眉頭，伸手從口袋裡將龜殼掏出來。

連參考書都不能背了嗎？看來得想新的法子了！

當天晚上，林清音在新東方補完本週的英語課後，從口袋裡掏出一張紙條遞給了楊大帥。

楊大帥打開紙條，只見上面有一個詞語：夢想。

楊大帥一頭霧水。「這是什麼意思啊？」

林清音一臉期冀的看著楊大帥。「你能幫我寫一篇高中英語作文嗎？就這個題目。」

這個要求對於楊大帥來說簡直再容易不過了，只是……「我的夢想和妳的可不一樣，妳的夢想是什麼？」

林清音以前的夢想就是飛升，可是她現在對這個目標有些迷茫了，因為在這個世界，她離這個目標太遙遠了。

上輩子她在靈氣充足、門派資源隨便取用的情況下還用了上千年才有機會飛升渡雷劫。這輩子靈氣稀薄、更談不上修煉資源了，她都不知道自己得用幾千年才能熬到飛升。不過也沒什麼，再活幾千年也挺好的，正好把上輩子沒享受過的事情全都享受一遍。

林清音淡淡一笑，神情帶著幾分縹緲。「我的夢想是先活上五千年，然後……」

楊大師舉手打斷了林清音的話，然後用兩分鐘就寫好一個上百字的小作文遞給她。

林清音看到第一個句子就卡住了，只能求助楊大師。「老師，你寫的是什麼啊？」

楊大師面無表情。「我的夢想是環遊世界，做一個旅遊體驗師。」

林清音頓時傻眼。

我剛才明明不是這麼說的！

看著林清音要抗議，楊大師冷笑一聲。「妳對這篇作文有意見妳可以自己寫啊。」

林清音臉上露出了燦爛的笑容。「沒有，我對這篇作文一點意見都沒有，寫得真好。」

楊大師冷哼一聲傲嬌的轉身要走，林清音趕緊叫住了他，有些猶豫的咬了下嘴唇。若是上週，楊大師還會懷疑一下這個女學生是不是對自己有意思，不過經歷了林清音寫紙條問自己算不算命的事以後，他已經不抱有這樣的幻想了。

楊大師都有些無奈了。「妳又有什麼事啊？」

「你想算卦嗎？什麼都能算的那種，算過去、占凶吉。」林清音再一次將寫了自己電話號碼的紙條遞給了楊大師。「你好好考慮考慮啊，若是想好了可以明天上午九點到市民公園算上一卦。」

楊大師一頭霧水的接過了紙條。「我沒什麼可算的啊。」

林清音搖了搖頭，堅定的說道：「不，你這次真的該算算了，你明天會來的。」

看著林清音離開的背影，楊大帥覺得自己這學生神經兮兮的，多大點的孩子居然信這個。

楊大帥把林清音給的紙條隨意的往字典裡一夾，打算等林清音下次來上課的時候自己一定好好說說她，要相信科學，別信那些虛無縹緲的東西，那些都是騙人的！他才不會去算卦呢！

楊大帥拿著詞典和教材剛要離開小教室，手機響了，楊大帥看了眼上頭的號碼，索性把教室的門關起來，坐在椅子上接通電話。

「大帥，今晚有空沒，出來喝一杯啊？」

手機裡傳來老朋友林躍的聲音，楊大帥看了眼手腕上的錶，輕笑一聲。「都九點多了喝什麼呀，我打算今晚回我爸媽家呢，都說好了的。」

「來吧來吧，李思雨回來了，還有王坤，我們可是一個樓長大的，都好久沒見了，你和阿姨一說她肯定樂意，以前她不是還想讓李思雨給她當兒媳婦嗎？天天讓你往思雨家送好吃的。」

林躍嘻嘻哈哈的笑著，楊大帥笑罵道：「別瞎扯，回頭當著人家女孩子的面說這個不尊重。那好吧，你們打算去哪兒，別找那種光喝酒的地方，就找個吃飯聊天的店，我這邊剛下課都餓了。」

「你這人太沒意思了，二十多歲活得就這麼嚴謹。」林躍嘲笑了他一句，話鋒一轉又說道：「不過李思雨也是這個意思，要不我們去吃日式料理吧？別火鍋燒烤什麼的，把思雨的衣服熏出味來。」

楊大帥笑一下。「你們可以就行，我沒意見。」

手機那邊林躍和李思雨與王坤兩人商量一會兒，選了一家商場裡面自助的日式料理又把地址給了楊大帥。

楊大帥掛了電話後給老媽發了個訊息，順手把手機往副駕駛座上一扔，便開車去了林躍說的日式料理店。

也許是明天放假的緣故，路上的人和車特別的多，原本二十分鐘就到的路硬生生的開了半個小時才到地下停車場。

楊大帥剛把車停好，就見另一輛車飛馳而來停在自己旁邊，林躍、王坤帶著一個女孩子下了車，笑呵呵的和楊大帥打招呼。「大帥，看誰回來了。」

楊大帥朝李思雨伸出手笑道：「好久不見了，妳都搬走十多年了，這次回齊城是出差還是訪友啊？」

李思雨回握一下，甜甜的笑道：「我說回來找你的，你信嗎？」

林躍和王坤聞言都哈哈大笑起來，楊大帥也跟著笑了兩聲。「那簡直太榮幸了。」

四個人小時候都是住在一個單元的，小學畢業那年李思雨舉家搬離了齊城，到南方一個城市定居。這麼多年還是第一次回來，楊大帥都不知道她是怎麼和林躍、王坤聯繫上的。

四個人進了日式料理自助店後選一個靠裡的角落，這樣聊天說笑也不會影響到旁人。幾人點的幾十樣食物都陸續上了桌，四個人喝著酒吃著生魚片聊起小時候的事，一開始還帶著幾分侷促，等幾壺酒下肚，似乎就忘了歲月的隔閡，說笑的聲音也大了起來。

「那時候王坤超缺德，冬天放學的時候都天黑了，他跑飛快在樓洞裡躲著，等思雨一回來就嚇唬人家，都快把思雨嚇出心裡陰影來了。」林躍一邊吐槽，一邊端起了酒杯。「後來還是我們大帥不知道從哪兒弄一個柳條筐把王坤扣在裡面揍一頓，王坤才再也不敢了。」

王坤哈哈的大笑起來。「大帥從小就重色輕友，平時和我兄弟情深，可一碰到思雨就沒我的事了。」

林躍笑罵道：「你倒是自我感覺良好，要是我有這麼好看的對門兼同桌我也不搭理你啊！」

王坤和林躍如同說相聲似的，你一句我一句的打趣楊大帥和李思雨，楊大帥記得李思雨從小臉就薄，怕她不開心，一邊看著她的臉色，一邊笑呵呵的把話題往別的地方帶，反倒是李思雨並不在意，反而笑盈盈的一臉回味的模樣。

林躍和王坤見狀越說越起勁，恨不得把小時候的事都說個遍，楊大帥和李思雨反而沒怎麼開口，一直聽那兩人從穿開襠褲時候的事一直說到了小學。

楊大帥被灌了不少酒，趁著他們說得熱鬧，晃晃悠悠去了洗手間，出來後打開水龍頭往臉上潑了兩把涼水，等抬起頭照鏡子的時候才發現李思雨不知什麼時候悄然無聲的站在身後。

楊大帥被嚇一大跳，掩飾的拿著紙巾擦臉，還沒開口就聽李思雨說道：「我這次回來真的是找你的。」

楊大帥有些尷尬，他小時候和李思雨彼此確實有一些懵懂的好感，甚至上課的時候還偷偷的拉過手。但是十多年沒見，敘敘童年還行，說感情就有些尷尬了。

第二十八章

把紙巾抓成團擦擦額頭，楊大師有些客氣的問道：「有什麼需要我幫忙的嗎？」

「你的忘性可真大。」李思雨半開玩笑半幽怨的瞪了他一眼。「我記得我當年搬家的時候你哭得稀里嘩啦的，還說讓我長大回來找你，到時候你娶我，你都忘了？」

楊大師尷尬的摸了摸鼻子，哈哈的笑了兩聲。「童言無忌，當不得真。」

「你是不當真，可是我當真了。」李思雨抱著胳膊靠在一邊的牆上看著他。「你記得我當年還送給了你一個定情信物嗎？一個手工紅漆的鑲嵌盒子。」

楊大師有些茫然，可沒等他想明白，李思雨的話就讓他出一身冷汗。

「那是我外婆的嫁妝，據說從清中期就傳下來了。我外婆出嫁的時候，她媽媽把這個嫁妝送她，我媽媽出嫁的時候我外婆又把那個首飾盒子傳給了我媽。我小時候喜歡首飾盒外面那特別亮眼的大紅色和上面複雜的鎖，但是我媽媽說必須等我嫁人的時候才能給我。」

楊大師根據李思雨的描述逐漸回憶起那個首飾盒，他的臉色也開始發白。

「我知道那個首飾盒的意思。」李思雨微笑著看著楊大師。「小時候我外婆就告訴過我那個首飾盒將來就是我的嫁妝，所以我當初才把它給你。」

楊大帥沒想到李思雨小時候看來文文靜靜的沒想到這麼大膽，居然敢把清中期的傳家寶當定情信物送給自己，關鍵是那盒子被自己扔哪兒去了？

「當時妳媽媽沒發現嗎？」楊大帥都快給李家的人跪下了，他們倆當時都是十來歲的小孩什麼也不懂，難道大人不會發現家裡丟了這麼貴重的東西嗎？

李思雨笑了笑。「當時我家亂糟糟的，房子要賣、家具要給親戚朋友，一天來家裡的人不知道有多少，我媽還以為被人順手摸走了，傷心得哭了好久。」她歪頭朝楊大帥一笑。「我沒敢告訴她。」

楊大帥這回知道李思雨為什麼說是回來找自己的，誰家丟了這樣一個寶貝不找啊？不是值不值錢的事，關鍵是一輩一輩傳下來的那種情感和寄託。

「妳別著急，我肯定會還給妳的。」楊大帥有些手足無措的說道：「只是我必須找找，我家這些年也搬了好幾次家，我現在也說不清那個盒子在哪兒。」

「沒關係。」李思雨淡淡的一笑。「找不到你就娶我好了，反正你拿了我的定情信物。」

楊大帥頭都大了。「我有女朋友了。」

「我後天的飛機，臨走的時候想帶著我的首飾盒回去。」李思雨輕輕的笑了笑。「我希望明天能見到我的首飾盒，麻煩你了，大帥。」

看著李思雨的背影，楊大帥無力的靠在牆上，仔細的回憶那個首飾盒。

李思雨走的那年小學剛剛畢業，剛逢男生女生情竇初開的時候，李思雨送他那個首飾盒的時候是從家裡偷偷摸摸拿出來的，他收到以後也是偷偷摸摸帶回家的，根本就不敢讓大人知道。

帶回家以後也不能光明正大的擺在外面，楊大帥使勁的回想，一開始自己似乎把它藏在了自己裝玩具的紙箱子裡，後來媽媽說要把玩具送給舅舅家的弟弟，他又偷偷的把首飾盒藏在自己裝舊書的櫃子裡，再後來……

楊大帥越想臉色越白，一開始藏的地方他還有些印象，可後來他就想不起來藏哪兒了，更別說這些年他們家都搬了兩次，他這些年根本就沒看到過這個東西。

楊大帥抹了把臉，這上哪兒去找啊？

林躍哼著小曲進了洗手間，看到楊大帥靠著牆一臉絕望的樣子有些不解。「這是怎麼了？見了個初戀情人這麼多愁善感，一個人在這想啥呢？」

楊大帥嘆了口氣。「我先走了，我得回家拿老房子的鑰匙去找點東西。」

「找東西？」林躍有些不解的看著他。「你找啥非得今天找啊？思雨這麼多年才來一回，你不好好陪陪，我知道你當年可喜歡她了。」

「都說是當年了，你怎麼不說你當年還喜歡喬老師？」楊大帥心煩意亂的摸了摸頭髮。

「等回頭再和你細說吧，我去和王坤、思雨打聲招呼。」

林躍見狀也顧不得上廁所了，趕緊跟著楊大帥出去，只見他回到位置上拎起自己背包，臉上露出幾分尷尬的神色。「對不起，我有事先走。」

王坤剛要攔，就見李思雨托著下巴看著楊大帥。「明天我們什麼時候見面？」

楊大帥有些無措的攤了下手。「我不確定，我現在也想不起來……」

「就明天下午五點吧。」李思雨打斷他的話說道：「我在凱悅西餐廳等你。」

楊大帥抓了兩下頭髮，有些煩躁的問道：「時間太短了，我真的未必找得到。」

「找不到也無所謂，反正我帶戶口本來的。」李思雨托著下巴看著楊大帥，似真似假的說道：「這麼多年過去了，我還是很喜歡你的，嫁給你也算是圓夢了。」

粗神經的王坤一聽這話吹了個口哨想起鬨，但看出不對勁的林躍狠狠掐了他胳膊一把，硬生生把王坤的起鬨聲給掐了回去。

楊大帥深深的看了李思雨一眼，拿起自己的背包轉身就走，留下了兩個不知緣由的老朋友和臉上帶著淡淡笑容的李思雨。

地下車庫裡有不少等候生意的代駕，楊大帥隨手叫一個，報了地址後就給家裡撥電話。楊媽媽剛躺下睡著就被電話吵醒了，接起電話來帶著濃濃的起床氣。「大半夜的你幹麼啊？」

「我的親媽呀，妳別生氣，我有重要的事問妳。」楊大帥把耷拉到額前的頭髮捋到後面，急切的問道：「我十二、三歲的時候在家裡藏了一個首飾盒，紅色漆面的，帶著很古樸的紅鎖，妳有沒有見過？」

楊媽媽呵呵一聲。「你不是天天在床底下的箱子裡藏著嗎？我上哪兒見去，我沒見過。」

楊大帥一聽眼淚激動得都快掉下來了。「我的親媽啊，這時候妳就別調侃我了！那個首飾盒是人家李思雨家傳下來的，現在人家特意回來要了，妳知不知道那個首飾盒在哪兒啊？」

楊媽媽頓時從床上坐了起來，瞬間聲音高了三個八度。「你的意思不會是說，那個首飾盒是李思雨家祖傳的嫁妝吧？」

「對對對，妳也知道啊！」楊大帥剛鬆了口氣，就聽手機那頭劈頭蓋臉的罵了過來……

「你個小兔崽子你什麼都敢收啊你！那個首飾盒我可沒少聽思雨媽媽說，人家那是幾代人傳下來的一個念想，你怎麼什麼都敢要啊！」

楊大帥都快哭了。「我一個男的我要那個幹麼？那是當初李思雨送我的！現在不是說這個的時候，妳對那個首飾盒有沒有印象？」

楊媽媽仔細回憶了下。「一開始還看你天天東藏西藏的換地方，後來我就不知道你換哪兒去了，要不然我明天和你去老房子找找？」

楊大帥沮喪的嘆了口氣。「甭明天了，我今晚就去，您把鑰匙幫我找出來吧。」

車停在了樓底下，楊爸爸早就在那等著了，除了兩間老房子的鑰匙以外，還給準備了手套、口罩、手電筒的。

楊大帥顧不得多說謝謝，匆匆忙忙的去了自己家的第一間房子，他就是在那裡收了李思雨的禮物。

這間房子有十多年沒回來了，鎖眼都有些生鏽了，楊大帥擰了好幾次才把鎖打開，一推開門濃厚的灰塵迎面撲來。

楊大帥後退了兩步，把袋子裡的口罩和手套戴上，打開手電筒朝屋裡走去。試著按了下開關，客廳和廚房的燈已經不亮了，但幸運的是兩個臥室的燈還能用，雖然時不時閃爍兩下，但比手電筒的光照得清楚多了。

當年搬家買了新家具，屋裡的擺設東西都還是當年的樣子，重要的帶走了，不重要的就放在這裡積灰。

楊大帥按照記憶裡自己藏東西的順序先翻找一遍自己能記得住的地方，又把其他感覺能藏東西的地方也翻過……

凌晨兩點，楊大師滿身灰塵的從老房子裡走出來，打電話叫了個代駕後又趕往下一個曾經的住處。

第二處的房子是三年前搬離的，屋裡沒那麼多灰，各個房間的燈也都是好的，甚至燃氣熱水器還能正常的使用。

楊大師用涼水洗了把臉，又將所有的窗戶全都打開，希望冷風能將自己吹得精神一些。依然是從自己的房間開始找，楊大師從床底下找到櫃子裡，甚至把所有的抽屜全部都拉了下來，可惜仍然一無所獲。

楊大師甚至有些懷疑自己賣破爛的時候把那首飾盒也放裡頭去了，怎麼就找不到呢？眼看著外面的夜色越來越淡，東方漸漸變白，已經將房間翻了個底朝天的楊大師疲憊的坐在地上，有些絕望的捂上了臉。

「怎麼就找不到呢？要是能算出來在哪兒就好了。」抱怨的話脫口而出，等楊大師反應過來自己說了什麼以後忽然愣住了。「算出來？算卦？」

他想起昨晚林清音說讓他早上九點去公園算一卦，並且說他一定會去。

當時自己好像是說：「那些都是騙人的，我才不會去算什麼卦呢！」

哼唧，臉好像要疼！

林清音早上八點準時出現在公園裡，除了以往熟悉的面孔以外，有兩個戴著口罩和鴨舌帽的男人混在人群當中，有些不屑的看著盤腿坐在古樹下的林清音。

「就是這小丫頭？也太小了吧。」老黃嗤笑一聲，拿胳膊頂了頂李康。「別說我了，你都能把她給比下去。」

李康雖然聽著老黃的話不太順耳，但是也沒吭聲，他一直想進齊城的周易協會，還需要老黃幫忙引薦，現在還不到翻臉的時候。

「小大師，您說的天氣可真準啊！」一個坐在前面的大媽樂呵呵的說道：「天氣預報說這週陰天下雨，當時您堅持說不會下雨。我當下還琢磨天氣預報都報了還會不準？果然，您比天氣預報準多了，說不下雨就不下雨。」

「小大師，上回那個在墓地撒尿的小夥子怎麼樣了？他曬了一個禮拜的太陽應該不那麼倒楣了吧？」

看熱鬧的人一句一句問得熱鬧，混在人群裡的老黃和李康則越來越不屑，在他們看來這就是騙人的。還曬太陽驅陰氣？一聽就是故事書看多了。

兩個人在小聲嘀咕，林清音抬頭掃了兩人一眼。這兩天早上起卦就總顯示小人作祟，尤其是今天這卦，卦面格外明顯，看來小人就是這兩人了。

只是這兩個人看起來氣運不是那麼好呢，烏雲罩頂，怕是要遇到倒楣的事啊！

「算卦了！」林清音輕喝一聲。

一對母女忙不迭的走上來，先恭恭敬敬的遞過來一千五百塊錢。「小大師好！」

老黃眼睛都看紅了，他算了這麼多年的卦還沒遇到這麼爽快的顧客，這種好事怎麼便宜了這小丫頭呢？

「走！」老黃壓低聲音和李康說道：「我們去公園派出所報案！」

林清音抬頭看了眼兩人離開的方向，嘴角露出一抹嘲諷的笑。

母女兩人坐在林清音面前有些忐忑不安，甚至不知道要說什麼。

這對母女想算的東西並不複雜，不過是人生關鍵點的抉擇。女孩最近有機會得到一份很不錯的工作，但是她又報了今年的考研。若是按照原計劃參加研究生考試，這份工作會泡湯，研究生也未必考得上；若是要這份工作，中間又有很多不確定性，她怕兩頭都耽誤了。

女孩難以取捨，家人也猶豫不定，這個時候有個親戚說有個算卦很靈驗的小大師，不如找她去算算。

兩人剛開始到公園的時候還有些為自己的衝動後悔，覺得把這麼重要的事讓一個外人做決定太過草率。可沒一會兒，來看算卦的把這片草坪都圍滿了，母女兩人才鬆了口氣，這麼多人來肯定是算得準，不是那種沒本事的騙子。

母女兩個互相對視一眼，女兒剛想開口，就見林清音遞過來一支筆。「寫個字吧，第一個想到什麼字就寫什麼字。」

女孩隨手在紙上寫一個「定」字。

林清音看著她說：「妳心中有一事猶豫不定想讓我幫妳算算？」

女孩眼睛一亮忙不迭的點頭稱是，林清音讓她伸出手看一眼說道：「妳現在站在了人生的岔路口上，為學業和事業的事所煩惱，不知道該走哪一條路。妳寫的定字，心裡想要的是安定，求的是安穩，希望人生可以順利一些。」

女孩認同的點了點頭，她一直取捨不定就是因為這個單位不錯，而且非常難進，現在有路，說是花二十萬就能進去。可那人又說這個名額非常搶手，要就趕緊交錢，有不少人等著。

林清音繼續說道：「定字，又可以拆分成寶字頭走字底，妳想的是事業安定，可這事業卻需要『寶』才能得到，可以用寶來形容的，定然是一筆數額不小的錢。但寶下面卻帶著走字……」

看著母女倆緊張的表情，林清音淡淡一笑。「錢財兩空。」

那個媽媽臉上一白。「大師的意思是這個工作沒戲？」

林清音點了點頭。「白花錢的事，幸好妳們現在還沒給錢，還不至於破財。」

母女兩個見自己什麼都沒說，小大師就把事情說得明明白白，心裡十分信服。女孩本來就是打算考研究所的，被家人說的工作的事慌了心思，現在既然工作不妥，還不如問問考研究所的成敗。

「小大師，您看我今年考研究所能過嗎？」

林清音輕笑。「這個是最難算的，我說妳能過，可妳若是因此放鬆複習，妳的面相和氣運也會隨之改變，我這卦也就不靈驗了。」

女孩趕緊保證。「我肯定不會的，就是想安安心。」

林清音看著經過自己剛才那一番話，女孩的氣運已經明顯的偏向學業一方，便鬆了鬆口。「妳回去好好努力，在複試的時候還是有可能通過的，不過在通過的人裡面妳應該是最後一名。如果複習鬆懈，那就不好說了。」

一聽自己的成績這麼危險，女孩心裡又慌又後悔，後悔最近把心思都放在了那個不可靠的工作上，耽誤了許多時間，恨不得現在就回家唸書。

看女兒想走，那位媽媽還有些猶豫不決。「大師，妳說那工作的事真是騙局？」

林清音看了她一眼，手心輕輕摸索著龜殼。「那個人是妳的親戚吧？若不收手的話，讓他小心牢獄之災。」

女人臉色發白，這件事是她姑姑家的堂弟牽線，那個堂弟整天西裝革履，開的也是好車，據說在社會上很有人脈，要不然她也不會信他。

不過既然小大師都算得明明白白的，女人覺得自己還是穩妥一點好，既然孩子有機會考上研究生還是去考，畢業以後認真考到那個單位去，比現在走這條歪路強。

想明白以後，女人心情豁然開朗，覺得這段時間籠罩在頭上的壓抑和焦躁全都散去了，連天空看著都明亮起來。

剛走出公園，女人的堂弟就打來了電話，催她趕緊交二十萬，說今天定不下來就把名額給別人了。若是在沒算卦之前，她肯定會趕緊把錢轉過去，不過現在小大師已經將迷障給點開，她看這件事也覺得處處透著破綻。

「小明啊，我和瑩瑩商量過，這事就算了，這段時間麻煩你費心了。不過當姊姊的還是勸你一句，賺錢有道，可不能走歪門邪路啊。」

電話那邊呼吸聲明顯的頓一秒，之後又若無其事的問道：「姊，妳為什麼這麼說？」

「我今天找了個大師算一卦，她說你有牢獄之災，我怕……」

話還沒說完，電話那邊的人怒極反笑。「李豔梅，我看妳的腦子被驢踢了，妳不信妳弟反而信一個算卦的，我是豬油蒙了心才把這麼好的機會給妳，別人出價二十五萬我都沒答應。」

女人一聽自己的堂弟這麼說，不免覺得有些尷尬，可轉頭看看已經拿出書開始複習的女兒，又覺得自己的堅持是對的。「對不起，我還是想讓瑩瑩考研……」

話沒說完，電話就被掛斷了，女人心裡覺得有些不是滋味，倒是她的女兒瑩瑩比較看得開。「沒事的媽，我回去好好複習，今年要是考不上明年我還能考。這個工作和我學的專業符合，我直接報名考進去多好，免得以後升職加薪還受限。」

「妳說得對，時間不多了，妳可要抓緊。」女人徹底放下鑽漏洞的心思，開始計劃起這段日子怎麼給女兒加餐豐富營養，把那個堂弟的事抛到九霄雲外。

老黃、李康看到有人算卦，兩人一嘀咕就去了派出所。這時間派出所的人剛上班，剛出院沒多久的馬明宇也來了，所裡的人聽見他的聲音都出來關心，拉著他問長問短的。

馬明宇的臉色比住院前好看許多，有媽媽在身邊一日三餐的精心調養，馬明宇不但沒瘦，看著臉上好像比之前還多了點肉。

「小馬，恢復得怎麼樣？」

「挺好的，除了傷口還有點疼，其他的已經沒什麼大礙了。」馬明宇靦腆的笑著。「王所長，我下週能回來上班嗎？」

「你這才休息了幾天就想著上班？」王所長沒好氣的白他一眼。「你說你是能抓賊還是能勸架？到時候人家吵架的沒事，你這勸架的傷口破裂出血了，再把人嚇出個好歹算誰的？」

馬明宇訕笑著摸了鼻子。「我可以先做文書工作。」

「你就聽從安排，好好養病，其他的先別想那麼多。」王所長又白了他一眼。「這次多虧了小……」

身為派出所所長，他不能當眾宣揚算卦的事，只能輕微一咳將話說得不那麼直白。「多虧了林清音提醒你去檢查，要是耽誤兩、三個月，病情還不知道發展成什麼樣呢。你得珍惜自己，別辜負了林清音的提點。」

圍著的同事紛紛點頭附和，經過吳大媽的宣傳和馬明宇的證實，大家都知道馬明宇的早期胃癌不是健檢查出來的，而是一個叫林清音的小大師算出來的。

那時候林清音剛來公園算命，還沒有那麼大名氣，他們都曾經換了便服去偷看過，還真是一算一個準。

尤其是轄區裡姜家從敗落到現在的紅紅火火；李家人經過小大師的指點，電話指揮著去香港旅遊的小兒子找到丟了三十年的長子……這一件件事不僅讓附近的老百姓對林清音打心底崇拜，就是王所長他們私下裡也偷偷預約打算去算一卦。

只不過這些事不能擺在明面上，公務員可不能帶頭搞迷信。

「行了，小馬，你出來散散步就回去休息，傷口還沒好就少出門，可千萬別扯了線。」王所長拍了拍馬明宇的肩膀，剛想讓其他人回到崗位上去工作，就見兩個人氣喘吁吁的跑了進來。「警察先生，我們要檢舉！」

李康揉了揉胸口咳嗽了兩聲才把話說出來。「公園裡有人搞封建迷信活動，聚集了好多人，這種的得拘留五日以上十日以下，還得交罰金。」

可等李康說完以後卻發現眾人異常沈默，所有的警察都以一種奇異的眼神看著自己。

王所長呵呵一聲。「你挺懂啊！」

李康被看得心裡有些發虛，下意識往後退一步，有些慌張的摸了摸後腦杓。「我沒記錯啊，上回我被……」

老黃一伸手把他的嘴捂住，生怕他把曾經被拘留的事抖出來。「我們路過看不下去，怎麼？不能檢舉嗎？」

第二十九章

「沒有。」王所長慢吞吞說道，左右看一眼，指了兩個年輕的警察。「陳樂樂、朱遙你倆去登記。其他人都回自己的崗位，小馬你回家去休息。」

老黃和李康被帶到裡面登記訊息，老黃心裡有些慌。「我們是檢舉的怎麼還要我們的身分證號碼呢？」

陳樂樂嚴肅地說道：「這位先生請理解，我們按流程辦事。」

老黃很後悔，要知道這樣的話他就讓李康來了，他好歹是周易協會的理事，這種事要是傳出去多丟人。

不過來了就得按流程辦事，警察核對了兩人的身分資訊，當聽說老黃還是所謂的周易協會理事看他的眼神更加奇怪，讓老黃十分心虛。

等核對到李康的陳樂樂和朱遙都笑了。「原來你也是從事封建迷信活動的啊，曾經被拘留過四次，最近一次是上個月。怪不得你張口就來，原來經驗豐富啊。」

李康見自己的底都給挖了出來，反而有些氣急敗壞。「我被抓過就不能檢舉了？你們到底管不管啊？」

「管啊，我們去公園看看，到底有沒有人從事封建迷信活動。」

起初老黃有些懷疑這兩個警察是不是想要包庇林清音，畢竟連李康隨便坐個公車都能聽到林清音的名頭，這些離公園這麼近的警察會不知道？不過現在看到兩個警察走了流程後就要去公園查看，這才把懷疑收回肚子裡，他就不相信大庭廣眾下，警察還敢偏袒。

朱遙和陳樂樂面對老黃懷疑的眼神十分坦然，反正小大師什麼都能算出來，根本就不用他們操心。

老黃剛進公園的時候看著還挺淡然，但離算卦的地方越近他的貪婪就越藏不住了。他剛才粗略的數一遍，圍在那看算命的足足有五、六十人，到時候他把名聲一揚，這下子不得賺個五、六萬啊？這回可真發財了！

一拐過去，老黃看到一群人還在那裡坐著，興奮得眼睛都紅了，指著最中間的林清音說道：「警察先生，就是那個小丫頭傳播封建迷信，她給人算卦，一卦要一千多塊錢呢，也太黑心了！」

陳樂樂和朱遙見狀都有些疑惑，這麼點的事小大師不會算不出來啊，怎麼沒快走呢？若是他們過去真的碰到算命現場，還真得把人帶回所裡了。正遲疑的時候，就見人群突然爆發出一陣笑聲，隨即有人興奮地喊道：「可太好笑了，然後呢？」

兩人互相對視一眼，趕緊往那邊走了過去，等聽清楚林清音說的內容，懸著的心才落下一半——小大師居然在給大家講故事，講的還是古時候算卦的故事，把來看熱鬧的人逗得前仰後合的，一個個彷彿聽單口相聲似的那麼興奮。

林清音似乎沒發現四個人，繼續慢悠悠的講自己的故事。上輩子她沒出門歷練過，但是身邊有不少去凡世歷練過的弟子，知道她愛聽新鮮事，便把好玩有趣的事講給她聽。要是真講起來，林清音能講好幾十年都不重複的。

林清音聲情並茂講到最精彩的時候戛然而止，朝陳樂樂和朱遙一笑。「有什麼事嗎？」

陳樂樂一伸手把目瞪口呆的老黃拎了過來，笑呵呵的問他。「什麼時候講故事也是傳播封建迷信了？你給我解釋解釋！你這是謊報啊！」

老黃這回可是有口說不清了，急得兩隻手直比劃。「不是，她算卦，她剛才還在算啊！」

「是算命的故事沒錯，誰規定講故事還限制題材了？」陳樂樂白了他一眼，轉頭問圍坐在林清音旁邊的幾十個人。「你們在這幹麼呢？」

所有人異口同聲的回答道：「聽故事！」

「剛才看沒看見有人在這裡算卦？」

「沒看見！」

老黃都要哭了，找一圈沒找到剛才算命的那對母女，急得直跳腳。「你們都包庇她，她剛才就是在這算命，都收錢了，我都看見了！」

「你看見什麼了？看見什麼了？」林清音的忠實粉絲吳大媽站起身來噴了老黃一臉唾沫。「我還看見你坑蒙拐騙了呢！信口胡謅誰不會啊？」

老黃狼狽的後退了兩步，指著吳大媽就罵道：「妳這個老太婆不能張嘴胡說，我可是有身分的人！妳這樣是誹謗知不知道？」

「有身分？我怎麼不知道騙子也有身分了？」人群裡忽然站起來一個四十來歲的人，冷笑著走了出來。「黃大師，我還沒來得及去找你算帳呢，沒想到倒在這裡碰見你了！」

老黃看著眼前的人有些傻眼，愣一下才認出來，這個人上個月在他那看過風水，還請了一些風水法器回去，那可是他這幾個月來最大的一筆生意了。

「警察先生，我叫張大河，我要實名檢舉這人詐騙！」張大河指著老黃說道：「上個月我去看老師的時候遇到了這個所謂的黃大師，他說我走霉運有血光之災，硬把我拽到他開的工作室算卦，最後非說我家的風水出了問題，讓我花一千八百多買上一堆風水法器，加上他算卦看風水的錢，足足要了我三千塊錢！」

老黃看著旁邊兩個警察面露不善的樣子趕緊擺手解釋。「張先生你可不能血口噴人，我們明明是你情我願的交易，怎麼能扯上詐騙？」

「還說不是詐騙？算不準還讓我買了一堆沒用的東西！」張大河氣呼呼的從包裡掏出來

一串五帝錢遞給陳樂樂。「警察先生你看，這就是他讓我請的法器之一，說是五帝錢，因為品相好開過光所以要價高一些，結果前兩天我遇到了個懂行的，人家一眼就看出來了，說這是仿造的，連十塊錢都不值！」

吳大媽在一邊聽得興奮壞了。「小陳，這偽造假幣是不是重罪啊？狠狠判他！」

陳樂樂哭笑不得。「大媽，偽造假幣和古錢可沒關係啊！」

吳大媽有些不服氣的撇撇嘴，努力朝張大河擠了擠眼睛，示意他趕緊再想想這個不要臉的還幹了什麼。這兩個厚臉皮的東西嫉妒小大師就算了，居然還敢來砸場子，怪不得小大師說今天犯小人，小人肯定是這兩人！

張大河接到眼神暗示還真想起一個來。「警察先生，他那算卦的屋子就開在住宅區裡頭，我記得也沒有營業執照，是不是算非法經營啊？」

老黃都快給氣哭了。我有個屋子就不錯了，這玩意兒怎麼辦營業執照啊？

陳樂樂笑呵呵的拍了拍老黃的肩膀。「黃友德，檢舉這裡傳播封建迷信，結果人家只是講講算卦的故事，你這是謊報了。另外他檢舉你詐騙的事你得和我們回派出所協助調查，先跟我們做個筆錄去吧！」

老黃頓時慌了，趕緊解釋試圖挽救自己的清白。「警察先生，我可是齊城周易協會的理事，我是真懂周易算卦這些的，絕對不是騙子。」慌亂中他看到林清音老神在在的坐在枯黃的草地上，頓時像是找到了發洩的對象一樣。「她才是騙子呢，她哄騙年紀大的這些人信她的邪門歪道。」

還沒等陳樂樂和朱遙說話，幾個三十來歲的女人就不樂意了，站起來劈頭蓋臉的朝老黃圍了過去。「你說誰年紀大呢？視力不好把你眼睛摳出來當彈珠信不信？」

「長個人樣卻不說人話，看著就不是好東西，紅眼病吧！」

「這種一看就不是正經人的，還好意思說自己是周易協會的？哎，你們的那個協會不會就是什麼非法組織吧？經過政府認證了嗎？」

她們一邊說，一邊伸手去推，趁著人不注意還使勁拽著老黃身上的肉狠狠的擰一下，疼得老黃連連後退。可他身後的人也不少，有人趁亂踢他一腳，有的乘機推他一把，有人掐他胳膊上的肉使勁擰，險些把老黃給逼瘋了。

「警察先生，你們看他們打人！」

朱遙正在問張大河被騙的經過，聞言抬起頭輕飄飄的囑咐一句。「有話好好說別動手啊！」

「知道了，我們絕不動手！」幾個女人聲音洪亮的答應了，可該下手的時候一點都不手軟，就差直接把高跟鞋脫下來敲他的腦袋了。

老黃被逼得連連往後退，險些摔倒在張大河身上，張大河五大三粗的拎著他的領子就給提溜起來了。「就你還敢騙你張爺我，要不是小大……」險些說漏了的張大河瞪了老黃一眼，狠狠的把他摜在了地上。「不把你告到牢底坐穿我跟你一個姓！」

老黃的屁股險些被摔成八瓣，疼得他不知道該捂鼻子還是捂屁股。

張大河蹲下來十分不客氣的用手戳了戳他的額頭。「你不是還拿著一本厚厚的本子跟我炫耀你這些年有多少客戶嗎？那都是你詐騙的證據吧？」

「我沒詐騙！」老黃無助的搖晃著手，欲哭無淚的為自己辯解。「我頂多算傳播封建迷信！最多拘留，不夠判刑的！」

陳樂樂伸手把老黃拽了起來，沒好氣的說道：「是拘留、是判刑得看調查結果，你先和我們回去接受調查吧。」

一直處於傻眼狀態的李康看到老黃三兩下就把自己整進去了，嚇得他連話都不敢說了，正打算趁亂偷溜，就被一個女人攔住了去路。「呵呵，大師想去哪兒啊？」

李康一看到她的樣子臉都綠了，上個禮拜自己給這女的算過命，以給她改運名義要了五百塊錢。

李康摸了摸口袋裡，滿打滿算就剩三百了，根本不夠還錢。女人見狀冷笑一聲，轉頭剛想喊警察，李康先一步竄了過去。「警察先生我上個禮拜又擺攤算卦了，但我發誓我只給她算一卦就收攤了！看在我自首，能不能只拘留別罰錢啊？」

「行了，都先回所裡做個筆錄。」陳樂樂使了個眼色示意朱遙先領著人先回派出所，等那幾個人走遠了，他才招了招手把王胖子叫到一邊和他耳語。「這兩個都是算卦的，我看是小大師最近名氣大了惹了紅眼病來了，不如讓小大師換個私密的地方比較安全，免得我們讓小大師為難。」

王胖子知道陳樂樂是好意提醒，連忙說道：「已經準備好地方了，今天這事小大師早就算出來了，所以早上只算了三個，還卡著時間講了個故事。」

陳樂樂扭頭看，只見小大師特別善始善終的講剛才沒說完的故事，而其他人的心思都在故事上沒人注意自己，這才小聲問道：「現在排到多少號了？哪時才輪到我？」

王胖子掏出手機翻了翻，找到陳樂樂的名字。「你前面還有十五個人，大概下個禮拜天就能輪到你了。放心，我會提前通知你的。」

陳樂樂比了個「V」的手勢，把自己帶來的「相信科學，遠離迷信」的小冊子給在場的人發一發，林清音也拿起一本翻看兩頁，一本正經的點評道：「寫得挺好的，一會兒我給大家念念，免得上了騙子的當。」

陳樂樂剛囑咐完，一回頭撞上了灰頭土臉跑來的楊大帥。看到楊大帥頭髮凌亂，襯衣黑一道白一道看不出顏色，走路還踉踉蹌蹌的樣子陳樂樂連忙伸手扶了他一把。「你好，需要我們幫助嗎？」

楊大帥指了指坐在地上的林清音，聲音沙啞的說道：「我來找她的。」

「是找小大師算卦的呀！」陳樂樂鬆開楊大帥，和王胖子打了聲招呼。「行了，你們忙吧，我得回去了，還要給那兩個傳播封建迷信的做筆錄呢。」

小大師？

楊大帥看了看林清音又瞅了瞅陳樂樂，覺得有些傻眼。

警察先生，您說的小大師也是搞迷信活動吧？不一起帶走嗎？

今天上午因為這場被檢舉的鬧劇林清音只給三個人算了卦，很多為了來看小大師算卦的人都覺得有些意猶未盡。正鬱悶的時候楊大帥來了，大家頓時十分興奮，這小夥子一看模樣就很倒楣啊，小大師又能大顯身手了。

楊大帥一臉傻眼目送著警察先生離開，等回過頭來看到圍坐在草地上的人都兩眼發亮的看著自己不禁嚇一跳，怎麼這些人看著都這麼開心？

楊大帥驚疑不定的捂著自己的小心臟走到了林清音面前，等和林清音打了招呼後才平靜下來，嘆了口氣坐在草地上，兩眼看著有些發直。「可累死我了！」

來林清音這算卦的人不少，可像楊大帥這麼隨興的還是第一個，連王胖子都多看了他兩眼，轉頭問林清音。「小大師，您認識他？」

「嗯！」林清音面帶微笑，就是咬字略微重了些。「他是我在新東方學英語的老師，據說因為他講得特別好，所以我的學費比別人貴一倍，足足交了十萬多的費用。」

王胖子一聽就明白了，小大師之前為了昂貴的學費鬱悶了好一陣，嚇得姜維那幾天都不敢在小大師面前出現了。

看著楊大師亂糟糟的頭髮和濃重的黑眼圈，王胖子笑呵呵地問道：「算卦嗎？」

楊大師因疲憊過度有些反應遲鈍的大腦終於想起了自己來這的目的，可是他看了看林清音總覺得有些出戲，感覺還是坐在林清音旁邊的胖子看起來可靠得多。

林清音自從在這個地方算卦以來對這種眼神看多了，第一次接觸她的人總是因為她外貌和年齡的原因對她抱有懷疑態度。不過沒關係，按照經驗來說，一般請她算上一卦後都會恭恭敬敬叫小大師的。

楊大師伸手將劉海捋到頭上，有些疲憊地問道：「你們是不是什麼都能算？」

「當然了！」王胖子笑吟吟地說道：「還沒我們小大師算不出來的事呢，不過一般我們都得排號，看在您是小大師老師才給您插個隊，兩千五算一卦，若是遇到災禍需要破解則額外出錢。」

林清音讚許的看了王胖子一眼，這價格要的一點都沒錯，要不然對不起她那十萬塊錢的學費。

楊大師家裡本來就不缺錢，他自己的薪水也不少，兩千五百塊錢對他來說十分輕鬆，只是他沒想到林清音算卦要價居然這麼高。

不過來都來了，不管什麼方法都得試一試，楊大師實在不想在滿是塵土的房子裡找首飾盒了。等這事了結，他再也不想留什麼童年的回憶了，他要趕緊讓父母把這兩間房子都賣掉，對於他來說這兩間房子簡直是惡夢。

掏出手機，楊大師爽快的轉了二千五百塊錢過去，林清音聽到入帳的聲音後心裡十分舒爽，終於在楊老師這回本了兩千五，不容易啊！

「楊老師，遇到桃花債了？」

林清音輕飄飄的一句話瞬間擊中了楊大師的心口，他眼淚都快下來了。「這應該是史上最冤枉的桃花債了！我就是小學那時剛剛情竇初開有點朦朧的喜歡，頂多拉拉小手，其他的我啥也沒幹過啊！」

圍觀的人一聽樂壞了。雖然猜到了這小夥子有點倒楣，但沒想到居然是惹上了桃花債，這件事一聽就有意思！

林清音有些憐憫的看了楊大師一眼。「你是不是拿了人家的東西？應該還是一個事關姻緣的東西？」

「對對對！」楊大師連連點頭，隨即他回過神來猛然睜大了眼睛。「林清音，妳還真的會算卦啊？」

旁邊一個聽得津津有味的老阿婆不樂意了，拿著枴杖敲了他後背一下。「沒禮貌，要叫小大師。」

楊大師這才想起來剛才那位抓「封建迷信」的警察叔叔也是這麼稱呼林清音的，原來林清音在這一片很有名氣啊！

林清音讓楊大師伸出手看了看他的手相，眉頭微微皺了起來。「這個東西有些邪性，或者是給你這個東西的人有些邪性，她應該不是想簡單的要回東西就算了……」看著楊大師，林清音的目光裡包含著同情。「她是不是讓你以身抵債啊？」

楊大師汗都下來了，他想起昨天李思雨看著自己的眼神心裡直發毛。「她說的時候語氣雖然像是開玩笑，不過我看她的眼神是認真的。」

想起這件事楊大師愁得頭都要禿了。「她長得不錯，家裡也挺有錢，想要結婚的話什麼樣的男人找不到，幹麼非逮著我不放呢？我們十多年沒見過面了，小時候也是懵懵懂懂的感情，不至於十幾年都讓她忘不了吧。」

王胖子聞言仔細的瞅了瞅楊大師，認同的點了點頭。「你也就是比一般人稍微帥那麼一點點，確實不值得。」

楊大師摸了摸自己的臉，總覺得胖子說的話不像是誇獎。

「你這件事比較複雜。」林清音從口袋裡摸出三枚古錢放在了龜殼裡。「我給你起一卦吧。」

「好好好！」楊大師期待的看著林清音手裡金色的烏龜殼。「算算那東西在哪裡，我好找到趕緊還給她，好好的小姑娘怎麼變得這麼嚇人呢！」

林清音連搖六次，結合著卦象說道：「她送你的東西應該是女人專用的古物，和容貌有關的……」林清音抬頭看著楊大師。「是一個祖傳的首飾盒嗎？」

楊大師激動得直豎大拇指。「林清音妳太神了吧！」

坐在楊大師斜後面的老太太把楊杖又伸過來了。「要叫小大師！」

「對對對，小大師！小大師！」楊大師趕緊改口。「小大師，那個首飾盒是她們家祖傳的嫁妝，小時候她把那首飾盒作為分別禮物送給我，可我當時根本就不知道那首飾盒的意義，要不然我肯定不會收。現在她回來要她的首飾盒，可我怎麼也找不到，而她昨晚說了，要是找不到我就得娶她。妳說這不是開玩笑嗎？婚姻大事怎麼可能這麼兒戲？再說，我也有女朋友了，怎麼可能為了這麼一個莫名其妙的理由去娶別人！」

林清音從地上站了起來彈了彈黏在腿上的草屑。「走吧，我帶你去找。」

楊大師聽到這話幸福的眼淚都要出來了，早知道林清音連這個都能算出來，自己就不用翻一整晚了。

見林清音要走了，自帶折凳的大爺大媽和奶奶們都戀戀不捨的站起來。

「小大師明天還來嗎？」

「暫時不來了！」看著這些一直以來都十分擁護自己的大爺、大媽們，林清音的笑容十分和善。「今天的事大家也瞧見了，這裡已經成了是非之地。若是在這裡繼續算下去，來找碴的人會越來越多，到時候派出所的人也難辦。以後我只在自己的卦室給大家算卦了。」

老太太們一聽都急了。「往後都不來了？」

想起剛才找來警察抓封建迷信的兩個人，大家都氣得牙癢癢。「就煩這種人，自己沒本事還眼紅別人！小大師對於這種紅眼病您千萬別客氣，就該扎小人詛咒他們。」

林清音笑了笑，她上輩子也算是摸到了仙家門檻的人，雖然在最後關卡渡劫失敗，但是到了這樣境界的人已經身具了大氣運，想陷害她的人通常都會自討苦吃。

就像今天，林清音往那裡一坐連話都不用說，老黃和李康就把自己折騰進了派出所，而且從他們的氣運來看，這兩人得走個三五年的霉運，喝涼水都會塞牙。誰讓他們自己心術不正呢？

林清音看著大家義憤填膺的表情心裡一暖。「雖然以後不能在這算卦了，但是這段時間大家對我的支持和愛護我都看在心裡，往後只要是在場的諸位算卦，我都按照一千元的老價格，終生不變。不過領家人和朋友之類來算卦，可不能享受這個待遇啊！」

大家聽了都特別開心，吳大媽樂呵呵的問道：「小大師能把我們都記住嗎？」

林清音笑了。「我記憶力很好，不但能記住你們，也能記住你們的面相，你們放心。」

楊大師還等著找東西，林清音不能和他們多寒暄，揮了揮手準備走了。一群人擁著她走到了公園門口，想到以後都不能看到小大師算卦了，都覺得心裡空落落的。

都怪那兩個紅眼病！你說這種連點真本事都沒有的人怎麼這麼厚臉皮呢？還好意思檢舉別人，就該被抓進去，活該！

看著小大師上了車，吳大媽一揮手。「走！去派出所問問那兩個癟三家住哪裡、平時在哪裡算卦，大家都去他們算卦的地方打聽打聽他們幹過啥缺德事，遇到被他們騙過的，就請他們去派出所做個筆錄，盡量讓他們在裡面多住幾年！」

第三十章

楊大師昨晚喝了不少的酒又一晚上沒睡，現在被太陽一曬有些睏了。趁著王胖子去開車，他先到公園門口的星巴克外帶了三杯咖啡和一些蛋糕，上車的時候分給林清音和王胖子。

楊大師給林清音買的是小女生最喜歡的甜奶油的飲品，林清音嚐了一口開心的把眼睛彎了起來，她還真就喜歡這種甜膩膩的東西。

王胖子回頭看一眼一口飲品一口蛋糕的林清音忍不住笑了起來，小大師算卦的時候看起來高冷，也只在吃東西和學習的時候看來才像小孩子，這樣滿臉都是開心的表情，讓人看著也跟著想笑。

「小大師，我們往哪走？」

楊大師剛要把嘴裡的咖啡嚥下去指路，就見林清音頭也不抬，一邊吃蛋糕，一邊說道：「先朝東走，直著走兩個路口後往左拐，繼續走三個路口往右拐就到了。」

楊大師看向林清音險些把嘴裡的咖啡都噴出來。「小大師，妳連我家老房子在哪兒都能算出來啊？妳也沒掐沒算，到底是怎麼看出來的呀？」

林清音看著盒子裡琳琅滿目的蛋糕，決定好心的給他解釋。「你眉心裡沾染了一絲桃紅色的晦氣，這晦氣和你的桃花債有關，算一算來源就知道你那東西藏哪兒了。」

楊大帥雖然知道林清音算卦很靈驗，但還是一次又一次的被她震驚到，這能力都超越那些「半仙」了吧。

在見識了林清音的算卦實力後，楊大帥對她幫自己找回首飾盒的事簡直信心十足，緊繃一晚上的心臟也放鬆了不少，也有心思和她閒聊了。「小大師，妳算卦這麼厲害還補什麼英語啊？以後開間風水公司肯定賺得手軟！」

林清音可算找到知己了。「我也這麼覺得！你說我又不給老外算卦，學這玩意兒幹麼！說起來都是高考惹的禍，其次是敗在了疏忽上，我以為你們新東方和那個做飯的新東方是一家呢，我本想著學英語的同時也能嚐到那些大廚做的菜也挺好的所以才來的。」

看著林清音憤憤不平的表情，楊大帥頓時悟了。

您那是為了學英語嗎？純粹是為了吃飯來的吧！看來算命不算自己是真的。

不過楊大帥沒想到現在算卦對學歷要求也這麼高，居然還得參加高考！想到林清音那慘不忍睹的英語能力，楊大帥實在是為她發愁。「妳平時考試的時候，英語挺扯後腿的吧？」

「還行吧，其他的算起來都容易，主要是作文算出題目來得還是找人寫。」林清音有些鬱悶的皺起了眉頭。「以前我都是背參考書的作文的，後來被我們英語老師發現就不許了。」

想到昨天林清音讓自己寫的關於夢想的英語小作文，他頓時有了不好的預感。「昨天妳讓我寫的小作文是幹麼用的？」

「哦，那個啊……」林清音吃了口蛋糕。「後天學校要月考，那是我算出來的英語作文題目！」

楊大帥登時無語了。

看著一臉傻眼的楊大帥，林清音有些不捨的將盒子裡看起來最不漂亮的一塊蛋糕分給了他。「楊老師，今天我幫你解決這個情債，回頭我英語作文就麻煩你了！」

楊大帥第一次聽到「算題目」這種神操作。「那妳英語考試能得多少分啊？」

林清音驕傲地挺起了胸膛。「每次都是滿分！」

楊大帥是真的相信林清音算卦的實力了，就她那個破英文能在高中英語考試中得滿分，絕對是算得太準了。

幾個路口的距離並不算特別遠，說著話的功夫就到了。林清音卡著時間把最後一口蛋糕放進嘴裡，拿紙巾擦了擦嘴角沾著的巧克力碎片。「就在這裡停吧。」

楊大帥對算卦看風水這方面的印象都來自於影視劇，總覺得林清音應該手裡拿個羅盤一邊看、一邊找方位才對。可現實是，林清音手裡端著星巴克的紙杯，十分悠哉的就找到了他住的樓。

抬起頭來往上看了兩眼，林清音說道：「走吧，去三樓。」

楊大師已經從震驚到習以為常了，他感覺這世上就沒有林清音算不出來的事。可是走到三樓，楊大師掏出鑰匙準備開門，卻見林清音停在對門的門口。

「小大師，我家在這裡。」

林清音回頭看著他說道：「可東西卻在這裡。」

對面是李思雨家的舊宅，當年他們一家搬走的時候他還進去看過，裡面的家具有的賣了、有的送給了親朋好友，只剩下一個空房子。直到楊大師一家搬走的時候，對門還沒有搬進來新住戶。

但想起昨晚李思雨悄無聲息的站在自己身後的那一幕，楊大師不知為何心裡覺得有些發毛，就連這種從小看習慣的老舊房門都看著有些害怕了。

「小大師，那李思雨是不是鬼呀？」楊大師小聲的和林清音嘀咕。「她給我的感覺怪怪的，不像是正常人。」

林清音看了他一眼。「你問問她不就知道了。」

順著林清音的眼神，楊大師扭頭看向對面的門，登時渾身顫抖。「妳說她在裡面？」

林清音沒有說話，而是伸手蓋住了鎖眼的位置，王胖子還沒看清楚林清音的動作呢，就見那有些掉色的老舊房門被她推開了。

楊大帥「嗷」的一聲跳到了王胖子的背上，臉色慘白渾身發抖，簡直要嚇暈過去。也幸虧楊大帥身材標準，王胖子還能負擔得起，要是再來一個和王胖子一樣體重的人，兩人就得一起從樓梯上滾下去。

眼看著林清音已經走進去了，王胖子把楊大帥從自己的背上給拽下來，半拖半拽著跟進屋。

楊大帥像一隻要被宰割的小綿羊，緊緊摟著王胖子的大粗胖胳膊不放手。王胖子煩得夠嗆，一邊推他一邊絮叨。「我和你說這個可不在服務內的啊，你得額外給錢。」

「給給給！」楊大帥點頭如小雞啄米似的。「只要你別推開我就行。」

一進門看到的就是客廳，只是客廳空蕩蕩的和十多年前剛搬走的時候一樣什麼都沒有。林清音也沒有停留，直接朝南邊第二個房間走去，楊大帥頓時哆嗦得更厲害，那是李思雨的房間。

老房子的房門都沒有鎖，林清音輕輕一推門就開了。和客廳的空曠相比，這個房間就像是沒有人離開過，粉紅色的公主床，帶著卡通圖案的衣櫃還有白色的書桌。

只是粉紅的公主床上躺著一個女人，而白色的書桌上則擺著一個大紅色的首飾盒子，正對著床上的女人。

抱著王胖子胳膊的楊大帥險些昏厥過去。「床上躺著的那人就是李思雨。」

看到這一幕，別說是楊大帥了，就連去過墳地的王胖子都有些顫抖。幸好這是大白天，要是半夜他恐怕要嚇暈過去。

林清音看到屋裡的情況倒是面色如常，直接走進了房間裡。

熟睡的李思雨比起昨晚的光彩照人來臉色有些暗淡慘白，人看起來有些憔悴。林清音低頭看了看她，又將目光轉向桌子上的那個首飾盒。

首飾盒是大紅色的，雖然已經傳了上百年但看起來依然豔麗如新。盒子上面布滿了浮雕的花卉，蓋子還鑲嵌了金銀絲紋飾，十分精緻。不過這種精緻在林清音眼裡都是虛假，她只見到隱藏在花卉圖案中的陣法。

王胖子見林清音絲毫沒有害怕的神情，他那顆被楊大帥影響到怦怦跳的心臟沈穩了下來，也有心思吐槽楊大帥了。

「那個首飾盒一看就很值錢，你也真敢要啊！」

楊大帥想起這件事就後悔，他壓低聲音說道：「那時候才十一、二歲我懂個屁啊！根本就沒有值錢不值錢的概念。說實話，當時那玩意兒在我眼裡還不如一箱點心麵來得實在呢。」

王胖子險些噴笑出來。「送你點心麵，你吃完了就把人家忘了，你看送這個首飾盒就沒這種擔憂了，你能記她一輩子！」

楊大師差點沒哭出來，這種讓人毛骨悚然的事他還真是一輩子都忘不了。

林清音似乎看明白了首飾盒上的機關，只見她懸空一抓，楊大師猛然覺得自己眉心裡似乎有什麼東西被強行扯出來，疼得他「哎喲」一下捂住了腦門。

「好像什麼東西被拽出來一樣，好疼。」

王胖子雖然看不見人的氣運，不過他現在十分有見識，一猜就能猜中八成。「之前小大師不是說你沾染上了淡粉色的晦氣？剛才肯定是幫你把晦氣給拔了。」

楊大師摸了摸腦門，好像真的感覺比之前清明許多，登時就放鬆了。「小大師可真是神了，我還是第一次見到這種事。」

也不知道是不是楊大師的聲音有些大了點，床上的李思雨忽然睜開了眼睛，她看到站在自己面前的林清音先是一愣，然後猛然坐了起來，這才發現屋裡居然多了三個人，除了兩個陌生人以外，還有她日思夜想的楊大師。

李思雨看到楊大師一臉驚恐的看著自己，頓時臉色有些難看。「楊大師，你帶著外人闖到我家裡來是什麼意思？」

看著李思雨氣得胸脯一起一伏的，楊大師反而鬆了口氣，能呼吸就說明還是人，是人的話就沒什麼好怕的了。

「李思雨妳才是什麼意思？妳跑來找我要首飾盒，我還為此連覺都沒睡，足足找了一個晚上，結果妳早就不聲不響的把首飾盒給拿走了，這樣有意思嗎？」

對於李思雨能進自己家門拿東西的事，楊大帥並不意外。兩家的陽臺都是半封閉式，也就半人高，踩著凳子就能翻過去。小時候他們找對方玩，懶得敲門都是從陽臺上翻來翻去的，家長們對此都習以為常。

「我是什麼意思？」李思雨冷笑一下從床上坐了起來直接朝楊大帥走了過來。「當時我離開的時候你是怎麼答應我的？說只喜歡我一個人，長大了就來找我和我結婚，結果呢？你把送你的定情信物就這麼不重視的丟在了沙發底下，還一直不斷的交女朋友，根本就把我忘到了腦後。」

「那不是丟，是藏！」楊大帥下意識為自己辯解。「我不敢讓我媽看到，東藏西藏的天天換地方，結果後來連我自己都找不到了。」

王胖子在旁邊聽得直翻白眼，拿胳膊撞了撞楊大帥的腹部，小聲的提醒他。「這不是重點，重點是你交女朋友的事。」

「我交女朋友怎麼了？我二十多歲的人了談個戀愛難道不是正常的嗎？」楊大帥火氣也上來了，對李思雨也失去好臉色。「昨天我給妳面子沒好意思直說，李思雨妳是不是偏執狂啊？我承認，我小學的時候確實挺喜歡妳的，可那種小孩子的喜歡別說十年了，就連半年都維持不到，況且中間也沒聯絡，妳現在跑來要我履行當年的話，不覺得很可笑嗎？」

李思雨的眼神閃過一絲恨意和不甘。「連半年都維持不到？我搬家半年你就喜歡別人了？你還真是薄情啊！」

楊大帥被李思雨偏移的關注重點弄得沒脾氣了。「我說大姊，夫妻倆還有離婚的，我們連戀愛都沒談過，妳哪兒來的自信覺得我會情比金堅一輩子都忘不了妳？說實話小時候玩的朋友也不少，搬家的搬家、轉學的轉學，現在一大半我連名字都想不起來了，我一見到妳就能叫出名字，已經算是對得起小時候我們當鄰居、當同桌的情分了。」

李思雨猛然變了臉。「你收了我的東西就是我的人，想悔婚除非我死！」

楊大帥氣得險些昏過去，就在這時李思雨忽然朝楊大帥撲，楊大帥根本就沒反應過來，眼看著人就要撞到自己懷裡了，就見李思雨忽然被拽住。

林清音不知什麼時候走到了李思雨的身後，抓著她的衣服往後一丟，直接把她扔到床上。

頓時林清音的形象在楊大帥心中足足有兩米六高！

摸了摸嚇得撲通撲通的小心臟，楊大帥對林清音的崇拜更深了。「小大師不但算卦準，力氣也挺大的，霸王之氣撲面而來，要不是我有女朋友了我非得愛上她不可。」

「這首飾盒是妳家祖傳的？」林清音拿起那個大紅的首飾盒走到了李思雨面前。「顏色豔成這個樣子，你們家用血澆灌了好幾代吧？」

這句話說出來不僅李思雨的臉色有些難看，剛恢復正常心跳速度的楊大帥聲音又顫抖了。「拿血澆灌是什麼意思？」

林清音用手指描繪著首飾盒上的陣法輕描淡寫的說道：「這上面有一個合歡陣法，只是雕刻的人大概陣法學得不精，這個陣法比起正宗的合歡陣法來連皮毛都算不上。」

王胖子聞言忍不住打量了李思雨一番，合歡這兩個字聽起來就讓人浮想聯翩，可李思雨當年送給楊大帥這個首飾盒的時候也就十一、二歲，這姑娘是不是太早熟了點？

「這個陣法有很多詭異的地方，沒辦法雙修互補，反而是採陽補陰，被採補的陽氣通過陣法吸進首飾盒裡被煉化。再加上這東西被女人一代代的用鮮血供奉，陰氣足得有些邪性，一旦成為它的主人，便會被它的陰氣所侵擾，導致性格大變，時間久了還會被控制思維。」

楊大帥聞言臉色發白。「是怎麼用鮮血供奉的？」

「非常簡單，只要用鮮血塗抹到這個首飾匣子上就可以了。」林清音將盒子遞到了楊大帥面前。「你家的大門才十來年的都掉漆褪色了，可這東西至少有一百多年了，你看看這顏色怎麼樣？」

特別的紅，楊大帥一直覺得這首飾盒子紅得像血一樣豔，卻沒想過這東西真的被鮮血塗抹過。一想到當年他剛和李思雨分開的時候還抱著這個盒子睡過兩晚上，他就絕望到想哭。

這他媽的也太噁心了！

王胖子體會不到楊大師的心理陰影，他還好奇的湊過來近距離觀察。「小大師，既然這東西這麼邪性，她們家怎麼還代代往下傳呢？」

「你頭腦清明自然能發現這個東西的害處，可這盒子的主人早就被陰氣影響思維，不但不會覺得這東西邪性，反而認為是無比靈驗的寶物。」

楊大師嚇得吞了吞口水，心裡湧出一股不好的預感。「小大師，妳說靈驗是什麼意思？」

林清音輕笑，朝李思雨一指。「這麼說吧，只要你不小心在這上面沾上一點血，這盒子上的陰氣就會順勢纏繞到你的身上，此生你便不會再喜歡別的女人，滿心滿眼裡都是她。她大概也是這麼打算，所以在昨夜子時的時候剛用鮮血祭拜過這個盒子。」

楊大師想到昨晚自己在翻箱倒櫃找這個東西的時候，隔壁的李思雨卻在放血抹盒子，頓時覺得頭皮發麻。「我說李思雨，妳有這個本事找什麼樣的男人找不到，怎麼就非得認準我啊？」

李思雨眼睛直勾勾的盯著他，裡面滿滿的都是迷戀。「大師，你是我第一個喜歡上的男生。除了你，我不會再喜歡別人。」

楊大帥覺得和李思雨實在是說不通，他覺得李思雨也不是真喜歡他，而是忘不了當初那種情竇初開時心裡發甜的感覺。她的回憶和偏執把這種甜蜜和美好放大了，讓她除了記憶裡的楊大帥以外再也無法接受別人的喜歡，因為現實中的愛情都不如被她美化過的初戀那麼純粹和美好。

楊大帥放棄和李思雨溝通，求救的看著林清音。「小大師，現在要怎麼辦啊？」

林清音伸手從書包裡取出幾枚石頭隨意往身邊一拋，設了個隔絕陣法，免得待會盒子裡散發出來的陰氣侵蝕他們的神志和身體。

看到林清音要毀掉盒子上的陣法，躺在床上的李思雨奮力的想阻止。只是她被林清音扔到床上的時候也不知道撞到了什麼地方，她渾身發軟一點力氣也使不出來，現在就連聲音都被堵在喉嚨裡，只能眼睜睜的看著林清音的手指在盒子上的花紋上遊走，然後看似輕輕往下一劃……

李思雨覺得身體像是被一雙無形的大手撕裂，每個毛孔都疼痛不已。而最讓她驚慌的是，她覺得身體裡有什麼東西在飛速流逝，這種無力的感覺讓她心裡發慌。

「砰」的一聲巨響，一股黑色的風猛然從盒子裡鑽出來，瘋狂的圍著林清音打轉，似乎想撕裂這個毀了它好事的人。

林清音看著已經生出了些許靈智的陰氣，從口袋裡掏出一枚古錢一彈，只見古錢從黑風中穿過，生生的把黑色的風撕成了兩截。黑色的風似乎受到了重創，掙扎得更猛烈了，只是它不敢再進攻林清音，而是試圖從這個地方逃走。

楊大師看著眼前匪夷所思的畫面，簡直驚呆了。「不是說沒有封建迷信的事嗎？」

王胖子抱著胳膊冷笑著看他。「你思維怎麼這麼狹隘呢？剛才小大師都說了這是陣法，陣法是一種科學，懂不？再說了，就算是封建迷信怎麼了？你不封建迷信你來算什麼卦！」

楊大師無力反駁。你們本事大，你們說啥都對！

別看林清音設的陣法只用了幾塊石頭，這看似簡陋的陣法卻讓黑風束手無策。楊大師目瞪口呆的看著被扯成兩截的黑風一下又一下想往李思雨的方向衝，可每次都被看不見的牆給擋住。就在這一次又一次撞擊的過程中，黑色的風變得越來越小，看起來越來越無力。

林清音踏出陣法拉開窗簾、打開窗戶，溫暖的陽光灑進室內，僅剩下淡淡黑霧的陰氣在陽光下無力掙扎，漸漸消散在空氣裡。

而那個傳了幾代人的大紅色首飾盒上的顏色飛快的褪去，一下子變成了斑駁的粉白色，原本精緻的雕花一塊塊的往下掉漆，鋥亮的黃色鎖扣生滿了銅鏽。

林清音將去掉陰氣的首飾盒丟到床上，伸手往李思雨身上一拍，原本渾身發軟的李思雨漸漸的恢復力氣。沒有了陰氣操控，她的神智恢復清明，只是這麼多年的執念控制著她，讓她多少還是有些不甘。

「楊大師，我真的很喜歡你！」

楊大師頭搖得和波浪鼓似的。「對不起，我真的對妳沒感覺。」

林清音有些憐憫的看著李思雨。「妳還執迷不悟嗎？妳想想妳的外公、想想妳的爸爸，他們有一個活過四十歲的嗎？妳想想他們死時的年紀，妳再想想妳的外婆和媽媽癲狂偏執的樣子，妳希望妳和楊大師以後也變成那樣嗎？」

李思雨愣愣的看著林清音，眼淚嘩嘩流了下來。

林清音沒好氣的彈掉沾染在手上的陰氣，站在窗口任由陽光灑遍自己的全身。「妳應該慶幸妳離開這個盒子的時候年紀小，也應該慶幸楊大師沒有長年累月的把這個東西帶在身邊，否則你倆都會被毀了。」

事情解決了，屋裡殘餘的一絲絲陰氣也在陽光的照射下消散，林清音朝楊大師揚了揚手機。「楊老師，事情解決了，該付錢了。」

掏出手機準備轉帳的楊大師看著笑容燦爛的林清音十分不解。

小大師怎麼看起來這麼高興呢？

第三十一章

林清音眉開眼笑地說道：「十萬塊。」

楊大帥痛快的把錢轉了過去，這個價格對於他來說並不算貴，要不是林清音出手，只怕今天他就會被這帶著邪法的首飾盒子影響心神，以後也會像李思雨的爸爸和外公一樣不到四十歲就喪命。

印象裡李思雨的爸爸身材高大，人也長得十分俊朗，經常帶著他們那群半大不小的男孩子玩，曾經住在這一片的孩子們都很喜歡他。楊大帥怎麼也想不到那麼好的一個人，怎麼會說沒就沒了。

看著坐在床上有些失魂落魄的李思雨，楊大帥忍不住問道：「叔叔真的已經去世了？」

李思雨聽到這個問題心裡一陣刺痛，有些難過的點點頭。「我爸在我十四歲那年突然生病了，醫院查不出病因，只說他的各種器官突然急速衰竭，無論醫院怎麼搶救、怎麼治療都沒效果。僅僅一個月，我爸就從八十公斤瘦到了四十五公斤，渾身上下一點肉都沒有，只剩下骨頭，然後他就走了。」看了林清音一眼，李思雨緩緩說道：「他去世的時候還沒過四十歲生日。」

楊大師十分惋惜的嘆一口氣。挺好的人，可惜遇到了李思雨的媽媽。

「我一直以為我爸是得了什麼查不出來的病才去世的，沒想到是被這盒子奪去陽氣。」李思雨怔怔的看著那個一代代傳下來的首飾盒子，心裡五味雜陳。「大師，我確實打算今晚將你的血抹在這個盒子上，我只是想和你在一起，但我真的不知道這樣做會害你。」

看著楊大師默不作聲，李思雨忍不住追問道：「如果我不用這個盒子，就以老鄰居、老同學的身分和你重逢，我會不會還有機會？」

楊大師嘆氣，鄭重地又說一遍。「李思雨，請妳聽清楚，我已經有女朋友了。另外，我不知道你們家的人是不是真不知道這個盒子的邪性，不過這個答案對我並不重要，妳應該讓妳媽媽去妳爸的墳上解釋給他聽。」

看著李思雨和她爸爸相似的大眼睛，楊大師忍不住嗤笑。「李思雨，如果沒有這個盒子，妳覺得妳爸和妳媽會相愛嗎？」

李思雨啞口無言，她媽媽從不提她和爸爸戀愛時的事。但她知道，若是真心相愛，她的媽媽絕對不會動用那個首飾盒。

看著李思雨說不出話的樣子，楊大師嗤笑，跟在林清音後面離開了。

送走了林清音後，楊大師按照樓下張貼的小廣告上的號碼打通了仲介的電話。不到五分鐘仲介公司的人就來了，楊大師簽了售屋委託後將鑰匙交給他。「幫我找個清潔公司把裡面的東西都扔掉後再打掃一遍，費用從房款裡出。」

「都丟掉嗎？」仲介公司的人有些驚愕的問道。

楊大帥毫不留戀的轉身就走。「對，一件都別留。」

他再也不想留什麼狗屁的童年回憶了！都是惡夢！

從李思雨家出來已經中午了，林清音將學費賺回來以後神清氣爽，特別大方的請王胖子吃一頓午飯，還順便提前支付給了他一年的房租。

王胖子已經和林清音混熟了，他也清楚林清音的脾氣。小大師摳的時候是真摳，但是該出的錢她一分也不吝嗇。

別看王胖子算卦不行，但是處理雜事確實一等一的強。林清音年齡不到，他便用自己的身分註冊一家文化傳播公司，用來應付突擊檢查。

工作室裡面有兩個房間，一間作為林清音的卦室，一間是王胖子的辦公室。隨著林清音的名氣越來越大，來預約的人也越來越多，單靠手機記錄很容易遺漏，所以王胖子買了新電腦放到辦公室裡，做了正式的預約記錄文件。

王胖子的辦公室倒是簡單，擺上一套辦公桌椅，再擺上一套三人座皮沙發和紅木茶几就成了。但他不知道算卦應該擺什麼樣的桌子，因此沒敢亂佈置，趁著今天林清音過來，趕緊請她安排。

林清音看著牆上掛著王胖子花五千塊錢請來的「算卦」那兩個字，有些嫌棄的皺了下眉頭。「這人寫的字真不如我寫得好。」

王胖子之前就聽林清音吐槽過這件事，他笑呵呵的問道：「要不我買筆墨紙硯回來，小大師親自寫幾個字吧。」

「算了吧，我要是寫了，這五千塊錢不是白花了？再說了買筆買墨的也是花錢嘛！」得靠自己掙錢買玉修煉的小大師現在非常的實際，想當年她當掌門的時候都沒為門派操這麼多的心。

沒辦法，窮啊！

王胖子已經習慣了林清音時不時的摳一回，十分自然的轉移了話題。「小大師，今天您先在隔壁的辦公室算卦。這個卦室您先看看要怎麼佈置，回頭等我全都弄好了您再搬過來。」

林清音看了眼空蕩蕩的房間，不知為何忽然想起上輩子自己鑽研術數時待的竹屋。

「有在屋裡種的竹子嗎？」

王胖子略微一沈吟才說道：「有那種大的盆栽竹子，就是不知道小大師要什麼品種、長多高的？」

林清音說道：「一人多高，要十八盆，等買來了告訴我，我自己來擺。」

王胖子一聽就知道這是要布陣法，只是不知道小大師會在卦室擺什麼樣的陣法。

「除了盆栽的竹子以外還需要什麼嗎？桌椅、沙發之類的小大師要什麼樣式的？」

林清音想了想說道：「要竹桌和竹凳，不用太高，喝茶用的就可以。其他的我自己準備，你就甭管了。」

林清音下午算了七卦，收的錢都轉給了王胖子，讓他去買需要的東西。王胖子辦事非常迅速，只用一天的時間就買了十八盆茂盛的竹子回來。這一盆竹子有幾十斤重，林清音也不用別人幫忙，一個人將花盆挪來挪去的。

竹子陰氣重，不過這個屋子朝南又是在整棟樓最西邊的位置，屬於火位，正好和竹子的陰氣互相中和。再加上林清音擺的陣法暗合五行八卦，完美的讓房間裡的陰陽二氣達到平衡。

王胖子趁著林清音在屋裡忙活，趕緊下樓把買好的竹製的桌子板凳給搬上來，除此之外還有筆架、書案和文房四寶，這幾樣是他自己出錢買送給林清音的。

一樣一樣的把東西搬上來，王胖子拿胳膊抹了把頭上的汗想讓林清音出來看看。可一推開卦室的門，王胖子頓時愣住了。

怎麼屋裡變成一片竹海？

順著石頭鋪成的小路往裡走，兩邊是一片片望不到邊的竹海，和暖的陽光和碧綠的竹子交錯，讓人原本有些浮躁的心情慢慢沈穩下來，恣意的享受這一片城市難以見到的寧靜。

王胖子也不知道自己走了多遠，直到他身上的汗消了、呼吸平穩下來才看到通道的盡頭。王胖子最近跟著林清音也學陣法，雖然他還不能布陣但也涉獵一些皮毛，知道這個陣法是和人的心境有關，若是此時自己急著跑過去，只怕盡頭會再一次消失。

欣賞著難得的景色，王胖子慢悠悠的走過去，原以為會看到林清音在竹林深處打坐，結果走過去一看，小大師居然在聽英語。

王胖子感覺自己好像是走錯了片場。

盤腿坐在林清音的對面，王胖子十分服氣的豎起了大拇指。「小大師，您這個陣法真絕了，可以和黃老邪的桃花島媲美了。以後這屋就擺這個陣法了？」

林清音搖了搖頭。「我的名氣已經一天比一天大了，沒有必要再那麼招搖，這是我自己擺著玩的，等算卦的時候我會換一種陣法。」說著林清音站了起來往竹林裡走去，片刻後，王胖子覺得眼前一花，等再一看發現自己坐在房間的正中間，四周是錯落有致的竹子。

雖然從視覺效果上，盆栽似乎變成了真的竹子一般，但是見過剛才那一片震撼人心的竹海，再看這一簇簇的小竹林就覺得太平淡了。

王胖子把自己買回來的東西一樣樣搬進來按照林清音說的位置放好。為了和桌椅配套，王胖子連茶具都買竹子的，沒想到和環境正好相合。

王胖子把茶具都洗得乾乾淨淨，煮水泡了茶先給林清音倒上。「小大師，下次算卦還是在星期天的上午？」

林清音摸著龜殼沈吟了片刻。「除了按照順序叫十個提前預約的人以外，你這週會遇到一個想算卦的，到那天你把他也叫來。」

王胖子聽了一頭霧水，不過還是老老實實的點點頭，聽小大師的安排準沒錯。

連假浪了三天，林清音還沒掙夠錢就又得回學校上課了。

放假回來老師只領著複習一天便要月考了，高二的月考不像高一在自己班裡考試。學校會根據上一次的考試成績安排考場，單人單桌，還得和高三的同學梅花座考試。也就是說一個高二學生的前、後、左、右四個位置都是高三的學生，同年級的都在斜著的位置，偷偷傳紙條之類的就甭想了，頂多能傳遞個欲哭無淚的眼神。

開學考試沒有公布排名，所以學校用的是上學期期末考試的名次排的座位。林清音上學期期末成績位於班級的中段，可在整個級部來說卻處於中下游，因此林清音被分到了第八考場。

雖然是普普通通的月考，但是清音爸爸媽媽都有些緊張。清音爸爸一大早起來特意包了餛飩，用大骨頭熬高湯煮了一鍋，裝了滿滿兩個保溫桶送到了學校的宿舍樓。正想打電話讓林清音下來拿，就見女兒站在宿舍樓門口笑盈盈的看著自己。

「妳怎麼知道我要來？」林旭趕緊把保溫桶遞了過去。「今天妳考試，我特意煮餛飩給妳送來。」

林清音接過保溫桶，笑著說道：「你知道我的能耐，我算到爸爸會送吃的過來。」

林旭一聽也來了興致，笑呵呵地問道：「那妳算算我送的是什麼？」

林旭用來裝餛飩的保溫桶用的是自家小超市賣最貴的那種，一個就要一百多塊錢，保溫效果好，味道還一點都散不出來。

原以為林清音會掐指算一算，誰知她連眼睛都沒眨就直接說道：「豬骨湯餛飩。剛才你問了這個問題後，我第一個想法就是這個，所以肯定沒錯。」

林旭朝林清音豎了個拇指。「妳這能耐真是絕了。好了，我不和妳說了，妳趕緊吃了餛飩去考試，千萬不要緊張啊。」

林清音十分自信的點了點頭。「爸爸放心，我可是學霸！」

看到林清音自信滿滿的樣子，林旭也很放心，自家的女兒可是中考狀元，雖然上學期有些波動，但是只要她調整好心態，肯定沒問題。

林清音提著保溫桶回到宿舍，張思淼早就乖乖的在餐廳擺好了碗勺站在宿舍門口翹首以盼。看到林清音提著兩個保溫桶出了電梯，張思淼趕緊迎過去接過來一個，沈甸甸的桶讓她的手腕一沈。

「叔叔這是裝了多少餛飩啊？我們吃得完嗎？」

林清音笑了。「吃得完嗎？淼淼，我看妳還是不了解我的實力啊！」

林旭包的餛飩買了最好的精肉，自己用刀剁得細細的，包的時候放一些肉餡再一個鮮蝦仁最後往上捏一點蔥末，再用豬大骨熬出來的高湯一煮，鮮味撲鼻。

林清音吃了一個餛飩簡直幸福的要哭了，她不明白明明是生活在一起的夫妻，爸爸做的東西就這麼好吃，怎麼她媽做的飯簡直像是要謀財害命。

張思淼一直以來胃口不大，吃東西也慢，不過最近一日三餐都和林清音在一起吃飯，不知不覺被她帶大了胃口。原本這麼大的餛飩她也就能吃五、六個，可今天吃了一大碗，還戀戀不捨的又盛了一勺。

「真是太好吃了！」張思淼小臉吃得鼓鼓的，讚不絕口的誇獎。「清音，妳爸爸包的餛飩比大廚包的還好吃，這蝦仁都是鮮蝦剝出來的吧，太鮮了！」

林清音根本就沒空說話，等張思淼拿著手帕擦嘴角的時候發現林清音已經把剩下的餛飩都吃光了。

張思淼看得直瞪眼。

小大師，妳長得這麼瘦，妳的飯都吃哪兒去了啊！

吃完早飯，兩人揹著書包來到教學樓，張思淼學習成績一直不錯被排到第一考場，而林清音則在第八考場。

一進考場，林清音就發現了好幾個眼熟的面孔，都是曾經欺負過她的同班同學。他們看到林清音習慣性的露出個嘲諷的笑容，剛想張嘴就想起之前遇到的倒楣事一個個又趕緊把嘴閉上了。

開學初那陣子，學校高二、高三的學生接二連三出事，各種倒楣事層出不窮。後來學校論壇上也不知誰發的帖子，說這些倒楣的人都有一個共同的特點，就是喜歡欺凌同學，肯定是遭報應了。

一開始很多人都不服氣，還上論壇去筆戰，後來也不知道是誰把他們做的事一件件的總結出來了，任誰看了都說一句活該。其中有幾個喜歡人身攻擊的喊冤，說自己頂多算是嘴賤，又沒動手也沒打人怎麼也算霸凌呢？

還是總結一句「惡語傷人六月寒」，讓他們徹底閉了嘴。

林清音抱著胳膊一個個的看過去，那幾個學生被林清音看得又憋屈又氣悶。可是老一班的學生都暗地裡傳林清音有些邪性，還說學校的倒楣事就是從他們班裡蔓延出去的。直到現在，平時欺負林清音最厲害的那幾個還在醫院躺著，他們實在是沒有膽子去驗證這事到底是真是假。

林清音大大方方的從他們中間走過去坐在自己的位置上，把筆袋拿出來放到桌子上，習慣性的掏出自己的龜殼。龜殼因為替林清音扛了一部分雷劫，損傷很重，林清音現在沒辦法將它放回識海休養，只能將體內的靈氣一點點地渡給它。

離考試時間還剩二十分鐘，高二、高三的學生們陸陸續續的都進了教室。坐在林清音左邊的高三女生看起來有些魂不守舍，坐下以後先是發呆，然後將書包拽出來伸手進去，摸了半天卻什麼都沒掏出來，這時候才回過神來打開書包往裡看，隨即懊惱的捶了下桌子。

林清音扭頭看她一眼，從自己的筆袋裡拿了筆和尺放到她的桌上。隔壁女生順著林清音的手看了過來，朝她感激地笑了笑。「謝謝妳，要不然我還要去我朋友的考場借。」

「沒事。」林清音笑了笑。「考試的時候需要什麼從我筆袋裡拿就行，不用客氣。」

看到林清音這一笑，高三女生感覺心頭的煩悶似乎淡了些許，從口袋裡掏出一把巧克力放到林清音的桌子上。「請妳吃巧克力。我叫商伊，高三三班的。」

林清音將龜殼放到桌上，剝開一塊巧克力放進嘴裡。

堅果和巧克力的濃香混合在一起，口味豐富又飽滿，真好吃！

林清音嘴角開心得翹了起來。「我叫林清音，高二一班的。」

兩人都不是善談的人，商伊明顯又有心事，說了兩句話就心不在焉的開始走神。林清音連吃了兩塊巧克力後，用食指敲了敲商伊的桌子。

商伊回過神來。「嗯？有什麼事嗎？」

林清音遞過去一張紙。「寫一個字吧？」

商伊不太明白林清音是什麼意思，不過還是提筆在紙上寫一個「病」字。林清音打開礦泉水瓶喝了一口水說道：「妳的巧克力很好吃，我送妳一卦，免得妳心神不寧。」

看著商伊有些傻眼，林清音解釋道：「看妳父母宮日月角的位置有青色，太陰宮又比別處暗淡一些，應該是妳母親生病了吧。」

林清音雖然用的是問句，但是語氣卻帶著肯定，甚至沒等商伊回覆就繼續說道：「剛才妳寫了病字，從字上來看主人安穩端坐上方，下面內宅無憂，這代表著妳家裡不會發生大事。丙字在天干中又屬火，逢土日便可泄其氣，妳母親再十天便能好了。」

商伊怔怔的看著林清音片刻後才回過神，聲音裡帶著急迫。「妳說的是真的？」

林清音從桌上拿起一塊巧克力放回商伊的手裡，安撫她道：「病在肺部，雖有凶險，但並無大礙。」

商伊覺得自己這幾天一直惶恐不安的心瞬間安穩了下來。

前些日子商伊的媽媽得了肺炎，原本也沒當回事，結果住了幾天院後病情忽然凶險起來，甚至還進了加護病房。雖然現在沒有傳出什麼不好的消息，但是前天的時候商伊眼睜睜的看著一個和自己媽媽同樣病症的老頭病情突然惡化，才一天就死了。

這件事擊垮了商伊，她很怕媽媽也會被醫生蓋上白布推出來。原本她是想在醫院一直等到媽媽好轉再回學校上課。可是家人覺得她在醫院也幫不上忙，反而還要擔心她的身體和學業。再說，加護病房也不能進去，還不如回學校上課，他們也能少操一分心。

商伊從不喜歡把家裡的事在學校裡說，所以這幾天她一直把這事悶在心裡，連她的好朋友都不知道。可這種事越悶在心裡越難受，在她都有些支撐不住的時候突然被林清音這番話給穩住了心神。

商伊看著林清音笑，笑著笑著眼眶就紅了。「是真的嗎？我媽真的會沒事？」

「當然了，我算卦很靈的。」林清音把巧克力從她手心裡拿出來剝開塞進她的嘴裡。「吃糖吧，嘴裡甜甜的心情就會放鬆下來。」

商伊見已經有同學扭頭詫異的看著自己，趕緊低頭把眼淚擦了，冷靜下來回想起林清音的話覺得心裡特別安穩。在她什麼都沒說的情況下，林清音就全都算得明明白白，所以她肯定是說真的，過幾天她媽媽身體就會康復了。

正在商伊笑著擦眼淚的時候，監考老師進來催促著學生把書本講義放到講臺上。林清音除了筆袋以外什麼都沒帶，商伊就更不用說了，直接揹了個空書包來，連筆袋都沒有。

藉著屋裡鬧哄哄的機會，商伊從另一個口袋裡掏出一把糖果塞到了林清音的手裡，眼睛亮亮的看著她。「謝謝妳。」

林清音覺得商伊喜歡在口袋裡裝糖的習慣可真好，是個招人喜歡的姑娘！

教室恢復了安靜，兩名監考老師分別發高二和高三的試卷。李彥宇看到坐在教室正中間的林清音時十分無奈。

他這是什麼命啊？怎麼每次監考都能看到這個讓人頭疼的祖宗！

因為高二、高三混合考試，所以英語聽力題需要戴耳機來聽。林清音自認為也背了大半本字典了，可以試著做題看看。

英語試卷發下來以後林清音沒有馬上做題，李彥宇還十分驚訝的看了林清音一眼。很快高二的聽力考試了，李彥宇也拿了副耳機戴上了，他留意到林清音的神情。

這小祖宗在聽錄音做聽力題？老天開眼啊，小大師終於不用靠算卦來做試卷了！

林清音認真的聽著耳機裡的聽力，第一道題聽懂了，她開心的把答案寫在了試卷上；第二道題有點不確定，第三道題有點沒聽清，第四道這是什麼玩意兒……

林清音越聽越鬱悶，乾脆把耳機摘下來丟到一邊，唉聲嘆氣的憑直覺選答案。其實她也想靠自己掌握的知識來答題，可惜實力不允許啊！

李彥宇看著眼前這一幕欲哭無淚。就知道對小大師不能抱有太大的期待！

英語試卷是最讓林清音為難的試卷了，其他的對她來說已經十分輕鬆，數學、物理、化學已經全都跟上進度，不僅上課老師講的她都能聽懂，回到宿舍以後也會拿出姜維買給她的那一疊練習冊做題。

林清音做題並不是題海戰術，同類型的題她只做一道，只要明白這種題型的做法她便不會再浪費時間，而是轉做別的類型。因此一本練習冊到她手裡，頂多寫十分之一，剩下的全都空著。

自從張思淼發現林清音這個習慣以後都懶得出去買練習冊了，因為林清音剩下的那些題就夠她做的。

第三十二章

月考只考兩天，林清音自認為考得不錯，除了政治有幾道時事的填空題她寫不出來，其餘的她都做完了。

商伊考完試以後沒上晚自習，直接搭計程車去了醫院。這兩天商伊的舅舅阿姨都守在醫院裡顧不上她，等商伊到了醫院才知道媽媽已經從加護病房回到了普通病房。

躺在病床上的商媽媽和前幾天相比狀態好了很多，除了胳膊上有留置針管打點滴以外，呼吸器之類的都撤掉了。現在說話正常，還能喝幾口小米粥。

商伊看到媽媽明顯好轉的樣子不由得鬆了口氣，跑進去拉住媽媽明顯有些消瘦的手開心的又哭又笑。「林清音沒騙我，妳果然沒事了。」

因為商媽媽脫離了危險，一家人都比較開心，商爸爸也有心情和女兒聊天了，接著她的話隨口問：「林清音是誰啊？」

「我們學校高二的一個女孩。」商伊趕緊說道：「我們月考高二和高三交叉著坐，我和她挨著。她看我心不在焉的就算了個卦，說媽媽的病雖然看著凶險，但並無大礙，只需十天便不要緊了。」她掰著手指頭樂滋滋的說道：「還有八天媽媽就能好得差不多了，到時候媽媽白天來醫院打針，晚上就能回家住了。」

家人都以為是商伊的同學看她心情不好安慰她，誰也沒當真，但這個話確實是非常吉利，所以一家人紛紛附和這個說法，寬慰商媽媽的同時也在寬慰自己，都希望她能早些康復。

這間病房是兩張病床，隔壁的老大爺也是得了肺炎，陪床的大媽聽到商伊說「林清音」這三個字心裡一動，轉身過來問道：「小姑娘，給妳算卦的人是小大師嗎？」

商伊一頭霧水。「不是什麼小大師，就是我同學給我算的。」

「小大師看著就和妳年紀差不多，可能還要小一點。」大媽拿手比劃一下。「長頭髮到肩膀這裡，皮膚白白嫩嫩的，不笑的時候看著很威嚴，可一笑起來還有兩個酒窩就顯得特別可愛。」

商伊聽這描述說的倒是挺像林清音的，掏出手機給她看自己和林清音的合影。「妳說的是這個人嗎？」

大媽眼睛一亮連忙點頭。「這就是小大師，原來妳和小大師是同學啊，可真是好命！」旁邊的大爺聽了把氧氣罩摘下來，有些氣虛的說道：「妳也去找小大師給我算算，看看我這次能不能熬過去。」

其實大爺只是普通的大葉性肺炎，打上半個月的針就能出院。不過他被那個幾天工夫就不治而亡的肺炎病人嚇壞了，再看商伊媽媽年紀輕輕的也因為肺炎剛從加護病房抬出來，總覺得自己可能要熬不過去了。

大媽聽到老大爺要算病情氣得拍他一下。「醫生都說你沒什麼事，你怎麼老是自己嚇自己。你難道不知道去小大師那算卦至少要排兩、三個月，要是插隊算卦的話得兩千五百塊錢呢！」

若是真的事情緊急，大媽肯定不會吝嗇錢，但在大爺沒什麼要緊事的情況下，她可捨不得拿這麼多錢得一句安慰的話。

老倆口拌嘴時說了好多小大師的事，商家人聽了則一頭霧水，難道商伊的同學不是隨口安慰一句，而是真的在外面算卦的？尤其是商爸爸一聽算卦的費用還不低，趕緊把商伊叫到自己身邊問道：「妳那同學是怎麼算的？」

商伊便詳細把昨天發生的事說了，最後有些尷尬的摸摸鼻子。「爸，我不知道她算卦是收費的，我就給了她一把糖。不過看她也沒生氣，還吃得挺開心的。」

商爸爸都不知道怎麼說自己的女兒。

怎麼就那麼心大呢？人家在什麼都不問的情況下就能算出肺部有重疾，這一看就是高人啊！雖然高人年紀小，但是這也沒什麼，自古能人異士總有特別的地方，這種人天生慧眼，和他們這種凡夫俗子是不一樣的。

商伊待會兒還得上晚自習，商爸爸趕緊從樓下的提款機裡提錢出來。聽商伊說小大師喜歡吃巧克力，又去附近的進口商店買各種各樣的巧克力禮盒和果籃，緊趕慢趕終於在晚自習前到了學校。

接到商伊電話後，林清音似乎一點也不驚訝，直接讓商伊到宿舍找自己。

商伊和林清音在同個宿舍樓，以前送商伊到學校的時候也和舍監阿姨見過。押了身分證，商爸爸登記了個人資訊後便跟在商伊的身後來到了林清音的宿舍。

把帶的禮物放在茶几上，商爸爸掏出一個信封推到林清音面前，十分客氣的笑道：「今天聽商伊說才知道她從小大師這算了一卦，這是給大師的卦錢。」

林清音看著信封淡淡的一笑。「起卦只是隨心而為，看她投緣，倒不是為了賺這筆卦錢。」

商爸爸連忙捧了林清音兩句，然後小心翼翼地問道：「我這次來一個是感謝小大師為內人算卦，同時也想和小大師再求一卦。」

商伊聞言臉色有些尷尬。「爸，清音要去上晚自習了，你不要打擾她了。」

林清音安撫的拍了拍商伊的手。「沒事，算一卦也不需要多少時間。」關鍵是能趕在晚自習前賺一筆錢也挺好的！

商爸爸見林清音答應，略微鬆了口氣，連忙又拿出一個裝錢的信封放在桌子上。「是這樣的，我和家父行事上有一些分歧，十多年來關係一直不融洽。前幾天老爺子打電話和我說他身體不太好，讓我去帝都老宅一趟。」

商爸爸說著自嘲的笑了。「其實這種藉口老爺子每年都使一、兩回，每次我回去都是假的，還要被我同父異母的弟弟擠對。說實話我真不愛去，可又怕是真的，畢竟他那麼大歲數了……」

林清音看著商爸爸的面相，拿出放在茶几上的紙筆遞給了他。「寫個字吧，想到什麼就寫什麼。」

商爸爸拿筆寫了個「常」字遞給了林清音。「小大師您看看我父親到底有沒有病？」話音剛落，樓下傳來了連哭帶罵的聲音，聽起來好像是一個女生失戀了，正打電話哭著罵自己的渣男友。

林清音看著商爸爸微微搖了搖頭。「早些買票去帝都吧。」

商爸爸臉上明顯慌了，他低頭看看自己寫的字有些不解的問道：「小大師，我寫這個字不好嗎？」

「常這個字上有堂字頭，下有哭字頭，堂上人災。」林清音憐憫的看著商爸爸。「你知道占病的時候最忌諱聽到什麼嗎？就是哭聲。本就有哭字頭，又聞哭聲，神仙難救。」

商爸爸放在膝蓋上的手慢慢的握成了拳頭，聲音裡帶著明顯的悲鳴聲。「明明聽著聲音還挺有精神的……」他猛然站起來往外走，剛邁出去兩步又轉過頭來問道：「小大師，能算出來他大概還有多少日子嗎？」

林清音看著商爸爸。「從面相上看你快到四十六歲了？」

商爸爸點了點頭。「還有一個月過生日。」

「你過了生日再數七天就到父子分別的日子了，早做打算吧。」林清音站起來從窗臺上拿出一個黃色的護身符遞給他。「這個你隨身帶著，祝你一路平安。」

商爸爸接過護身符匆匆忙忙的道謝，甚至連商伊都來不及囑咐兩句就走了。他心神不寧的先去了趟醫院，把剛剛有好轉的妻子委託給小舅子和大姨子。剛要走的時候就聽到隔壁床的大爺氣呼呼的和老伴說道：「妳要是不願意替我去算卦，就給我請一個小大師畫的護身符，那種黃表紙的現在只要三千塊錢就能請到。」

商爸爸聽了一愣，隨即眼眶有些發酸，小大師到底是沒要他女兒的那份卦錢啊！

商伊對沒有見過面的爺爺感情不深，但是看到自己爸爸的樣子心裡也不好受。她和林清音並肩走出宿舍樓後有些鬱悶的嘆了口氣。「清音，妳說我家是不是流年不利，怎麼這麼多亂七八糟的事呢？」

「主要是妳爸的問題，不過今年過去就好了。」林清音轉頭問商伊。「妳不跟妳爸去帝都看看？」

商伊有些煩惱的捋了下頭髮。「等我媽媽好了以後再說吧，要不然我也不安心。而且……」她有些難堪的垂下了頭。「我聽說我爸和我爺爺鬧翻就是因為我的緣故。我媽生我的時候難產，傷了身體不能再懷孕，我爺嫌棄我是個女孩不能繼承家業，要我爸拋妻棄女重娶一個老婆。我爸不樂意，帶著我和媽媽離開了帝都來到齊城，我爸足足有十年都沒和家裡聯繫。也就是這兩年我爺爺的身體似乎出了問題，他才一遍又一遍的打電話給我爸把他騙回去想要和解，可是每次我爸去了回來都很生氣。」

商伊自嘲的笑了。「我爺爺有兩個私生子，比我爸也小不了幾歲。這些年那兩個人一直死守在我爺爺身邊，是為什麼連我都明白，更別提我爸了。其實我家也不稀罕我爺爺的財產，我爸自己開公司賺錢也挺多的，足夠我們家用了，我爺爺有再多的錢都和我們沒關係。」

林清音不太懂這種複雜的家庭糾紛，不過她還是拍了拍商伊的肩膀安慰她道：「妳的面相很好，人生順遂，有貴人相助，他們比不上妳。」

商伊聽到這話心裡的煩悶頓時消了大半，她笑嘻嘻的伸手摟住了林清音的腰。「如果說我會遇到貴人的話，那肯定是妳啦！我在遇到妳之後我媽的病就好了大半，妳絕對是我人生裡最大的貴人。」

林清音自信的一撩劉海，有些小得意。「很多人都這麼說！」

月考的試卷老師們兩天的時間就批改完了，高二級部各科老師看到排名第一的林清音的成績都震驚了，除了政治以外全都是滿分啊！

夾在同事中間，政治老師都羞愧了，只有自己的科目讓林清音失分了，簡直是太扯後腿了！

林清音這一段的學習進步是肉眼可見的。數學和物理這兩門課是姜維在暑假期間給林清音補上的，兩位任課老師感受不怎麼明顯，而化學老師的成就感是最足的。

為了提高成績，學校有不少老師私下給比較上進的學生補課，不過他們都是補現在學習的內容。只有化學老師給林清音補課是從國中的化學內容開始講的，當時他都有些懷疑校長花錢招一個假的中考狀元進來了。

不過事實證明他想多了，林清音的學習能力真的超級強。他講的速度特別快也只說重點，但林清音在這麼短的時間就把三年的內容全都掌握了，並且一點就通、一學就會，這種學習天賦真的是羨慕都羨慕不來。

只有最了解林清音的李彥宇默默的看著同事眉飛色舞的樣子不吭聲，別的科目他不了解，可是對於小大師的真實英語能力他實在是不想說啥了。不過小大師這次英語考試的小作文寫得真不錯。內容充實，語法也沒有問題，裡面還有幾個俚語運用的非常好，一下子讓小作文的可讀性提升了不少。

關鍵是也不像是從輔導書裡找來的，至少他從來沒有見過這篇文章，讓他想扣分都找不到理由。

老師們正圍在一起嘖嘖稱讚，王校長上樓的時候聽到動靜特意過來看，笑呵呵的問道：「討論什麼呢？說得這麼開心！」

高二二班的班導師李老師用羨慕又發酸的語氣說道：「我們在說高二一班的林清音，這次月考她幾乎考了滿分。」她看著那一個個完美的成績，直搖頭感嘆。「不愧是我們校長花獎學金招來的中考狀元，這基礎就是紮實。上一年雖然成績有些不穩定，但人家這一用心立刻就追趕上來了。」

王校長聽到「林清音」三個字簡直笑得要開花。「快給我看看小大……」

于承澤見王校長激動之下要說漏嘴，趕緊把數學試卷遞過去把話給岔開。「校長你看看這數學考卷，每一道題都思路清晰，沒有一個多餘的步驟，看她的試卷簡直是一種享受。」

王校長看著卷子上面複雜的數學題。呃，就沒一道他會的！

看不懂沒關係，這完全不影響王校長拍林清音的馬屁。「你們看看這試卷多乾淨，一點髒污都沒有；這字也好，多飄逸呀，一看就帶著仙氣！」

于承澤聽得都有些懷疑自己遞的是不是數學考卷了。

看到老師們表情怪異，校長輕咳了兩聲。「林清音同學的語文試卷拿來我看看，這語文滿分的少見啊，作文一分都沒扣是不是因為寫得太好了？」

一說起這個語文老師的臉都皺起來了，有些糾結的回到語文組拿來試卷遞給了校長。「您看看吧！」

王校長看到語文試卷高興壞了，這個他看得懂。「林清音這字寫得真好啊，一看就有大師風範，我看比起那些有名的書法家也不差！你們看這文學類文本閱讀還有這實用類文本閱讀的材料多深奧啊，人家一道都沒錯！」

語文老師有些無語的看著校長，心裡還一個勁兒的想：難道林清音是校長老婆家的親戚？校長怎麼誇得這麼誇張，還拿中性筆寫的字和那些大家的書法相提並論，難道他就不怕那些書法家從墳墓裡跳出來拿墨汁潑他一臉？

李彥宇則忍不住伸頭看試卷。

嗯，他就知道肯定是選擇題，要不然小大師指不定做成什麼樣呢！

「你們看著名篇名句默寫，寫得多好！」王校長指著其中一句說道：「這句論語我都背不下來，你看看人家，不但背下來還寫對了！」

語文老師都傻眼了。

學生們就是學這個，肯定要會背啊！校長您都畢業多少年了，也敢和高中生們比知識，是不是有點太膨脹了？

王校長誇著誇著忽然卡住了，拿著卷子有些尷尬的問道：「這古代詩文閱讀裡面這一段是摘自哪裡？」

那題就是語文老師出的，他不用看都知道。「節選自《晉書・魯芝傳》。」

王校長感嘆的晃了晃腦袋。「真好，我連看都沒看過，一聽就很高深！」

李彥宇和于承澤都不約而同的捂住臉，這誇得實在是好尷尬啊！小大師此刻又不在這裡，校長您這麼拍馬屁也不會多長幾根頭髮的，何必呢？

一路尬誇到底，王校長看到作文的時候再一次的卡住了，因為林清音寫了一篇文言文。

王校長從頭看到尾有點不敢評論，連字都認不全他還能說什麼？

看著校長沈默不語的樣子，語文老師有些羞愧地說道：「這篇文章我們語文組的老師全都看過了，林清音同學把古文運用得恰到好處又十分切題，裡面引經論點，還有很多《周易》的內容，古文造詣非常深。因為這篇作文難懂又有一些不認識的古字，我們語文組的特意派了兩個老師查閱資料做注釋，還請了市裡面的古文專家參與閱卷，最後三人都給出了滿分的意見。」

想到學生寫的作文題自己看不懂，語文老師也有些鬱悶。「其實這些年高考語文作文也有另闢蹊徑寫古文的學生，只是太過冒險，我覺得不如常規的寫法穩妥。」

李彥宇也伸脖子過去看，他一個海歸看這古文更是兩眼一抹黑。不知為何他總有種預感，若是讓小大師用常規寫法寫作文，說不定連一半的分都拿不到，畢竟小大師不像是那種循規蹈矩、老老實實按照規則寫作文的人。

關於用古文寫作文這方面王校長還真的不太懂，他把卷子還給了語文老師。

「你把林清音的作文複印一份給我，回頭我找歷屆的高考語文批閱老師看看。如果這篇文章在高考中拿高分沒問題，你們就不要對她限制太多。」頓了頓，王校長又不放心的囑咐。「千萬別對她管的太嚴了！」

萬一把小大師的靈氣給扼殺沒了，他以後再掉頭髮他找誰去啊？

一群老師在這閒話了半天，眼看著就要上課了，各科的老師趕緊回自己辦公室抱卷子去教室，王校長瞬間被冷落，孤零零的一個人留在辦公室裡。

摸了摸自己越發濃密的黑髮，王校長得意的直笑。還是自己眼光好，用了十萬獎學金就招回來一個算卦、考試全行的小大師，說不定以後自己學校還能出個高考狀元之類的。

王校長越想越美，昂起頭驕傲的背著手往自己的辦公室走去。

高中的月考像吃飯一樣平凡，考試排名貼到各級部的公告欄裡以後，老師根本就不會在課堂上浪費太多時間。就連試卷都放在晚自習上來講解，不能因為這個而耽誤教學進度。

于承澤是一班的班導師，他占據優勢搶占了第一節晚自習給學生講數學考卷。這才剛開學沒多久，高二的數學內容學得也有限，于承澤覺得只要是學生上課認真聽，數學考卷真的不算太難。當然如果上課時走神，那也有可能徹底的跟不上。

于承澤在看卷子的時候就注意到了林清音的解題思路非常清晰，講解題型的時候他有意在黑板上出了幾道超出範圍的題，在很多學生還一臉迷糊的時候，林清音已經快速的得出了答案。

于承澤覺得林清音在數學上真的很有天分。

高中關於各類的競賽很多，以前這種事都沒有他們這所私立高中的事，可看到林清音這樣的學生，于承澤不由得有些心動。他覺得林清音或許有可能開創東方私立高中參加數學奧林匹克競賽的先河。

講完卷子，于承澤讓學生自己練習算錯的題目，他把林清音叫到了走廊談話。

「林清音同學，妳有考慮過以後考哪所大學、讀什麼科系嗎？」

林清音想了想說道：「哪所大學沒想過，只要是帝都的就行。」

帝都靈氣足、紫氣盛、有錢有勢的人還多，到帝都上學修煉賺錢兩不誤，挺好。至於科系，林清音也早有打算。「我打算考數學系。」

林清音越學數學越覺得裡面的很多東西都和術數有著千絲萬縷的關係，她對術數的知識已經鑽研到極致了，現在急需新的思路，而數學正好符合她的要求。

于承澤聽了以後欣喜若狂。「那妳有沒有考慮過參加數學奧林匹克競賽？」

「數學奧林匹克競賽？」林清音有些遲疑。「參加競賽有什麼好處嗎？」

于承澤之前也沒有搜集太多這方面的資料，只能把自己知道的先簡單介紹給林清音。

「首先參加競賽的路比較艱辛，妳需要在短時間內把高中三年的數學課程全部都學完，然後一次次參加選拔、集中培訓、數學冬令營，只有最後勝出者才有機會保送到全國最好的那幾所大學，甚至有可能走出國門代表國家參加世界級的數學比賽。」

于承澤越說越激動，兩隻眼睛都開始冒光了，彷彿已經看到了林清音戴上了國際數學奧林匹克競賽的金牌。

可惜他的美夢還沒作太久，就被林清音的一盆冷水潑了下來。

「我不想參加！」

于承澤愣住了。「為什麼？」

林清音一臉認真地問道：「這一次次的選拔、培訓是不是都不在我們學校進行？」

于承澤有些尷尬的點點頭，以往他們連參加的資格都沒有，更別說承攬這些活動了。要不是看到林清音的數學天分，這種事他連想都不敢想！

林清音的表情十分嚴肅。「那些負責開展集中培訓或者舉辦冬令營的學校也沒有我們學校的食堂好吃對吧？」

于承澤都無奈了，全國能比上他們學校食堂的也沒幾個吧，也就他們校長在食堂裡整了八大菜系出來。再說人家都是去學習、去提高自我的，誰是為了吃飯去的呀！

不過看到小大師如此在意這件事，于承澤只能耐心的解釋。「雖然不如我們學校食堂的品種多口味好，但是肯定能保證競賽生的營養均衡、葷素搭配的！」

林清音呵呵了，葷素搭配有什麼用？她只愛吃肉！

第三十三章

「于老師，你看要參加競賽動不動就集中考試、培訓，多耽誤我出去算卦啊！再說了食堂也不好吃，我去了以後圖什麼呢？」

林清音說的太理所當然了，于承澤一時間都不知道該如何反駁，憋了半天他又把很多競賽生看重的部分再次強調。「只要走到最後，就有機會拿到保送名額，上全國最好的數學系。」

林清音一臉無辜。「可是我能考上啊，幹麼要繞這麼大一個圈子？又耽誤我算卦又影響我吃飯。」

于承澤有些不死心的掙扎。「但是我覺得以妳的天賦是非常有可能代表國家去國外參加比賽的，妳不想出國去看看嗎？」

林清音毫不猶疑的搖搖頭。「我又說不好英語，出國給外國人算命他們又聽不懂，而且……」林清音露出了明晃晃的嫌棄神情。「國外的飯也不好吃啊！不合口味！」

看著林清音黑白分明的眼睛，于承澤絕望的想哭，小大師您能不能先別想算命別想吃，我說的是數學！數學！

林清音雖然會算卦會看面相，可是她看到于承澤一臉絕望的想揪光自己頭髮的樣子居然猜不明白他有什麼不開心的。

林清音無論前世今生心思都十分簡單，上輩子的人生就兩個詞「修煉」、「術數」。這輩子她喜歡的事比上輩子豐富多了，除了「修煉」和「術數」之外還多了「美食」、「賺錢」和「算卦」三大愛好。

美食自不必說，那是從味蕾到心靈的極致享受，已經成了她人生最重要的愛好之一，而賺錢對她來說是件十分享受的事情，有了錢才能買到能供她修煉的玉石、才能吃得起各式各樣的美食，讓她的生活變得舒適快樂。

現在林清音每天晚上睡覺前都要看看戶頭的餘額，看著那一串越來越長的數字她別提有多開心了。

算卦則是現在最讓林清音有成就感的事，她上輩子算的都是天機、推衍的都是大道。天地不仁，以萬物為芻狗，她得耗盡心神才能從冷冰冰的天道裡推衍出那一絲生機在哪裡。

而給普通人算卦就不一樣了，他們大多數都是普普通通的小人物，每個人的煩惱不一樣，要算的東西也各不相同，林清音替他們算卦的時候也能感同身受的體會到他們的喜怒哀樂。

這些林清音從來沒接觸過的新奇體驗讓她的人生閱歷豐富多彩了起來，也讓她這個人變得更加鮮活有趣。

于老師說的這個數學競賽和她的三大愛好都無關，林清音實在想不出自己要參加這個比賽的理由。

她圖什麼啊？是食堂的飯不好吃啊？算卦不好玩啊？還是錢掙得不開心啊？她為什麼要放著好日子不過，去人家學校裡上集訓課啊？完全沒有理由啊！

于承澤看著林清音理直氣壯的神色十分無奈，要是別人他還能好好的談談，對於小大師他是真沒轍。

「那好吧，妳回去再想想，若是想通了和我說，我抓緊給妳補補後面的課。」

林清音遲疑了，其實提前學學後面的數學內容也是挺好的，畢竟現在高二的數學教學進度對她來說有些太慢。但是她想學數學也是為了以後研究術數，而不是想參加什麼奧林匹克競賽。

「于老師，如果可以的話請給我一套高二下學期及高三的數學課本，我想提前自學。」

于承澤微微鬆了口氣，連忙答應道：「行吧，明天我找一套給妳。」

月考用了兩天時間，檢討卷子又是兩天，月考的卷子還沒講完就到了週末。週末對於林清音來說就是英語補課和算卦的日子。

英語老師楊大帥看到林清音一反以前頭疼的模樣，熱情到簡直讓林清音有些招架不住。小課桌上除了上課必備的資料外，還貼心的準備了蛋糕、切好的水果和飲料，生怕林清音餓著。

林清音之前上課都是嚴格計算著時間，生怕浪費一分一秒。現在幫楊大帥破解了個邪法把學費賺了回來，林清音學習英語的態度不像之前那麼緊迫了，坐下來以後先拿起勺子吃蛋糕。

楊大帥一肚子的話憋了一個星期沒人說，這回見了林清音終於可以絮叨了。「小大師，上次的事可多謝妳了。妳不知道這幾天我都還睡不安穩呢，一閉眼就是李思雨站我身後的樣子，我覺得我都要被她嚇出心理陰影了。」

林清音隨手在他眉心的部位一拍，然後繼續挖那塊草莓蛋糕。「沒事，今天回去就不會作惡夢了。」

楊大帥被打了一巴掌還挺高興，坐在林清音旁邊小聲和她嘀咕。「小大師，我給妳介紹一門生意唄？」

林清音聽到生意兩個字眼睛一亮。「什麼生意啊？」

「是這樣的，我有一個哥們是爺爺奶奶帶大的，現在兩位老人年紀都挺大了，按理說應該和兒女住一起，無論是平日照顧還是生病去醫院都方便一些。但是這老倆口脾氣拗，寧死也不願意離開老家半步。好在他老家離我們這也就五、六十里，並不算太遠，我哥們出錢在老宅旁邊給他們蓋一棟三樓的小別墅，暖氣煤氣都通上了，家裡誰有空誰就過去陪他們住幾天。

「這別墅也剛入住才小半年的時間，上個月我哥們回去一趟，可住裡頭晚上睡覺的時候總有被偷窺的感覺。他一開始還以為是換地方睡不習慣，可有一回他剛要睡著就感覺有什麼東西從他耳邊呼嘯而過鑽進身後的牆裡，嚇得他汗毛都豎起來了。可他不敢和老人說，怕嚇著他們，等回來以後問去過的家人，大家晚上多多少少都有睡不踏實的感覺，好像別墅有問題。」

楊大師見林清音吃完一塊蛋糕，趕緊貼心的把熱騰騰的檸檬茶遞過去。「他最近也挺苦惱，要是找人大張旗鼓的去看了，又怕沒找出毛病來反而嚇著老人；可是就這樣放任不管又怕影響老人壽數，思來想去還是得找一個可靠的人才行。以前我不信這個，現在我就信您一個，您要是願意去看，我就和他打聲招呼。」

林清音把喝一半的檸檬茶放到一邊，拿出古錢準備搖卦。楊大師看著林清音鄭重的樣子，立刻將桌子收拾得乾乾淨淨的，老老實實的坐在旁邊一聲不敢吭。

搖卦算這種事對於林清音來說比做選擇題還簡單，她看了看卦象說道：「他現在就是請我去了也沒用，你讓他安心等到下個月的陰曆十五，我到時候陪他去一趟。」

楊大帥趕緊掏出手機看了眼日曆，下個月的陰曆十五正好是星期六。「小大師，妳週六不上課嗎？」

「上課啊，所以放學去就行。」林清音看著楊大帥笑了笑。「這事白天去了沒用，晚上去了才靈，到時候你跟著一起。」

楊大帥聞言膝蓋一軟，這種事可不可以別叫他啊？他膽小！

中午吃完飯，林清音直接來到了工作室。經過一個星期，王胖子將工作室收拾得有模有樣。客廳的等待區有沙發、電視和報刊雜誌；小冰箱裡各種飲料齊全，桌子上還有瓜子、水果和一些零食，比起之前在公園算卦的條件好太多了。但是林清音還是喜歡在公園算卦的那種感覺，一群人圍著熱熱鬧鬧的特別有意思。

和王胖子打過招呼，林清音看到客廳裡擺著一個帶著假山流水噴泉的風水擺件，她伸手摸了摸最上面的黃金葛，和王胖子說：「我把這個搬到卦室去了？」

王胖子笑道：「比起風水來沒有人強得過您，您說擺哪兒就擺哪兒。」

林清音把風水擺件搬了進去，又挪動了下青竹的盆栽，等忙得差不多了，算卦的客人也來了。

來的第一個人不是提前排隊預約的，而是王胖子在吃羊肉串的時候偶然遇到，當時他似乎遇到了什麼為難的事，擺在架上的羊肉串一口沒動，反而拿著啤酒杯一口一杯的喝酒，嘴裡還嘟囔一些奇奇怪怪的話。

這個人當時雖然喝醉了，但是嘴裡一直說著想好好算算之類的話。王胖子想起小大師之前囑咐過，這週他會遇到一個想算卦的人，到時候把人叫來，這個人好像挺符合條件的。

王胖子連忙過去留了電話，當時看著這人一副心不在焉的樣子，好像根本就沒聽進去，沒想到今天居然還真的來了。

來的這個人叫郭忠蒙，四十多歲。

這個年齡的男人大多生活安穩，有車有房，事業穩定，郭忠蒙也是如此。他是一個國企的員工，雖然沒有大富大貴的生活，但是他收入穩定，孩子剛剛考上大學。今年上半年的時候夫妻齊心協力換成大房子，剛剛裝修完，晾一晾明年就能入住。

生活原本挺順心如意的，可是前幾天放假孩子回來的時候和同學出去玩，路過一棟大樓時被樓上夫妻爭吵時甩出來的一個花盆砸到了頭。雖然人很快送到醫院，警察也確定了花盆的主人，但是孩子直到現在還昏迷不醒，郭忠蒙心裡像吃了黃連似的。

那天遇到王胖子就在他剛剛從醫院出來，守了孩子兩天三夜，家人催他去吃點東西回家洗個澡休息休息。他心情苦悶，找了個路邊攤點了些羊肉串喝酒消愁，他一邊喝酒、一邊自言自語恰好讓王胖子聽見了，非得請他來算卦。

郭忠蒙那時候雖然是醉酒的狀態，但是和王胖子說的話記得一清二楚。其實他那天酒醉說想給兒子算算命只是煩悶到極致的一種發洩，等醒來回想起來這件事反而有些猶豫了，到底要不要算卦呢？

兒子躺在加護病房裡昏迷不醒，丟花盆的小夥子還在派出所關著，他家人為了他早點出來倒是積極配合，醫藥費付得非常快，暫時不用為錢發愁。他倆愁的是兒子的命，怎麼好好的一個孩子老出事呢？

郭忠蒙回醫院替換妻子的時候便把這事說了，問要不要算算看是不是有什麼問題。夫妻都是受過高等教育的人，從來也不信這個，奈何聽家裡老人叨叨多了也有點猶豫。兒子放假出去玩一天都能碰到夫妻打架，打架也就算了，十個同學一起走，偏偏就他被花盆砸中了腦袋，是不是有點太倒楣了？

聽到郭忠蒙說去算算命，他妻子也沒反對，只是囑咐他留點心眼，別一開始就把話都說了，先看看到底是真有本事還是神棍。

郭忠蒙按照王胖子說的時間來了，當他看到這個算卦的地方是在一個商住兩用公寓的時候還覺得挺像回事，可進來以後看到營業執照上寫著什麼文化公司又不確定了。總覺得這個地方不像是算命的。

王胖子擺了那麼多年的攤，雖然算卦不靈，但是摸客戶心理一摸一個準。只是現在小大師的名氣在那，他雖然和氣但卻犯不著討好別人，總不能落了小大師的面子。反正他把該說的說了，願意算就留下不願意算就走，他一句話都不會多說。

把人請到沙發上一坐，倒一杯剛煮好的白茶，王胖子笑呵呵的先把話說在前頭。

「我們算卦的大師姓林，雖然年紀不大，但是本事不小，一會兒您進去就知道了。」慢慢的喝著白茶，郭忠蒙的心慢慢的安穩下來，神色也平靜許多。

王胖子乘機把價格說了。「我們這是預約排隊算卦的，不瞞你說排隊的人都到了三個月後了。但是這次是你幸運，小大師前幾天囑咐我說若是遇到特別想算卦的就把人帶來，我正好就遇到了你，不過這種情況是兩千五一卦。」

郭忠蒙聽了心裡又懷疑了，他覺得這個套路耳熟，像是騙子。

王胖子看到他把杯子放下來也不急，樂呵呵地補充。「可以先算卦後給錢，你要是覺得不準，到時候你直接走就行，我絕不攔著。」

郭忠蒙看了看王胖子高壯的體格，又瞅了瞅自己的瘦胳膊瘦腿，覺得自己可能是掉坑裡來了。他不由得有些後悔自己太衝動，要是真想算卦應該找老人好好打聽打聽，怎麼能隨便聽路人的自薦呢？

他正準備要走的時候，門鈴又響了，王胖子過去打開門，登時擠進來一群大爺、大媽。

「王大師下午好啊？」

王胖子看著這群面熟的人有些傻眼。「大爺、大媽，你們怎麼來了？」

領著來的吳大媽有些不好意思的摸了摸鼻子。「我們是想小大師了，想來看看她。」

王胖子聞言哈哈笑了起來，一邊招呼他們進來，一邊半開玩笑的問道：「你們是想小大師還是想看小大師算卦了？」

被戳中心思的大爺、大媽們完全不覺得尷尬，一個個都笑了起來。「我們是小大師的粉絲，看不到她我們睡不著覺。」

王胖子請他們坐在沙發上倒了茶，這才說道：「我知道大爺、大媽都很喜歡小大師，不過我們現在和之前在公園不一樣，公園本來就是公共場合人來人往的，有人算卦、有人在旁邊看都很正常。可我們現在是在屋裡算卦，有些算卦的客人可能比較注重隱私，不願意讓別人知道，這個時候不能和以前似的一窩蜂的圍著看了。」

吳大媽有些迷糊。「那到底是能看還是不能看啊？」

王胖子笑著說道：「這兩個月排號的基本上還是我們那一片的老熟人，如果來算卦的客戶不介意，你們就可以跟著進去，如果有介意的，你們就出來喝茶。」

「那行！」大爺、大媽一個個的特別乖的點頭答應。「我們保證遵守規矩，絕對不影響小大師算卦。」

一個大媽有些不太好意思的捂住了臉，小聲地辯解。「其實我們也不是想聽別人的隱私。主要是喜歡看小大師把什麼都能算出來的那種能耐，看著心裡特別爽。」

「行吧！你們先坐一坐，今天算卦的差不多要來了，到時候你們再商量商量。」王胖子說完想起一邊的郭忠蒙了。「先生，你還算不算呢？」

郭忠蒙看著這一屋子人有些傻眼，這些人都是請來的臨演嗎？要是臨演的話也太大手筆了，兩千五百塊的卦錢都不知道夠不夠分；如果不是臨演，真的是為了那個大師來的，那就說明這個大師確實會算卦，而且還是挺有名氣的那種。

看到王胖子問郭忠蒙，大爺、大媽們知道他是來算卦的，一個個都特別熱情的給他抓瓜子拿蘋果。「小夥子，你算的卦怕不怕人聽？我們能跟進去嗎？」

郭忠蒙早就過了被人叫小夥子的年齡，不過看著這些人有的比他大十來歲，有的看起來和他父母的年齡差不多，看起來還都特別和善熱情，郭忠蒙反而有些不好意思走了。來都來了，反正就兩千五百塊錢的事，有這麼多上了歲數的人說不定還能給出個什麼主意。

郭忠蒙一點頭。「我不怕看，一會兒大家也幫我想想法子，我是真沒轍了。」

王胖子指了指林清音的卦室。「小大師就在裡面，你們直接進去就行。」

郭忠蒙被一群大爺、大媽們簇擁著到門口，他敲了敲門裡面卻沒什麼動靜，等把門推開頓時被眼前的景象給震驚了。

他進去看一眼，又退出來看看客廳，這是普普通通的樓房啊，怎麼裡頭小橋流水竹林，這裝修的成本也太高了吧？這是打通幾個房間才能裝修出這種效果啊。

郭忠蒙看著滿眼的綠色，頓時覺得兩千五百塊錢的算卦費一點都不貴，那點錢多半都不夠維護這片竹子的。

微風吹過竹葉的沙沙作響，幾隻漂亮的小鳥圍著幾個竹子在跳來跳去，看到有人來了也不害怕嘰嘰嘰嘰的叫著飛到了竹子上面，一隻隻都歪著腦袋似乎在好奇的打量著這些不速之客。

為了避免驚世駭俗，林清音布的陣法比較簡單，雖然景致非常漂亮，但是隱隱約約還是能看到落地窗，這樣不僅陽光更好，也不會讓人覺得太匪夷所思。

郭忠蒙繞過竹林看到盡頭有一座竹亭，裡頭擺著竹桌竹椅，一個看起來十六、七歲的少女在裡面喝茶。還不等他開口，身後的那群大爺、大媽們都熱情的揮了揮手。「小大師，我們來看妳算卦了。」

林清音頷首一笑，那群大爺、大媽就自動地坐在竹亭旁邊的草坪上，反正他們在公園也這麼坐的，都習慣了。

郭忠蒙進了竹亭，看著林清音還帶著一些嬰兒肥的臉龐有些無奈，總覺得這次自己是花錢純粹是來看風景，這麼大點的孩子能算出什麼啊？那些真有本事的只怕學算卦的年頭都能趕上這小姑娘的年紀了。

林清音沒給他倒茶，只抬頭看了他一眼。「怎麼稱呼？」

郭忠蒙坐在林清音面前。「我叫郭忠蒙。」

林清音那一眼就已經將郭忠蒙的面相和氣運看得一清二楚，直截了當的說道：「你事業有成、夫妻和睦，只有子嗣宮青色無光，你兒子應該是受了重傷，你這次也是為他來的吧。」

郭忠蒙一愣，猛然站了起來瞪圓了眼睛。「妳真的能算出來？」

還沒等林清音說話，圍觀的大爺、大媽們忍不住插嘴。「廢話呢，要不然路邊那麼多擺攤算卦的，為什麼我們就追著小大師跑？當然是因為她靈驗啊！我和你說，就沒有小大師算不出來的事。」

郭忠蒙連連點頭，兩眼看著林清音直冒光。「大師，我這次確實是為了我兒子來的。」

林清音放下茶杯，遞紙筆過去。「把你兒子的生辰八字寫下來我看看。」

郭忠蒙直接把兒子的出生證明遞過去。「大師您看這個，上面的時間精確。」

林清音首先看到的是上面的名字，郭鑫。

林清音看了看名字又看了看生辰八字，有些無奈地搖了搖頭。「你給兒子取名字的時候沒找人算過吧？怎麼用鑫這個字了。」

郭忠蒙有些尷尬的扯了扯嘴。「還真沒算過，那時候我們不怎麼信這個……」他小心翼翼地看了眼林清音的臉色，有些不安地問道：「大師，這名字有什麼不妥嗎？我覺得這挺平常的，不是很多孩子名字裡都用這個字嗎？」

「別人能用不代表你兒子能用，他的命格有些特殊。」林清音看著郭忠蒙。「這應該不是他第一次出現意外了吧？從八字上看，這應該是他經歷的第三次生死劫。」

這話像是戳到了郭忠蒙的軟肋上，他眼睛一酸，眼淚嘩啦嘩啦的往下掉，兩隻大手一個勁的抹眼睛。「大師，求求您幫忙想個辦法，再這麼下去我怕我兒子就沒命了。我兒子這到底是什麼命格啊！怎麼這麼倒楣呢？」

「這種命格叫一氣專旺格中的曲直格。」林清音說完，看著郭忠蒙一臉茫然的樣子又解釋。「旺氣專一的集中在日主上就叫做專旺格，金木水火土五行共有五種專旺格，你兒子屬於曲直格，也就是木氣專旺。」

郭忠蒙有些遲疑地問道：「小大師的意思是我兒子的五行裡都是木。其他的沒有。咦，那不是五行不全嗎？」

林清音輕笑了下。「五行不全也沒什麼關係，只要順從五行之氣加以引化，反而更容易有非凡的際遇和成就，但話又說回來，五行不全肯定缺點也很多，在妻、子、財、福、祿等等一些方面可能不太圓滿。」

郭忠蒙聽著心都酸了。「現在我們也不奢望這些了，只求他別短命就行。」

「在郭鑫的命格中，所有的氣勢集中於木，屬性非常純淨，容不得一絲別的東西，也扛不住外力的衝擊。」

看著郭忠蒙依然是一臉迷惑的表情，林清音不得不說得直白一些。「金剋木！你兒子本就是木氣專旺的命格，最怕金，結果你還給他名字裡放了三個金，你這是嫌他的人生太過順當？」

第三十四章

郭忠蒙一聽這話後悔到想哭，他當時是隨手翻字典給兒子取的名字，沒想到居然給兒子造成了這麼大的災難。

看到郭忠蒙恨不得想自殺謝罪的樣子，林清音又安慰他。「其實這名字只是占其中一部分因素，主要是大運遇到了金來刑剋，名字只是又加了些砝碼。不過好在只遇到了雙重金，並沒有性命危險，若是天干地支都是金的話，那就沒有生還的可能了。」

郭忠蒙聽了這話不由得鬆了口氣，可很快又犯愁。「雖然我不懂什麼大運什麼命格的，但是我聽著您話裡的意思，要是真碰上了什麼好幾個金的大運，那我兒子是不是就必死無疑了？就沒有破解的方法嗎？」

林清音不知道現代的這些算命先生有沒有方法，對於她來說還真不算難事，只要用一個五行符便可解決此事。只是這五行符只能用玉來製作，玉養人人養玉，生生不息循環往復，能保持人體內的五行平衡。再來就是暫時不去管他，在命格遇到官殺前再出手干涉。

林清音將這兩種的方法都說一遍，也將利弊都講得明明白白的。「改變五行就是改變命格，他原有命格雖然有凶險的地方，但在很大的機率未來有很大的成就，也比旁人更容易取得成績；若是改變五行，他可能一輩子都是一個普普通通的人。」

郭忠蒙幾乎是沒有思考的就選擇了要五行符。

「平淡是真，在生死面前什麼大富大貴都是虛的，只要健健康康、平平安安的比什麼都強。我們當父母的不求他有多出息多能幹，就希望他能一生平安。當然，等他醒過來我們也會如實告知他，如果他願意選擇那種冒險的人生，我們也尊重他的意見，只怕到時候還得麻煩小大師。」

林清音這才將自己裝玉的盒子拿出，從裡面選一個晶瑩剔透的白玉放在了桌子上。「五行符對玉的靈氣要求很高，這一枚刻好了要四十萬；如果覺得太貴，我也可以用最普通的玉，只需二十萬即可，但是那種可能只支撐二十年。」

郭忠蒙幾乎都沒有思考的就選擇了四十萬的，雖然他剛換了房子，四十萬對他來說也有些吃力，卻能保證兒子一生平安無事；可若是選二十萬的，萬一在二十年後兒子的玉符失效，那時候他找不到這位小大師可怎麼辦？郭忠蒙可不覺得隨便一個會算卦的就會做玉符，這位小大師絕對是有真本事的人。

「小大師，我選四十萬的。」

林清音拿出刻刀來，在眾目睽睽之下飛快的雕刻玉符，她下手又穩又準，圓潤光滑的玉石被刀子割來劃去不但沒有被破壞的感覺，反而瞧起來更加的光彩有神韻。

雕完玉符，林清音輕輕吹一口氣，將散落在上面的玉屑吹走，而後往裡注入一絲靈氣將玉符的陣法啟動，這才拿一張黃表紙將玉符包起來，遞到郭忠蒙的手上。「你把這個給他戴上，很快就能轉危為安。」

郭忠蒙聽了又驚又喜，接過來黃表紙包著的玉石都有些手足無措，放在哪兒都覺得不安全。藏了半天，郭忠蒙忽然想起一個很關鍵的事。「小大師，我兒子現在在加護病房，脖子上不能戴東西。」

林清音不知道加護病房裡是什麼樣子，只能試著給他出主意。「要不你就給他放到手心裡或是身體底下，只要能和身體接觸就行。」

這個倒是有機會能辦到，郭忠蒙趕緊掏出手機給林清音轉了帳以後又想起一個非常重要的事來。

「小大師，之前您說他的名字和命格不符，那還用改名字嗎？」

林清音指了指他手裡的玉符說道：「佩戴玉符後他的五行都會隨之發生改變，名字叫什麼就影響不大了。」

郭忠蒙聽了連連點頭，千恩萬謝的走了。

大爺、大媽們看郭忠蒙連跑帶跳的出了卦室，趕緊將心裡藏了半天的問題問了出來。

「小大師，您給了他那個玉符改五行，是不是把他的命也給改了？您自己會不會受到影響？」

林清音笑道：「算卦，本來就是為了改禍為祥，但這改命不能奪他人運勢、不能毀旁人利益，最重要的是不能做有違道德的事。像郭鑫這種是用符來改五行之氣，是非常正常的。這種事連天機都算不上，也關係不到國家興衰，對我來說就像是吃飯喝水一樣正好，你們不用擔心。」

聽說林清音不會受影響，愛操心的大爺、大媽們才鬆了口氣。

郭忠蒙開車回到醫院後趕緊到了加護病房的門口，加護病房每天只允許兩個人探望一次，而每次探望的時間也就只有十五分鐘。

平時這個時間郭忠蒙的妻子陳玉敏早就進去看兒子了，可是今天郭忠蒙特意為兒子的事出去算卦了，陳玉敏不知道會不會算出什麼來，因此特意在加護病房的外面想等郭忠蒙回來問清楚再一同進去。

郭忠蒙一路小跑來到陳玉敏面前，抓著她的手忍不住有些哆嗦。看到他這個樣子，陳玉敏有些擔心也有些緊張，聲音都不由得顫抖了起來。「算出什麼沒有？」

郭忠蒙點了點頭。「算出來了，我求了個符回來。」

剛才郭忠蒙求符的時候多少有些腦子熱，可在開回來的路上略微冷靜了一些又有些擔心，生怕自己花四十萬買一個假符回來。他一想到妻子可能和自己對帳查這筆錢，他就有些緊張。

果然陳玉敏聽到「求符」這兩個字眉毛頓時擰在一起，看著郭忠蒙的眼神也有些不善。不過加護病房外面的家屬很多，陳玉敏不好意思大聲罵他，只能掐著他的胳膊拽到了一旁的樓梯間裡，劈頭蓋臉罵道：「你是不是上當了？你不是去算卦嗎，怎麼還求了個符回來？」

一提到錢，郭忠蒙有些心虛的轉過了頭，小聲地為自己辯解。「兒子都這個樣了，我們什麼方法都得嘗試一下。不過妳放心，給我算卦的那個大師特別靈驗，我去了什麼都沒說，人家看我們兒子八字直接算出來是第三回生死未卜了。妳放心，這次我請回來的符絕對好用。」

陳玉敏想起兒子現在躺在病床上人事不知的樣子，最終還是退了一步。「先給兒子送去，若是不管用給你去退了。對了……」她拉樓梯間門的時候隨口問：「你請這符花了多少錢啊？」

郭忠蒙猶豫著最終也沒敢說，含含糊糊的打掩飾先混過去。他怕萬一自己先把價格說出來，陳玉敏也會把他打進加護病房。

探視的時間馬上就要截止了，夫妻倆趕緊走進去辦手續。兩分鐘後，兩人被送到了郭鑫的旁邊。

趁著護理師去觀測另一名病人的情況，郭忠蒙掏出皮夾裡的黃表紙，小心翼翼的將裡面的玉符取了出來。陳玉敏雖然沒跟去算卦，但是她對玉這類的東西都比較熟悉，一看那玉的質地就知道價格不菲，有些生氣又有些無奈的瞪了郭忠蒙一眼。

郭忠蒙趁著護理師不注意，將玉符塞進了郭鑫的身體底下，然後期盼的看著兒子，恨不得他馬上睜開眼睛醒過來。

一分鐘、兩分鐘、三分鐘……十五分鐘……

陳玉敏恨恨的掐了郭忠蒙的胳膊一下，壓低聲音吼道：「回頭你給我解釋解釋這個玉符的事。」

郭忠蒙沒敢吭聲，垂頭喪氣的轉過身往外走。

還沒到門口忽然聽到各種機器在瘋狂的叫著，兩人趕緊停下腳步轉頭往回看。慌亂中，他們似乎看到兒子的胳膊動了一下。

一群醫生護理師聽到聲音快步的跑過來將郭鑫圍了起來，郭忠蒙和陳玉敏直接被護理師請出了加護病房。

兩人在外面看著白色的大門焦急的等待著結果，此時陳玉敏也沒有心思問郭忠蒙那個看起來很貴的玉符到底花多少錢請的。以她這麼多年買玉的經驗來看，光那塊玉怎麼也要二、三十萬左右，再被做成法器，她都不敢想那是怎樣一個天價了。

時間一分一秒的過去，郭忠蒙不知道等了多久，眼看著外面的天都有些黑了，一個醫生才把他們夫妻叫過去談話。

「郭鑫已經醒過來了，我們給他做了檢查，發現他的情況開始有了好轉，再觀察兩天如果沒有其他問題的話就可以轉到普通的病房了。」

郭忠蒙和陳玉敏如蒙大赦，哽咽的一個勁的握著醫生的手道謝。從醫生辦公室出來，夫妻沒坐電梯，而是並排從樓梯間往下走。

終於陳玉敏問出來了。「那個玉符花了多少錢？」

「四十萬。」郭忠蒙有些急切地解釋道：「那個小大師算得挺準的，我去了什麼都沒說，她就知道我要算什麼，還把我們家鑫鑫的事說得明明白白的，我這才從她那裡買了玉符。」

偷偷看了眼陳玉敏的臉色，郭忠蒙不安的再次強調。「我親眼看著她刻的。」

陳玉敏點點頭，四十萬已經比她想像的價格要少太多了，畢竟這玉就價值不菲，她以為怎麼也要七、八十萬甚至百萬呢。況且也不知道是不是巧合，那玉符在塞到郭鑫身子下面才十來分鐘就從昏迷中甦醒，情況也有了好轉。這是自從兒子受傷後她聽到的最好的消息了，所以她相信這玉符是真的管用。

他們不敢走太遠，怕兒子有什麼事回來得不及時，兩人就在醫院附近的麵館隨便點東西墊肚子。郭忠蒙把算卦的經過細細講給陳玉敏聽，順手往剛端上來的麵裡舀一勺辣椒油。

「小大師說這枚玉符能改變兒子的五行，這是最穩妥的法子了，但也可能會讓兒子變得不那麼出類拔萃。」

想起一直以來都是學校風雲人物的兒子，郭忠蒙微微有些遺憾的嘆了口氣。「玉養人、人養玉，只要他不把玉摘下來，就能平平安安一輩子。若是摘下來，日子一久玉符失去靈氣，等遇到相害的年分恐怕還會出現這樣的事。但我聽大師的意思也是能提前防範的，只要能找到高人臨時改變他的五行就能避過去。我想著孩子的人生還是由他自己做決定，等鑫鑫醒過來把這事告訴他，讓他自己選擇……」

「不行！」沒等郭忠蒙說完，陳玉敏就打斷了他。

身為母親她是最了解郭鑫的，她不信她的兒子會甘於平庸，所以還不如不將這事告訴他，免得他自尋煩惱。

看著郭忠蒙驚愕的眼神，陳玉敏有些氣急敗壞地說道：「你不許告訴他這件事情，等他醒來就告訴他那個是護身符，戴著保平安，除此之外什麼都不要說。」

深吸了幾口氣，陳玉敏漸漸的平靜下來，和丈夫細說關鍵。「即便是可以提前預防，關鍵是我們到時能找到那樣的高人嗎？對，你去算卦的那個小大師可能就是高人。但你剛才也說了，那個小大師才十幾歲的模樣。你覺得有那樣本事的人會一直在我們這種小城市待著嗎？這樣的高人過十年、二十年還是我們請得起、見得到的嗎？在一切都不確定之前，我不允許我的兒子冒險。」

郭忠蒙長嘆了口氣。「其實我也是這麼想的，我就是怕由於我們的獨斷改變了兒子的人生。」

「不會的。」陳玉敏端起免洗杯喝了口水，慢慢的說道：「郭鑫已經十八歲了，他的性格、他的思維、他的創造力、他的學習能力還有他的見識都不會因為五行的變化而改變，即便他不能變成人中龍鳳，但也不會差到哪。」

「他會生活得很好的。」陳玉敏緊緊的捏住了杯子，似乎在勸郭忠蒙也在勸自己。「只要能平平安安的，他一定會過得很好。」

其實像郭鑫這種專旺命格的人並不多見，若是有專旺命格又身具靈根的話，在修仙界怎麼也算得上各大門派爭搶的好苗子。只是現在這個世界靈氣匱乏，林清音自己修煉都要努力賺錢買玉，實在是沒能力收徒弟，因此算過就不往心裡去了。

郭忠蒙走了以後，之後來算卦的十個人都是在公園看過林清音算卦的老熟人，有兩個想算孩子的學業，有個打算過年的時候出去旅遊又擔心坐飛機不安全，想算算出行順不順利。最後一個算卦的大姊甚至沒有什麼想算的事情，但是看著林清音算什麼都靈驗，也跟著湊熱鬧預約。

這位大姊是個快五十歲的女人，名字叫王亞梅，在單位也做到了主管的位置。她女兒和林清音年紀差不多大，在市裡的重點高中上學，一個月才半天假。學校把學生的衣食住行安排得妥妥當當的，平時不允許家長去探望，免得分了孩子的心。

在王亞梅這個年紀睡眠時間急速減少，一般到了早上五點來鐘她就醒了，躺著翻來覆去的又睡不著，還不如去公園散散步看看花，一天的心情也會變好。前段時間王亞梅在公園鍛鍊的時候看到一堆人圍著一個小姑娘看算卦，她閒著沒事去看了幾回，覺得還挺神奇的，也跟著湊熱鬧。可今天排到號碼過來了，她還真不知道想算什麼。

算孩子成績？能不能考上理想大學？王亞梅覺得這種事算了也沒用。之前也有人想算這個，可小大師已明確說了，命運根據人的行為舉動無時無刻都在發生變化。現在算能考上，回去放寬了心，天天傻樂傻玩的過一年回來再算，說不定已經變成搬磚的命了。這種事就需要努力，不需要心安。

可除了這個，她覺得自己事業穩定、父母身體健康、家庭和睦、孩子也上進，也不知道該算什麼好，她往林清音前面一坐有點尷尬的笑了。「小大師您看著算吧。」

林清音看了看她周身的氣運，白色的霧氣中隱約能看到山雨欲來風滿樓的烏雲，再一看她的面相便知道哪裡有問題，直接開口說道：「妳是做財務工作的吧？應該還是財務相關的主管？」

雖然看林清音算過很多次卦，但是自己算卦時直接被人說中的感覺還是挺神奇的。王亞梅有些自豪的點了點頭。「對，我是我們單位的財務負責人。」

說到職務，王亞梅還是挺驕傲的，她在一個規模挺大但公司高層卻比較直男的那種企業，女性職員在公司裡的地位和男性相比並不占優勢。尤其是在職場晉升上，女人比男人難太多了。但是這個企業效益好福利也好，她一畢業就進了這個企業，一晃二十年過去了，她憑著紮實的業務能力和廢寢忘食的工作態度，踏踏實實的坐穩了財務經理的位置。現在眼看著還有幾年就退休了，王亞梅也不像年輕時候那樣逼著自己當工作狂，除了大事自己把控，剩下的事都交給手下的兩個財務副經理去管。

林清音看了她的面相，又把她的手拿過來看了幾眼，簡單明瞭的直接說道：「妳別的方面都沒什麼問題，唯有工作即將出現大禍。」

一聽到大禍兩個字，王亞梅之前臉上悠哉的神情不見了，取而代之的是深深的驚恐。她是知道林清音的本事的，既然敢說大禍這兩個字，那事情肯定不會小了。

王亞梅想伸手去拿桌子上的竹杯喝口水壓一壓心神，可手伸出去後直哆嗦，一點力氣都沒有，她是真的有些害怕。

「小大師，到底是有什麼大禍啊？」

林清音拿出了龜殼說道：「妳是做財務的，這個災禍自然是和錢財有關。我給妳搖一卦具體算算吧。」

王亞梅連連點頭，她看著林清音用三枚古錢一次又一次的從龜殼裡拋出來散在不同的位置。雖然她看不明白小大師是怎麼根據這個算出事情來的，但兩眼依然死死的盯著古錢，試圖從上面看出一些啟示來。

連搖六次，六個不同的卦象需要合一起推衍才能算出來。很多算卦的先生甚至曾經神算門的弟子，在搖卦的時候都必須詳細的把卦象記在紙上，要不然根本就沒辦法推算。可在林清音眼裡這就是一目了然的事，根本就不用費那些麻煩。

看清卦象，林清音手一抄將古錢收了起來，龜殼又被她抱回了懷裡。「我不太懂財務的事，從卦象上來看，應該是有人裡應外合以妳的名義從公司裡挪走了幾筆錢，如果妳察覺不到，將來會面臨牢獄之災。」

王亞梅嚇得嘴都發紫了。「小大師，他們已經把錢挪走了嗎？」

林清音說道：「在前天應該已經挪走一筆了，明天應該還會有一筆數額巨大的。」

林清音不懂財務但是王亞梅懂，這挪用公款確實是判刑的大罪，況且小大師說數額巨大，她想怎麼也會是百萬以上了。

最讓人心發慌的是公司的財務章就鎖在她辦公室的保險櫃裡，平時公司的轉帳、匯款、支票都得由她來蓋章才能拿到銀行去。可是她前天因為身體不舒服只去了公司半天，根本就沒處理業務，也根本就沒蓋過章。

王亞梅心慌的都坐不住了，恨不得馬上衝到公司去看看自己保險櫃裡的章是不是好好的放在裡頭。

林清音見她坐立不安的樣子，站起來伸手在她肩膀上輕輕拍一下，王亞梅覺得體內忽然多了一股暖流在胸腔裡遊走，漸漸的撫平了她焦躁的心情。

吐出一口濁氣，王亞梅情緒穩定了，頭腦也漸漸清明。既然有一筆錢已經被轉走了，自己不管怎樣都得擔一部分責任，關鍵是要趕緊把錢給追回來。

一想到那筆錢已經被提走了兩天，王亞梅又覺得心慌意亂，兩天時間又是週末，也不知道被轉走了多少錢更不知道能追回來多少。

見王亞梅還算冷靜，林清音這才說道：「妳在公司應該有兩個左膀右臂，其中一個人就是這次事情的主謀，另一個人應該是其他的下屬。」

王亞梅單位的財務部門還挺大的，除了兩個副經理以外，有三十來個財務人員，這也太難分辨了，只能週一去銀行印對帳單後報警了。

她剛想走，忽然想到林清音一開始說的那筆錢是以她的名義提走的，連忙坐下來又問：「小大師，那筆錢是以我的名義提走的是什麼意思？」

林清音喝了口茶。

「提錢的人應該和妳長得挺像的，或者是按照妳的樣子打扮、冒充妳去提錢，為的就是把這件事推到妳身上。」

王亞梅一愣，他們財務部雖然女人占了大多數，但是和她長得挺像的人還真沒有，可是她知道小大師既然說了一定不會說錯。

低聲和林清音說了聲抱歉，王亞梅拿著手機急匆匆的到外面去打電話，她們單位平時的金流量很大，因此她和那家開戶銀行的行長關係還不錯的。

打了行長的私人電話，王亞梅拜託她問問週五值班的工作人員有沒有人看到一個長得很像她的人拿支票去銀行提錢。

行長正好在銀行值班，打開系統找出王亞梅單位的對帳單看，週五這天確實有一筆五十萬的支票提現。不過說來也巧了，這個行長週五下午去總行開會，來提錢的人長什麼模樣她還真沒看到。

行長回電話給王亞梅，王亞梅一聽到五十萬這個數字心就涼了，別說這幾天，就是最近一年她都沒開過這麼大金額的現金支票。

王亞梅又拜託行長看能不能調一下銀行的監視器，看看是誰取的錢。行長聽王亞梅聲音就知道這裡面肯定有事，建議她還是先報警，等警察來了什麼監視器都能調出來，現在讓她幫這個忙實在是有些為難。

王亞梅雖然有些失落，但還是道了謝。

行長有些不忍心，憋了半天說道：「雖然不能直接給妳看，但我能找找監視器看，找到以後幫妳錄一個影片。」

第三十五章

王亞梅激動得千恩萬謝，打完電話後她趕緊回到卦室。卦室裡依然竹葉青青，可她已經沒有欣賞美景的心情，心裡想的全都是那五十萬。

林清音知道王亞梅不會就這麼離開，因此拿著水壺幫看熱鬧的這些人倒水，順便聊天。

「小大師，我和銀行核對了，被提走了五十萬。」她深吸一口氣說道：「我現在去報警的話，能抓到犯罪嫌疑人嗎？」

林清音說道：「要是想快點找到犯罪嫌疑人的話妳可以在明天中午十一點報警。」看到王亞梅不解的神色，林清音淡淡的笑了笑。「妳忘了我告訴過妳，明天他們還會冒領一筆錢，妳不如引蛇出洞，抓現行犯。」

王亞梅聽了以後恍然大悟，連連點頭。「對對對，這麼簡單的事我怎麼沒想到呢？多虧了小大師提醒。」

林清音頷首一笑。「我覺得十點三十五這個時間挺好的，妳可以請妳的上級去妳辦公室坐坐，說不定能看到什麼精彩畫面。」

王亞梅心領神會的點點頭，把算卦的錢付清以後說道：「等這事完結，我給小大師送大禮。」

王亞梅是最後一個算卦的，她結束後坐在草坪上的大爺、大媽們意猶未盡的站了起來，笑呵呵的和林清音道謝。「小大師，妳這裡的草坪比公園的軟和多了，還帶著一股清新的氣息，我坐這一下午別提多舒坦了，多謝妳讓我們在這裡聽妳算卦。」

林清音抱著龜殼笑咪咪的從竹亭裡走了出來。「喜歡就多來玩，只要是王大師有空，你們平日也可以到這裡來坐坐。」

這個房間被林清音用竹子和風水石布了陣法，不但風景栩栩如生，而且有聚集靈氣的作用。若是長時間在這個房間裡待著，肯定能身康體健百病全消。這些人平時在林清音這裡看算卦，林清音其實都看過他們的面相，沒有那種人品惡劣或是為老不尊的，絕大部分都做過不少善事。林清音也願意這樣的人來自己的卦室裡坐坐，若是一個星期來這裡待上兩小時，不說長命百歲，但健健康康、無病到老是絕對沒問題的。

王胖子早就發現這裡的好處了，平時林清音不來的時候他就在這裡背書、處理雜事，或者什麼事都不做直接躺在草坪上睡一覺都覺得舒坦。

王胖子自從認識林清音以後真的是受益匪淺，脖子上有林清音雕刻的玉符調養身體，現在還有一個布著聚靈陣的房間讓他隨便使用。別看王胖子體重沒怎麼減下來，但是他以前一跑一跳就氣喘吁吁的毛病沒有了，血糖血脂也降了下來，樣子精神許多，就連皮膚看著都比以前透亮。

把人都送走後，林清音把這段時間王胖子背的東西給他講解，並且舉了一些例子。王胖子跟著林清音也學了一段時日，總算摸到一點皮毛，比較明顯的那種面相他也隱約能看得出來，還算是有不小的進步。

林清音週日晚上還要上自習，從卦室出來直接騎自行車回家。如今家裡的小超市生意越來越好，清音的爸爸媽媽商量了下，雇了兩個人，平時也能幫忙整理整理貨架、看店，夫妻倆輕鬆不少。

雇的這兩個人林清音都回來看過面相，不是偷奸耍滑的人，品行都算不錯。聽女兒這麼說他們更放心了，所以一到週日下午的時候就放心的把店交給兩個員工，夫妻倆回家給林清音準備晚飯去。

林清音走進住宅區，左鄰右舍認識的都和她打招呼，問問週末上哪兒去了。但林清音對他們還不如和公園的大爺、大媽們熟，只含含糊糊的說一句補英語去了，就夠他們聊好半天的。

老住宅區的事基本上都藏不住，大家對林清音家的變化還是挺好奇的。記憶中夫妻倆每天灰頭土臉的早出晚歸，恨不得一天二十四小時都出去賺錢，可一轉眼好像家裡突然變有錢了，還開了間不小的超市，就連女兒都能上新東方補英語，據說那個地方可不便宜。

林清音雖說不常在家，但也知道鄰居在好奇什麼。其實按照林清音現有的存款，把這間老房子賣了也能買個不錯的新房，但是林清音短時間沒有換房的打算。

她現在的修煉，一半是靠聚靈陣匯集到一起的靈氣，另一半就是靠吸取玉石裡的靈氣，這兩種方法其實都不夠林清音用，於是她只能壓制自己的修為，每天只吸取少量的靈氣，維持自己的大周天運轉就夠了。

可即便是這樣省著用，那些錢全換成玉石也才夠她用半年。先前李大媽從香港找回來的兒子張易現在是身價不菲的地產商，如今已經在齊城開地產公司了，馬上就要買地。張易和林清音商量好了，到時候住宅區和戶型的風水由林清音把關，而他會送給林清音一間一樓帶院的房子作為報酬。

林清音其實暗地裡算過了，張易的公司下個月就能買好地，等她考上大學的那個暑假應該就可以交屋了。

一想到自己即將擁有一個帶院子而且有好風水的大房子，林清音根本就看不上那些普普通通的房子，自然也不想把錢浪費在那上面。

哼著從手機上學會的歌，林清音一推開家門就聞到濃郁的肉香，口水差點流出來。

聽到門響，坐在客廳削蘋果的鄭光燕和在廚房燉肉的林旭同時伸出腦袋來，興高采烈地和林清音打招呼。「女兒回來啦！」

林清音看到父母的笑臉也打從心底開心，洗乾淨手，鄭光燕已經把蘋果切好片了，排得整整齊齊端到林清音面前，一邊催促她吃，一邊說道：「音音啊，我和妳爸開的超市生意特別好，這段時間已經賺了幾萬塊錢。我和妳爸商量，本錢是妳出的，我們還是得把這筆錢還給妳才行。等以後妳上大學想買什麼，也不會覺得手頭侷促了。」

鄭光燕拿出一張金融卡遞到林清音面前。「這裡是五萬塊，按照這個賺錢速度，我覺得到明年本錢就都能回來了。以後家裡爸爸媽媽賺錢，妳踏實學習就行，不要去算命了。」

林清音拿著一片蘋果咔嚓咔嚓的啃著，一邊將金融卡推了回去。「爸去補貨騎著三輪車也挺累的，你們先拿這筆錢去買貨車吧，不夠的我再補。」

林旭還真的有駕照，以前他還當過兩年的計程車司機，但他們沒人脈，各關卡給的禮錢太高還得付租車費，一天下來有的時候都入不敷出，這才不幹了。

聽到買車林旭還真有點興奮，他也考慮過這事，也偷偷去看過，覺得用這個補貨能省事不少。可是一想到自己開店還用著女兒的錢，而且這錢還是女兒在週末出去算命賺回來的，心裡總是不對勁，總覺得是自己家庭條件不好才讓女兒這麼辛苦的。

林旭也是因為這個才把買車的心思給熄了，他覺得現在開超市比以前上班輕鬆，也就補貨的時候踩三輪車累一點。但是這點苦對他來說根本不算事，還是把錢先還給女兒，免得她那麼辛苦，他也不想她因為算命耽誤了學習。

看著父母又是愧疚又是心疼的神色，林清音一想就明白怎麼回事。她將嘴裡的蘋果吞下去，鄭重地說道：「其實我出去算卦也不單純是為了錢，算卦可以讓我看到世間百態，對我的心境成長有很大的幫助。再說，這算卦真不耽誤我學習，我月考考了全年級第一呢。」

「第一？」鄭光燕驚喜萬分的站起來，有些不確定的問：「是整個高二的第一？」

「對啊！」林清音打開手機把自己拍的名次單給媽媽看，紅紅的紙上林清音的名字赫然排在第一位，後面是一串讓人瞠目結舌的成績。「除了政治扣了六分，其他的都是滿分。」

鄭光燕看到最上方的女兒的名字，激動得眼淚直往下掉。雖然從小到大林清音考過無數次的第一，甚至還得過中考狀元，但是這次第一在鄭光燕的心中卻格外不同。這代表著林清音從校園暴力的陰影中走出來，重新找回了自信。

「清音，妳真的好棒！」鄭光燕把林清音摟在懷裡卻不知道該怎麼誇她，最後捧住了她的腦袋，在她額頭上狠狠親了兩口。

林清音覺得自己臉紅得都快冒煙了，有些難為情的捂住臉。看著女兒又是害臊又是尷尬的神情，鄭光燕忍不住笑起來，扭頭去催林旭。「飯做好了沒有？趕緊端上來啊！」

「好了！」林旭知道林清音喜歡吃肉，特意做了紅燒蹄膀，此外又去市場上買了許多活蹦亂跳的海鮮，清洗乾淨就上鍋蒸了，用最簡單的方法保留了海鮮的鮮甜。

鄭光燕洗了手掰開一隻螃蟹遞給林清音。「我們家都好多年沒吃過海鮮了，妳嚐嚐喜不喜歡？」

林清音聞到撲鼻的鮮味眼睛都亮了。這個東西我還沒吃過呢！這個時候的螃蟹膏滿黃肥，從中間一掰開就看到顫巍巍的蟹膏和白瑩瑩的肉。林清音咬一口後被這嫩滑的口感和滿嘴的鮮香震驚了，一邊迫不及待的剝開殼，一邊含含糊糊地說道：「這個好吃，我喜歡！」

看到林清音吃得一副滿足的樣子，鄭光燕又是高興又是心酸。以前家裡環境不好，別說海鮮了，就連吃肉的次數都能數清楚，這些年來真的是把孩子給苦壞了。

鍋裡的紅燒蹄膀還得十幾分鐘才能收好湯汁，林旭洗乾淨手也加入了剝海鮮的大軍，將白灼的大蝦去掉蝦線沾些薑醋放進林清音嘴裡。

林清音嘴都快嚼不過來了，吃完大蝦還不忘評論一下。「大蝦我在食堂吃過，沒有螃蟹好吃。」

林旭被林清音給逗笑了。竟說了大實話，螃蟹也比大蝦貴啊！

林清音足足吃了六隻螃蟹才意猶未盡的擦了擦手，用炒的竹蛤和花蛤配米飯吃了一碗。剛想放下碗筷，看見剛出鍋的紅燒蹄膀又端上桌，林清音二話不說拿起碗又去盛一碗飯，把肘子的皮肉和湯汁一起淋在了米飯上面。

肘子湯肉拌飯，看著色澤鮮亮吃起來滿嘴都是肉香，林清音乾脆連筷子都不用了，直接一勺一勺的往嘴裡塞，漂亮的眉眼彎了起來，一看就知道吃得特別滿足。

清音的爸爸媽媽在旁邊一邊笑著，一邊把盤子裡的花蛤肉、螃蟹黃放到她碗裡，生怕她吃不過癮。

等放下碗筷後，林清音罕見的打了個嗝，她覺得家裡的這頓飯比學校食堂的飯還香。看來林大廚的手藝還是能繼續挖掘的，好想把他送到學廚藝的那個新東方去深造！

天氣一天比一天涼了，天黑得也一天比一天早，林清音吃完飯略微坐一會兒便到了回學校的時間。清音的爸爸媽媽已經裝好一大袋的水果以及餅乾、麵包、牛肉乾之類的零食，準備一起把她送到學校。

林旭兩手拎著滿滿的東西去住宅區外面攔車，林清音和媽媽走在後面親熱的聊著天。有林清音的玉符滋養，夫妻倆吃得好、睡眠足，也沒什麼心事，原本乾瘦的臉頰現在都豐盈起來，皺紋也比之前淡了許多，最重要的是他們的面相都發生了變化，周身的氣運也從淡灰色轉為瑩白，即使現在沒有林清音的聚財陣，兩人的超市也不會賠錢了。

到了學校門口，林清音一下車就和從學校裡面出來的王校長碰到了。

林清音的爸爸媽媽只有當初林清音領十萬獎學金的時候和王校長見過一次，離現在已經一年多了。兩人不知道該不該過去和王校長打招呼，不打招呼似乎不太禮貌，可是過去問好，又擔心王校長早就不記得他們了，到時候雙方都尷尬。正猶豫的時候，就見王校長滿臉笑容的走了過來。

林旭把兩手的袋子換到一隻手上，剛想上前兩步去握手，就聽王校長十分熱情的朝自己家女兒走了過去。「小大師從家裡回來了？」

林清音看到王校長後十分不滿的抗議。「校長，我們食堂的飯菜種類也不全啊，是不是得改進一下？」

王校長傻眼了，他剛才還聽于承澤抱怨說林清音因為學校食堂太好吃的緣故都不想出去參加數學奧林匹克競賽，怎麼這麼短的時間就對學校的食堂不滿意了？難道是哪家食堂偷工減料被小大師知道了？

王校長拉著林清音往旁邊走了幾步，一邊摸了摸頭髮，一邊不安的問道：「小大師，您對學校食堂有什麼不滿意的？只要您說出來，我們一定改進！」

林清音鼓了鼓腮幫子，覺得剛才吃的螃蟹的甜美味道還在口腔裡。一想到自己居然錯過了這樣鮮美的食物，心裡十分鬱悶。「王校長難道你沒發現嗎？我們學校的食堂裡居然沒有海鮮！現在的大螃蟹又鮮美又肥嫩，可我在學校食堂一次都沒吃過！」

王校長更傻眼。「啃螃蟹多費事啊？啃一個螃蟹都夠吃一碗飯的了，你們高中生哪有這個時間？」

林清音控訴地看著王校長，臉上明顯帶著委屈。「費事就不讓我們吃了嗎？你明明說我們學校的食堂是最好的，連螃蟹都沒有怎麼好意思叫最好的食堂！」

王校長忍不住從口袋裡掏出手絹擦了擦額頭的汗，又順手捋了把越發濃密的黑髮。一想到自己出去開會時，那些重點高中的校長看到自己頭髮時那種羨慕嫉妒恨的幽怨眼神，他覺得食堂加上海鮮也沒什麼，反正食堂吃飯是收錢的，只要小大師吃得開心，還願意給他刻生髮護身符，這些都不是問題。不過海鮮必須保證鮮活，可不能讓這些小祖宗吃出毛病來。

王校長在林清音的注視下趕緊點頭。「小大師說得對，我們盡快安排食堂上一道海鮮菜，只是這東西有季節性，可能不會一年四季都有。」

林清音毫不在意的擺了擺手。有得吃就行了，她不會那麼挑剔的。

看著王校長對著林清音一口一個小大師，那態度恭敬的和見了活神仙似的。夫妻倆滿臉的不敢相信，女兒把業務發展到學校來就算了，就連學校校長都帶頭迷信，這學校還有救嗎？

解決了食堂吃海鮮的問題，林清音從林旭手裡拿過兩個袋子準備回宿舍。

王校長這才看到站在一旁的清音父母，連忙熱情的上前握手。「是林先生和林太太吧，這都一年多沒見了，我差點沒認出來。你們看著可真的是越來越年輕了！」

林旭笑呵呵的客套著。「王校長看著才是真年輕了。」

一聽到這句誇獎，王校長高興壞了。他四下張望，見學校附近沒什麼人，連忙從領子裡掏出林清音刻的石符，一副老熟人的語氣說道：「多虧了小大師的護身符管用，所以我才看著年輕了。不過這石頭材質的就是不行，這幾天長頭髮的效果明顯不如剛開始的那幾天好，我準備咬咬牙刻一個玉的。」他看著林旭耷拉在衣服外面的玉符，難掩羨慕地問道：「小大師雕的玉符是不是比石頭的好用？」

林旭輕咳兩聲，把掉到衣服外面的玉掛件塞回去。「我沒用過石頭的。」

王校長眼神幽怨。

炫耀！赤裸裸的炫耀，簡直太過分了！

看到校長兩眼嫉妒的表情，林旭內心裡已經毫無波瀾了，連校長都迷信了，他還能說什麼？

和父母道別後，林清音拎著東西回了宿舍，等第二天中午下課去食堂吃飯的時候，食堂的海鮮菜已經出現了。林清音不僅看到了鮮活的螃蟹，還看到了從來沒有吃過的大龍蝦，上面一百九十八元一斤的價格格外刺眼。

林清音有些心疼的掏出飯卡衝過去。她覺得自己卡裡的餘額恐怕吃不到畢業了！

王亞梅從林清音那算卦離開後直接開車回公司，作為財務負責人她是有獨立辦公室的，除了在辦公室留一套備用鑰匙外，她的鑰匙還真沒給過別人。

開了門，把鑰匙隨手放在茶水櫃上，王亞梅幾乎是一個箭步衝到自己的位置。彎腰用密碼打開了保險櫃，裡面除了一些貴重的物品和自己的證件以外，就是她保管的公司財務章了。

幾個印章整整齊齊的擺在保險櫃裡，王亞梅一眼就看到了財務章，它就擺在自己平常放的位置上，根本就看不出被人挪動過的跡象。

從保險櫃裡拿出身分證，王亞梅有些後悔自己喜歡把證件鎖在保險櫃裡的習慣。她總覺得這裡是最安全的，卻沒想到自己的保險箱密碼都被人知道了，倒讓做壞事的人省事。不過按照小大師的說法，盜用財務章的人明天還會做案，為了人贓俱獲，她的身分證最好還是放在這裡。

關上保險櫃，王亞梅有些無力的靠在舒適的椅背上。若不是小大師提醒，她還真是惹上大事了，因為那人是拿她的身分證去取支票。

現在公司的往來款項特別多，每個月光憑證就要厚厚三、四本，要發現一筆支出太難了。更何況她從來不會看銀行對帳單，若是有會計有意隱瞞這件事，別說下個月，就是明年她也未必會發現。

小大師說是一名副經理和一名會計聯手挪用公款，以這兩個人的身分都有機會把帳做平並且隱瞞過去。等被發現的時候，銀行的監視器可能早就消除了，而她作為最大的嫌疑人恐就也要進派出所接受調查，到時候她的職業生涯也到此為止，若是查不出真正的罪犯，她就得含冤坐牢。

長嘆一口氣，王亞梅揉了揉僵硬的臉，覺得心裡發涼。財務部兩個副經理一男一女都是她帶出來的，也是她一手提拔的，無論哪個人背叛她，她都覺得無法接受。對於下面聯手做案的財務部人員，她更不想說什麼，這麼多年她頂著壓力使勁的給財務人員爭取休假、爭取福利，就連董事長都說她是對屬下最好的部門領導，可就這麼掏心掏肺的對他們，換來的卻是栽贓背叛的結局。

「咚咚……」辦公室的門被敲了兩下，王亞梅隨手從旁邊的一疊文件裡拿出最上面的那份報表打開，調整了下面部表情，又帶著幾分威嚴的聲音喊：「進來。」

推門進來的是財務部的副經理陳泰民，他手裡提著一個椰子蛋糕，笑容滿面地放到王亞梅的面前。「剛才我出去買蛋糕，回來聽說經理來了，就趕緊過來給妳送一個。」

椰子蛋糕看起來比成人的拳頭大一圈，外面是椰子味道的巧克力殼，上面還撒了椰子片，以前王亞梅是最喜歡吃這款蛋糕的，可她今天看到蛋糕卻沒什麼食慾。

把蛋糕推到一邊的空位置上道了聲謝，王亞梅抬頭看了陳泰民一眼。「怎麼今天過來加班了？」

「有個工程提交了結算，我上週沒有審核完，週末過來加加班。」陳泰民十指交叉，兩個大拇指貼在一起轉圈，臉上帶著關切的神色。「經理的身體怎麼樣？頭還疼嗎？」

王亞梅伸手按了按太陽穴，一副疲憊的神色。「已經好多了，我也是怕單位有事所以才過來看看。」她將手裡的文件翻一頁，狀似無意地問道：「週五有沒有人來找我？」

第三十六章

「這個我還真不知道。」陳泰民有些歉意的一笑。「那天我一直在辦公室裡審核工程項目，等忙完都七點多了。」

王亞梅笑了笑。「沒事，我就隨口問問，你去忙吧。」

「好的！」陳泰民站了起來。「王經理妳先忙著，我回辦公室了。」

王亞梅點了點頭，等陳泰民走到門口時忽然開口問：「李潔今天過來了嗎？」

李潔是另一個財務副經理，和陳泰民在一個辦公室，等王亞梅退休以後，不出意外的話下一任財務經理將在李潔和陳泰民之間擇一，因此兩人的關係十分微妙。

聽到王亞梅問李潔，陳泰民腳步微微停頓一下，等轉過來臉上帶了幾分擔憂。「李潔似乎有什麼心事一樣，週五的時候看她就心不在焉的，我還以為她不舒服所以問了她一句，但是她沒理我。」

陳泰民搖了搖頭，一副無能為力的樣子。「可能是家裡有什麼事吧？這種私事我也不好多問。」

王亞梅垂下頭，眼睛盯著報表上的數字。「既然這樣我也不多問她了，你去忙吧。」

「好的。」陳泰民看了看桌上的蛋糕，忍不住叮囑了王亞梅一句。「經理，蛋糕是剛買回來的，妳別忘了吃。」

王亞梅抬頭看了他一眼，臉上露出了幾分客氣的笑容。「多謝。」

辦公室門被輕輕的帶上，王亞梅等一分鐘之後站起來打開辦公室門，走廊裡空盪盪的，外面一個人也沒有。王亞梅反手把辦公室的門鎖上，用手機撥通了李潔的電話，提示音只響了三聲就接通了，手機裡傳來李潔充滿活力的聲音。「經理，大週末的有什麼事啊？妳頭疼好點了嗎？」

「我已經好了，沒有什麼大事。」王亞梅的手在蛋糕盒上劃過，十分自然地問道：「我週五沒在辦公室，有沒有人來找我啊？」

「我還真沒注意。」李潔噼哩啪啦地說道：「週五那天米小青抱了一堆資料到我們辦公室找陳經理討論工程結算的事，我被他倆吵得頭疼，抱著筆記本到小會議室去辦公了。不過妳放心好了，那天公司領導都不在家，各部門都挺放鬆的，應該沒有什麼大事。」

王亞梅靠在椅背上，伸手按了按額頭，狀似隨意地問道：「米小青也做過不少工程結算了，有什麼搞不懂的還要陳泰民幫？」

李潔在電話那邊一頓，這才說道：「我也不清楚，工程那邊都是陳經理負責的。至於米小青……」李潔輕輕笑了似乎有幾分不屑。「她倒是挺常往我們辦公室跑。」

又隨意的聊了幾句，王亞梅把電話掛了，她沈吟了片刻拿起桌上的蛋糕鎖上了辦公室的門。在公司大廈裡，財務部占據了整個一層樓，樓層的中間部位是電梯間和樓梯間，辦公室分布在樓層的南北兩側。

王亞梅在朝南一邊靠近東面最大的辦公室，而李潔和陳泰民則在朝南這側最西邊的辦公室。

王亞梅沒去北邊出納和審計的辦公室，而是看了看和自己辦公室相鄰的幾間會計辦公室。這個時候不是月初也不是月末，辦公室裡只有一、兩個人在加班，看到王亞梅後都打了聲招呼，準備收拾東西回家。

王亞梅經過時刻意看一眼米小青的辦公桌，電腦還開著，桌子上凌亂的放了一些資料。王亞梅沒有出聲，而是從會計辦公室裡出來直接朝陳泰民的辦公室走去。

辦公室的門關著，王亞梅直接推開門，正好看到米小青和陳泰民頭碰頭湊到一起不知道在說什麼。聽到開門的動靜米小青一瞬間有些慌亂，下意識站了起來喊王經理。倒是陳泰民一副泰然自若的模樣，把桌子上的一份資料遞給米小青，十分自然地吩咐道：「妳按照我剛才說的，把這份複查一遍。」

「好的，陳經理！」米小青接過資料就走，剛走到門口的時候王亞梅忽然叫住了她，米小青下意識回頭看了陳泰民一眼，然後才將目光轉到王亞梅身上。「經理，有什麼事嗎？」

「這個蛋糕給妳吧。」王亞梅把手裡的椰子蛋糕遞給米小青，笑著說道：「這是你們陳經理買的，我正好有點感冒，嗓子疼不敢吃。我記得妳也挺喜歡這家的椰子蛋糕，妳拿去吃吧。」說著她特意看了陳泰民一眼。「想必陳經理也不會介意。」

陳泰民站起來兩手插在口袋裡輕輕笑了。「本來就是買給同事們吃的，給誰吃都一樣。」

米小青接過蛋糕，道謝後飛快離開了，王亞梅走進來關上門，眉頭微微皺了起來。「米小青還是不能獨立處理業務嗎？馬上到年底了，她這樣可不行，到時候會拖累工程結算速度的。」

「其實米小青還是挺細心的，業務水準也不錯。」陳泰民倒是毫不避諱的給米小青說好話。「其實就是我不放心，她畢竟和我是同一個學校出來的，我倆又是同個老師教的，算是比較親近的學妹。我怕她一個人負責這麼大的工程結算會出現紕漏，所以才額外多幫幫她。不過我覺得她學習能力還是挺強的，就是經驗少了些，等我帶她做完這個工程結算她就能獨當一面了。」

王亞梅笑了笑。「好，你心裡有數就行，時候不早，我得回家了，明天見。」

陳泰民把王亞梅送出辦公室，看著她的背影臉色陰沈得可怕。

電梯門響了一聲，王亞梅走進電梯按到地下室。看著一層層下降的樓層數字，王亞梅想起陳泰民和米小青剛才坐在一起的姿態不由得皺起了眉頭，她之前怎麼沒發現陳泰民和米小青兩人交好了。

不過按照小大師的說法，是兩人勾結一起做案，那就很有可能是陳泰民和米小青了。

週一一早，王亞梅容光煥發的走進辦公大廈，完全看不出一點心裡有事。

把包包放在衣櫃裡，王亞梅走到茶櫃前泡咖啡，陳泰民敲了敲門進來了。「王經理，剛才辦公室下了通知，今天九點鐘召開全體中層和業務幹部會議，董事長主持，在三樓的第一會議室。」

想起林清音推算出來的時間，王亞梅心臟快速的跳了兩下，她低頭拿小銀勺攪拌著咖啡，不讓陳泰民看清楚自己的表情。「是什麼內容？需要準備資料嗎？」

「那倒不用。」陳泰民笑容滿面的說道：「只需要聽就可以了。我問過辦公室的李主任，應該是董事長想分享他上週到德國出差參觀考察的心得。」

王亞梅端起杯子喝了口苦澀的黑咖啡。「我知道了，一會兒我要去總經理辦公室一趟，你和李潔直接去會議室就可以。」

離開會還有五分鐘，王亞梅拿著本子和筆走進會議室，她幾乎沒怎麼費力找，就在緊鄰門口的位置上看到陳泰民。她嘴角微翹，繞過陳泰民坐在前排的位置，那位置一歪頭，正好可以看見坐在門口的陳泰民。

董事長在上面激情四射的演講，可王亞梅和陳泰民都心不在焉，一個總是藉著撩頭髮的機會往門口看一眼，另一個則在找適當的時間。

剛開始開會的時候是絕對不能離開的，目標太明顯，通常在會議開始後半個小時最好，這個時候一般有人會忍不住出去上洗手間，平常這種會議，公司上層也不會說什麼。

時間一分一秒的過去，陳泰民剛站起來想溜，董事長正好說了一個問題想和員工探討，一抬眼就看到陳泰民，伸手朝他一指。「財務部的陳經理，你說說你的看法。」

陳泰民原本沒尿也差點嚇出尿來，他剛才走神根本就沒聽清楚。不過陳泰民也算是公司的老員工，對上層的喜好非常清楚，況且這種參觀分享會他也不是第一次參加，他東拼西湊扯一堆大而空的話，雖然沒回答到重點，但是好歹混過去了。

坐在椅子上，陳泰民鬆了口氣，可這個時候他反而不敢出去了，生怕董事長再將目標放到自己身上。

可董事長越討論越來勁，誰站起來就問誰，陳泰民都不敢走了。眼看著手錶的指針從九點半到十點又到十點三十分，可董事長卻還沒有結束的意思，正好這時總經理說起一件事例，董事長歪頭去聽，陳泰民才趕緊趁這個機會悄悄溜出了會場。

王亞梅聽到聲音後忍不住偏頭張望，再看手錶，和小大師說的時間只剩五分鐘了，她有些沈不住氣了。說來也巧，就在這時董事長收到一條訊息，他看了眼手機，小聲和總經理嘀咕兩句，兩人便合上本子宣佈散會。

王亞梅趕緊站起身來，連椅子都來不及收，跟在董事長和總經理的身後就追了過去。

「劉董、劉總。」

董事長雖然偏信「男人在職場上勝於女人」這個理論，但是對業務能力和品行都上佳的王亞梅還是高看一眼的，和顏悅色地問道：「王經理有什麼事嗎？」

王亞梅趕緊把想好的藉口說出來。「是這樣的，我有一件事想和董事長、總經理匯報，不知道能不能到我的辦公室去聊聊？」

王亞梅說完以後有些忐忑不安，她在公司上班二十多年，也就是逢年過節的時候董事長才會到下邊的辦公室轉轉，平時不管大事小事，他從來不涉足員工的辦公室。

可今天董事長心情似乎不錯，一口答應下來，還扭頭和旁邊的總經理笑道：「我們去嚐嚐王經理的茶好不好喝。」

王亞梅的辦公室在十樓，三人乘了一臺空電梯上去以後，其他員工才從會議室出來慢吞吞的往電梯間走。

電梯在十樓停下來，王亞梅有意的放輕了腳步，她走到辦公室門口的時候低頭看了眼手機，正好是十點三十五分。她拿出鑰匙快速打開辦公室的門，猛然推開，正好看到陳泰民狼狠的從保險箱前站了起來，保險箱的門大開著，而陳泰民手裡拿著王亞梅的身分證和公司的財務章。

看到這一幕，王亞梅著實的在心裡鬆了口氣。多虧小大師把這一切算得明明白白的，要不然她還真拿捏不好這個時間。

「陳泰民你在幹麼?!」不等陳泰民說話，王亞梅先發制人。「你是什麼時候有我辦公室鑰匙，又是什麼時候知道我保險櫃密碼的？」她大步走上前去拿辦公桌上的支票，陳泰民這才回過神來搶，可王亞梅早就提防著，用十公分長的細高跟狠狠的踩到他的腳上，伸手將現金支票拿在手裡。

「一百萬？你好大的膽子啊！」王亞梅冷笑道。「你以為週五那五十萬我不知道嗎？當著董事長和總經理的面，你把你找人偽裝成我的模樣，拿著我身分證去提現金支票的事說清楚吧，要不然等警察來了，你就是想求情都沒機會了。」

陳泰民瞬間變了臉色。

董事長親眼看到這一幕已經氣得渾身發抖了，他憤怒的拍了下桌子吼道：「馬上給我報警！」

人贓並獲，為了防止陳泰民狗急跳牆，總經理劉宇宸隨即轉身到走廊按了緊急警報。很快就從電梯間樓梯間呼啦啦跑過來十幾個保全。

王亞梅看著陳泰民慘白的臉色和慌亂的神情，臉上閃過一絲快意，她轉身和董事長低聲匯報。「會計部的米小青應該和這事也有勾結。」

劉宇宸直接吩咐保全。「把米小青帶過來。」

很快警察到了，在聽了事情的經過以後一邊將人帶回去做筆錄，一邊要求和保全去調取近幾天十樓的監視器。因為按照王亞梅的供詞，今天這已經不是陳泰民第一次作案了，在上週五的時候公司就已經被盜，開了現金支票。

保安隊長聽到要調取十樓監視器的這個要求，臉色發白的搓了搓手。「十層的監視器上週四的時候正好壞掉了，我們還沒來得及換……」

保安隊長的聲音越說越小，總經理劉宇宸則越聽越氣得發抖。「走廊上總共三個監視器都壞了？」

保安隊長沒敢抬頭，但看他的表情已經說明了一切。劉宇宸氣到原地轉圈，拳頭握起來強忍住才沒揮出去。「你是豬腦袋嗎？一下子換三個監視器用你的膝蓋去想想也知道裡面有問題，你居然拖了這麼多天都沒有更換！我看監視器不用換了，該換掉的是你！」

和劉宇宸的氣急敗壞相比，上了年紀的董事長倒是恢復了淡定。他拍了拍劉宇宸的肩膀，語氣平淡地說道：「先配合調查陳泰民的案件，公司內部管理的事等回來再說。」

有警察出手，各種取證方便多了，銀行當時取現金支票時簽字的單據和監視器錄像都被調出來了。等警察在查看到銀行的監視器影片時把做筆錄的王亞梅也叫了過來，因為那個取錢的人看起來和她有幾分相像。

王亞梅聽到這個消息一點也不吃驚，就是因為這個原因她才必須在董事長和總經理的面前抓住正在盜開支票的陳泰民，這樣才能洗脫自己的嫌疑。

應王亞梅的要求，警察播放了監視器影片。影片中取錢的人穿著和她一樣的風衣，頭髮也是類似的長波浪捲髮，只是那人戴著一副偏光眼鏡，從監視器上看有些反光看不清眼睛，但是下巴和嘴的部分看起來和王亞梅有幾分相似。

銀行裡有不同的監視器，因為監視器的攝像頭距離都離取錢的人不算太近，再加上像素低的原因，確實不好分辨，但是王亞梅很快的找出了不同。她讓警察定格了一個取錢的人站在窗口的全身畫面，指著那個女人的平底鞋說道：「我因為身高的原因，只有在運動的時候穿平底鞋，其他時間一律穿高跟鞋，但是你看這個人腳上穿著平底鞋，看起來卻比我還高。」

警察給王亞梅量了身高，又對比了監視器的位置到現場測量了高度，那個人穿著平底鞋比穿高跟鞋的王亞梅還高五釐米。

這是王亞梅人生第一次覺得，身高矮也挺好的。她再一次慶幸自己從小大師那算了一卦，及時洗脫挪用公款的嫌疑。畢竟這五十萬的現金支票明擺著是要栽贓給自己的，除了身分證以外還有一個長得和她相似的女人拿著她身分證去提錢，這要是沒及時發現，過去一年、兩年的監視器影片早就沒有了，到時候她真的是百口莫辯。

王亞梅抓到了陳泰民偷開保險櫃拿財務章和身分證的現行犯罪事證，陳泰民作為重大嫌疑人被帶到派出所審訊。可是他只承認這次鬼迷心竅，犯罪未遂，卻矢口否認週五的事，反而口口聲聲要求王亞梅拿出證據，否則他要起訴她誣告。而米小青只按照規定問了些問題就放回去了，畢竟現在沒有任何線索指向她是共犯。

面對劉宇宸的詢問，警察表示這種案情其實並不算難，但是偵查取證還是需要一段時間的，不可能今天把人抓到明天就把一切都查清楚。

雖說這話是事實，但是王亞梅卻有些等不及，畢竟她作為財務部經理沒有保管好財務章是重大的失職。她希望早點把錢追回來，免得給公司造成損失。要是等十天半個月才能查到提錢的那個人，說不定這五十萬早都沒影了。

眼看著天都黑了，在派出所待了一下午的劉宇宸站了起來，拍拍王亞梅的肩膀，安慰她道：「王經理，這事就交給警察，我們引以為戒，回去把公司的相關制度重新完善一遍，避免下次再出現這樣的事。」

王亞梅點點頭，跟著劉宇宸走出了派出所。在停車場上，劉宇宸一邊掏車鑰匙，一邊隨口問道：「妳今天特意叫我和董事長去妳辦公室，就是為了抓陳泰民吧？妳是怎麼發現的？」

王亞梅猛然站住了，臉上閃過一絲喜色。「劉總，我有辦法能最快時間找到那個冒充我取錢的人了。」

劉宇宸有些意外的看著王亞梅。「妳有什麼辦法？」

王亞梅眉飛色舞的掏出手機撥通王胖子的電話。「王大師，我能不能馬上見小大師一面？我想算一卦！」

劉宇宸尷尬一笑。「……呵呵，想不到王經理的辦法居然如此的有創意！」

劉宇宸開車往東方私立高中行駛的時候還有些想不明白，自己放著那麼多事不做居然會載著王亞梅來到一所高中門口等算卦的大師，他覺得自己今天真的有點瘋了。

其實對於他們公司來說，承攬的工程都是幾百萬、上千萬，這五十萬在裡面真不算多。可他就是嚥不下去這口氣，這件事簡直是在打他的臉，告訴他公司被他管得千瘡百孔都是漏洞。

看出劉宇宸的不滿和煩躁，王亞梅再一次小心翼翼地為林清音打包票。

「劉總，這位小大師真的算得很靈驗，要不然我真的不會這麼快發現被盜開了五十萬的現金支票。就是今天早上請你和董事長到我辦公室，也是按照小大師說的時間去的。」她加重了語氣強調。「我開門的時候特意看了眼手機上的時間，十點三十五分，和小大師告訴我的時間一分不差，開了門以後正好把陳泰民抓了個正著。」

劉宇宸也覺得這個時間很巧，再早一、兩分鐘可能只抓到人在辦公室裡還沒開保險櫃，晚一、兩分鐘可能已經蓋完章離開了。

終於劉宇宸忍不住開口問道：「這個大師一直都很靈驗嗎？」

「是的！」王亞梅提起林清音來眼睛發亮，語氣裡滿滿的都是崇拜。「別的事不說，我們齊城最近新增了一個港商投資的房產開發企業，您知道嗎？」

劉宇宸他們單位就是做工程項目的，他對這方面的事也比較留意，點了點頭說道：「董事長叫張易，我前些日子在一個飯局上見過他，聽說他的企業準備競拍新區的一塊地。」

王亞梅一聽劉宇宸認識張易，心裡頓時就安穩了。「這個張易其實也是齊城人，三十年前他還在很小的時候被人販子拐走了，後來遇到他的養父後被帶到了香港。張易的親生父母一直想找這個丟失的兒子，所以到小大師那算了一卦，結果小大師讓他們打電話告訴在香港旅遊的小兒子，若是在爬山的時候遇到一個聊得來的陌生人就帶回來，那人就是你大兒子。」

劉宇宸聽到這裡一頭的黑線，覺得自己真是瘋了才信王亞梅的話，能說出這麼扯的話的人也敢叫大師？

王亞梅沒留意到劉宇宸的神色，繼續眉飛色舞地說道：「您猜結果怎麼樣？那家的小兒子掛了電話和爬山認識的一個人抱怨，說父母想丟失的兒子想瘋了，結果兩人你一言我一語居然把事對上了。那個人就是張易，他就是那家丟失的長子，他走丟的時候雖然年紀小，但對父母的印象很深，一看照片就認出來了。」

劉宇宸頓時震驚的看著王亞梅，連紅燈轉成了綠燈都沒有發現，直到後面的車氣得頻按喇叭他才趕緊鬆開煞車踩下油門，在車子開出去的一瞬間不敢置信的問道：「有這麼離奇的事嗎？」

「當然了，這是小大師最讓人津津樂道的一卦！還有姜明盛，您知道他嗎？就是前兩年突然走了霉運，從齊城赫赫有名的企業家變成窮光蛋，現在生意又做起來的那個人。他家就是找小大師算的，小大師算出他兒子被那個陳玉成用骯髒的手段劫了氣運，幫他破解了，所以現在姜家又起來了。但是聽說那個陳玉成被反噬了，據說挺慘的。」

第三十七章

劉宇宸已經被王亞梅說的事震驚得說不出話來，齊城就這麼大，有名的生意人彼此都知道。姜家的事他以前也曾扼腕過，甚至想作為反面教材好好研究他家是怎麼突然在一夜之間大廈傾倒的，可研究了好長時間也沒發現什麼不對的地方，就像是一件件湊巧的事堆積在一起合力把他家推翻了，除了倒楣以外他想不到第二個形容詞。

而陳玉成他也見過，去年這時候他還風光無兩，可前兩個月突然被曝出逃漏稅、原料不合格還有非法集資等問題，做出這些事，企業被查封了不足為奇，最讓人嘆為觀止的是這個人居然在大街上被雷劈了，大家私下裡都說他是缺德事做盡了才有這下場的。現在陳玉成身體剛恢復了一些就被關進了派出所，幾項罪名加起來怎麼也要判個十年、八年的。

這幾個人劉宇宸都聽說過，有的也見過，他想不到這幾個人居然都和王亞梅嘴裡的大師有關，之前有些漫不經心甚至懊惱自己衝動的心態沒有了，反而多了幾分鄭重和忐忑。

「我們就這麼過去不帶些禮物不好吧？」劉宇宸飛快的盤算著後車廂裡有什麼可以拿得出手的禮物。平日時常要應酬，他有兩盒上好的茶葉和一套瓷器，原本是要送給一個上級的，不如先送給大師，回去再另外準備。除此之外還有四盒堅果禮盒，每盒差不多也值一千塊錢，六樣加起來差不多夠了。

很快車輛來到了東方私立高中，劉宇宸將禮物取下來，有些激動的等著傳說中的大師。剛站了沒兩分鐘，兩個漂亮的小姑娘從學校門口出來，劉宇宸正在心裡嘀咕著學校的管理也太過寬鬆，就見王亞梅恭恭敬敬地迎了上去。「小大師，又來麻煩您了！」

拎著東西的劉宇宸都傻眼，他還以為大師是這學校裡的老師，沒想到居然是這裡的學生，這太讓人意外了！

林清音朝王亞梅笑了笑。「妳臉上的牢獄之災已經沒有了，看來今天的事解決得不錯。」

王亞梅激動的直道謝。「多虧了小大師的提點，今天正好抓了個正著。」

林清音看了眼手機上的時間說道：「我和老師請了二十分鐘的假，可以晚一會兒去晚自習，你們到我宿舍來吧。」

從校門到宿舍還挺遠，劉宇宸登記資料後開車載著三個人來到宿舍樓，林清音把他們帶到自己的宿舍。

劉宇宸的孩子才剛剛兩歲，雖然連上幼兒園的年齡都不到，但是劉宇宸把他從幼兒園到大學該上什麼學校都計劃好了，就等著孩子長大了。看到東方私立高中的宿舍這麼高端，劉宇宸十分心動，打算等兒子上高中的時候捐一筆錢，也讓他有這麼好的宿舍住。

將禮物放下，劉宇宸和王亞梅坐在沙發上，陪林清音請假的張思淼從冰箱裡拿出了幾罐飲料放在茶几上。

不用王亞梅開口，林清音就知道她想算什麼。「妳是為冒充妳提錢的那個人來的？」

王亞梅連連點頭。「雖然警察也能查出來那個人是誰，但是我怕拖久了公司的那五十萬就沒了。這次的事有我保管不力的責任，我想盡可能的為公司挽回損失。」

林清音問道：「我昨天告訴妳說是兩個人聯手，那兩個人都抓進去了嗎？」

王亞梅連忙說道：「這兩個人一個是財務副經理陳泰民，身為現行犯已經送到了派出所，另一個我懷疑是會計部的米小青，可是現在還沒有證據，例行問話後警察把她放走了。」

「那妳有他們倆的照片嗎？或者八字？」林清音強調。「最好是沒有修過的照片，修過的看不準。」

這個王亞梅還真沒有，正為難的時候劉宇宸掏出了手機打開一個程式。「我們公司內部人事系統裡有每個員工的資料。」

他調出來陳泰民的照片和訊息後把手機遞給了林清音，林清音只看了一眼就說道：「這個人品行不端、好賭成性、身背巨債，那五十萬多半是想用來填賭債用的。」

王亞梅和劉宇宸聞言都面露震驚之色，他們都想過陳泰民冒險做這事的原因，但是誰也沒想到居然是因為賭債。

據他們所知，陳泰民的父親好賭成性，甚至還因為賭博把家裡賣得一乾二淨。當時才十幾歲的陳泰民支持母親離婚，並且奮發圖強考上了一所十分有名的財經大學，通過自己的努力改善了家庭條件。而他的父親在家庭破碎之後借了一筆高利貸豪賭了一把，在全部輸光後跳樓自殺了。

現在陳泰民有車、有房，家庭也算和睦，他最恨的人就是他那賭徒父親，陳泰民一直覺得那是他人生最大的恥辱，是他最不屑的存在，公司的上層基本上都知道這件事。

劉宇宸怎麼也不敢相信如此憎恨賭博的一個人居然會賭博，他甚至忍不住問：「大師，您確定嗎？」

林清音又看了眼手機，篤定地說道：「沒有算錯，眉短顴高，好賭必輸。從面相上看，他額部有筋脈相沖，應該是少年喪父。」停頓了一下，林清音撇了撇嘴。「他父親也是個賭徒吧？敗盡家財後自盡而亡，禍及子孫。」

劉宇宸吞了吞口水，下意識點點頭，沒想到這個大師年紀輕輕算得可真準。

林清音把手機還給劉宇宸。「我看看那女的資料。」

劉宇宸趕緊把米小青的資料找出來給林清音看，林清音看了一眼後心思一動，掏出龜殼搖了一卦，用卦象結合著八字說道：「這個米小青有一個親阿姨與這件事情有關，應該就是去銀行提錢的人。」

林清音雖然算出來了，但是王亞梅依然覺得有些困擾，她總不能跑去派出所和警察說「我找了大師算了一卦，大師說米小青和她親姨有重大犯案嫌疑，你們把她倆抓起來」，那警察肯定認為她腦子有病。

看出了王亞梅的為難，林清音伸手撥弄了一下古錢。「一會兒你們離開學校後一直朝東開，路上會一路綠燈暢通無阻，記住不能停下、不能轉彎、不要減速，什麼時候和一輛車撞到什麼時候停下來，那個車主就是你們要找的人。」

劉宇宸聽了心裡直抽抽，他的車要是撞一下，說不定維修費就比五十萬多呢，他瘋了才幹這事。

和林清音道了謝，劉宇宸轉頭和王亞梅說道：「這次的事王經理已經十分盡心了，剩下的就交給警察來辦，妳就不用想太多了。無論這筆錢是否能追回來，我都不會降妳職。」

林清音看他們有了決斷後也不多言，看了眼手機上的時間還算充裕後和劉宇宸說道：「你送了我這麼多禮物，我要送你一卦。」

劉宇宸有些訝然地看了林清音一眼，連忙道謝。

林清音並沒有直接算卦，而是和張思淼說道：「思淼，妳帶這位女士到樓下坐坐。」

聞言，王亞梅知道這事涉及隱私，連忙拿著包包跟在張思淼的身後離開宿舍。

房間門被關上了，林清音打開一瓶飲料喝了兩口，這才問道：「你結婚兩年了吧，有個兩歲的兒子？」

「對！」劉宇宸想起自己兒子心裡滿滿的都是幸福，那小子虎頭虎腦的，看著特別可愛，小名叫胖包。

看到劉宇宸幸福的表情，林清音難得露出了一絲糾結的神色，不知道該不該說破。林清音一為難，劉宇宸就看出不對來了，他臉上幸福的表情漸漸淡去，臉上露出凝重的神色。「小大師有什麼事可以直說，不用顧忌太多。」

林清音鬆了一口氣。「那我就直說了，從面相上看，你和你妻子聚少離多，感情不和睦？」

「是的。」劉宇宸臉上露出了一絲尷尬的神色，他覺得對一個年輕的女孩子說夫妻感情的事不太自在。不過人家小大師特意讓其他人迴避說出自己家的事，肯定是看出了什麼，他壓住心裡那絲尷尬，把和妻子之間的事說了出來。

「我岳父也是做生意的，和我父親關係不錯，我和我妻子雅琪也算是從小認識，不過我倆以前不怎麼來電，一直哥哥妹妹的叫著，根本就沒有別的念頭。三年前雅琪考上研究所辦了個慶祝酒會，請的都是比較近的親戚朋友。席上我就被多灌了幾杯酒，等酒會散了以後雅琪又要出去跳舞，他家沒有合適的人陪著就把她託付給了我，結果……」

劉宇宸說到這裡臉都臊紅了，有些尷尬的揉了揉臉頰，用含糊不清的聲音說道：「結果醒來發現我們倆睡一起了。雅琪不是那種隨便人家的女孩子，我也到了該結婚的年齡，我倆一討論，決定乾脆結婚。

「但婚後我倆過得並不是很幸福。」劉宇宸聲音裡有了幾分落寞。「我們結婚以後，我父親把我提拔到了總經理的職位，為了把公司管好，我一個月三十天幾乎二十九天都在公司裡，大的項目我都親自帶隊去，基本上顧不到家裡。雅琪剛結婚一個多月就驗出懷孕了，她只能辦理休學在家養胎。她本來就養得嬌氣，因為我不常回家的事經常和我生氣。」

劉宇宸苦笑了一下。「我倆的感情基礎本來就不是很深厚，公司又一大堆的事需要我處理，時間一長，我倆基本上就形同陌路了，直到我兒子胖包出生以後，我倆才算是和解。不過孩子六個月後，她又回學校念研究所去了，放假的時候才回來，現在孩子是我岳母幫著照顧。」

林清音聽了一堆八卦，不太明白劉宇宸為什麼把他家裡的事說得這麼詳細。不過人家既然說了，林清音覺得也沒有藏著的必要，直截了當的說道：「其實我要說的是你兒子。」

劉宇宸心裡忽然有一股不好的預感，還沒等他發問，就聽林清音一字一句地說道：「從面相上看，你養的這個孩子是他人之子。」

熱血轟的一下湧上了他頭部，劉宇宸猛然站了起來，雙手不受控制的發抖。「大師的意思是說胖包不是我親生的兒子？」

林清音點了點頭。「你自己推算下他出生的時間。」

劉宇宸蒼白著臉說不出話來，他一直以為是妻子體弱所以才提前一個多月剖腹產，卻沒想到居然還另有隱情。細想起來其實也能發現一些端倪，當時他酒醉把雅琪睡了以後，按理說岳父應該抽他巴掌，可是她家卻完全沒有為難他的意思，反而催促著他倆早點把婚事辦了。結婚後不到一個月，雅琪就驗出了懷孕，他認識的省裡面的產科專家她不看，非要在一家私立醫院建檔……

看著劉宇宸有些站不穩的樣子，林清音十分好心的安慰他。「你也不用太在意，這段在你的命裡是假姻緣。等明年開春，你的真姻緣就該來了。」

劉宇宸此時已經聽不進去林清音的安慰了，他飛快的回想起兩年前的事，原本覺得一切都是天意，現在想起來好像還真有點人為的影子。

劉宇宸氣得臉都綠了，他沒想到自己居然當了一回接盤俠。

「好了，我的卦也算完了。」林清音站起來拿起書包揹在了肩膀上，語氣溫和地說道：「這事雖然要查明白，但貿然衝動不如徐徐圖之，不要太急躁，免得讓自己陷入被動。」

劉宇宸點點頭，當初他和雅琪結婚的時候也去醫院做了婚前檢查並且互相交換了檢查報告。當時雅琪的檢查結果並沒有懷孕這一項，所以他才沒對這個孩子產生過懷疑。不過現在細想起來，以他岳家的財力和能力提供假的健檢報告並不難，如果真的想查明孩子到底是誰的，還真的不能衝動的回去質問，免得自己又得到一份假的親子鑑定。

想明白以後，劉宇宸鄭重的朝林清音道了謝。「我明天會帶孩子去外省檢測，等有了結果後我再來拜訪大師。」

林清音微微一笑。「那祝你一切順利。」

從學校出來，劉宇宸開著車一路向東行駛，倒不是為了去找那個去銀行取錢的人，而是王亞梅的家正好在東邊，劉宇宸得送她回去。

說來也巧，車子真的一連行駛了五個路口都是綠燈，就在第六個路口的時候有一輛白車似乎沒看到紅燈一樣，直挺挺的衝了過來，正好撞上劉宇宸的車子。

王亞梅想起林清音的話，直接從車上跳下來。與此同時白車的車主也打開了車門，她穿著和王亞梅一樣的大衣，梳著一樣的髮型，下巴和嘴看起來也有幾分相似，但是眼睛卻和王亞梅一點也不像。

王亞梅看了看她的身高，冷笑著掏出手機。「這回可是妳自己撞上來的！」

劉宇宸下了車看到對面車主的模樣，不知道應該是鬆口氣還是更鬱悶，現在的情況和小大師算出來的一模一樣。雖然那五十萬的去向可以水落石出了，但是這也意味著關於他當接盤俠的事也是板上釘釘了。

白車車主顯然認識王亞梅，一看到她的樣子頓時臉色大變，慌亂中不知道應該是上車逃逸還是應該丟下車就跑。可王亞梅早就盯著她呢，見她往後退了幾步趕緊上去將她狠狠的按住，大聲喊著報警，慌亂的場景頓時引起了一堆人的圍觀。

這個時候才七點多，雖然過了交通高峰時間但是車流量還是不少，很快交警就趕到了現場處理這起交通事故。

劉宇宸是正常行駛，沒超速沒違規，白車闖紅燈直接被判了全責。這下劉宇宸倒是不用擔心修車的費用，只是不知道對方買的保險夠不夠付這筆維修費，畢竟保險不夠的部分那個女車主必須得自掏腰包來承擔。

趁著交警在處理事故的時候，王亞梅火速給負責支票盜開案的派出所打了個電話，還沒有下班的警察們開車趕到現場，把等待處理的女車主抓了個正著。警察們一看到惶恐不安的女車主的長相和身材，心裡都有了底，肯定是這個人沒錯了。

交通事故處理比較麻煩，劉宇宸此時的心思也不在這裡，他和警察溝通協調後委託王亞梅留下來等候處理結果，他打算回家冷靜冷靜。

劉宇宸的妻子張雅琪在學校讀研究所，一年回家不到幾次。劉宇宸則要忙公司的事情，沒有辦法天天照顧孩子。

本來劉宇宸的母親是很想帶孫子的，但不知道是不是張家的人怕劉家和孩子接觸久了看出端倪，死活不願意。張母甚至從孩子一出生就帶著月嫂住進小倆口的家裡。等張雅琪回去讀研究所以後，張家人乾脆把孩子帶回家，劉宇宸只有在下班或是週末的時候才能去看看兒子。

劉家和張家也算是認識二十來年了，兩家都是做生意的人家，誰家也不缺錢。但是張母的性格向來比劉母強勢，劉母提了幾次想輪流帶孩子，可她見張家人不願意把孩子送過來也就不再說話了，免得兒子夾在中間難做人。

招手叫來一輛計程車，劉宇宸坐在車後座上沈默片刻，最終還是報出了岳父家別墅的地址。

張家已經習慣了劉宇宸下班過來看兒子，張母抱著胖嘟嘟的外孫還笑咪咪的問劉宇宸有沒有吃晚飯，然後趕緊吩咐保母去為劉宇宸準備晚飯。

以往劉宇宸經常在岳父、岳母家吃飯，可他現在卻沒有什麼胃口。藉著換鞋的片刻，劉宇宸調整好表情，十分隨意的抱怨起來的路上被人撞了車，然後又說明天要帶兒子出去旅遊。

張母聽到要帶胖包出去十分不樂意，臉一板就開始念叨起來。「胖包還小呢，帶他出去他吃不好睡不好的，萬一生病了怎麼辦？再說了，你哪會照顧孩子的飲食起居？你知道他不能吃什麼不能喝什麼嗎？他睡覺時候不跟你怎麼辦？」

劉宇宸淡淡的笑了笑，語氣卻一點也不肯妥協。「就是平時陪胖包的時候太少了所以我才想帶他出去度假。至於吃的您放心吧，我訂的酒店都有兒童餐，不會讓他鬧肚子。」

張母還要開口，在一邊看報紙的張父說話了。「妳就不要再多事了，男孩子就是應該多和爸爸在一起才有男子氣概，既然宇宸有空就讓他帶胖包去吧。」

張母有些埋怨地看了張父一眼，把胖包放到遊戲欄裡讓他自己玩，嘟嘟囔囔的上樓去收拾東西。

張父把報紙放在一邊，拿起茶壺給劉宇宸倒了杯茶，樂呵呵地問道：「你準備帶胖包去哪兒玩啊？」

劉宇宸本來是拿出去玩當藉口，可想到等親子鑑定結果出來後，這段父子之情也就到此為止了，還真的想先暫時忘掉這一切，單純的和胖包待在一起好好玩玩。

「我打算帶胖包去馬爾地夫待一個星期，陪胖包挖挖沙、看看魚也沒那麼累。」

聽說去馬爾地夫張父也挺贊同，那裡確實是休閒放鬆的好去處。「看好孩子別讓他掉海裡了，找一個有兒童餐和兒童活動中心的島，免得他待膩了。」

保母做好了晚飯，劉宇宸雖然沒有胃口但多少還是吃了一些，又坐了一會兒，張母才喊保母上去把一個碩大的行李箱給拎下來，除了胖包的衣服以外還有奶粉、尿布之類的東西。

張父看到這麼多東西，從抽屜裡找出了張雅琪的車鑰匙遞給了劉宇宸。「你先開雅琪的車回去吧。」一想到女兒，張父有些遺憾的嘆了口氣。「應該你們一家三口一起出去的。」

劉宇宸笑了笑，伸手將胖包抱起來，在他的小胖臉上親了親。「走，和爸爸回家。」

警察把還處於傻眼狀態的白車車主帶到了派出所，很快就將她和米小青的關係摸清楚了，她就是米小青的親姨，趙佳慧。

趙佳慧答應做這件事一是因為豐厚的報酬，再一個是因為陳泰民再三保證，說起碼兩、三年內這事不會暴露出來。等到過了那個時間即便是被公司發現了，證據也將指向王亞梅，和他們一點關係都沒有。

趙佳慧覺得陳泰民都說沒事肯定不用擔心，可她沒想到才過去兩天陳泰民就被警察帶走了，這和他一開始說的根本就不同。她更沒想到的是自己接到米小青的電話剛出門沒多久就撞到了王亞梅坐的車子，直接把自己送到了派出所，這運氣也真是夠差的了。

原來白天米小青被帶到派出所後心裡十分害怕，但是她一口咬定對此事一無所知，和陳泰民只是普通的同事關係，在沒有任何證據的情況下，警察只能暫時先把米小青給放了。

做完筆錄的米小青離開派出所後為了不讓自己露出破綻，還裝作若無其事的去上班，直到下班回到家後才嚇到癱軟在地上，趕緊給趙佳慧打電話將事情說了，並讓她趕緊過來商量對策。

米小青的驚慌失措已經說明了一切，接到電話的趙佳慧一瞬間心裡發涼，可等冷靜下來覺得這事還有轉機。只要陳泰民不把米小青咬出來她就不會暴露，而且陳泰民急需那筆錢還債免得連累家人，他肯定不會承認這件事。

陳泰民早就打好了主意將這盆髒水潑在王亞梅身上，所以他提前讓趙佳慧拿著王亞梅的身分證去別的銀行辦理帳戶，現金支票提出來的錢就轉了過去。這三天時間趙佳慧已經從那張卡上取出了屬於自己的十萬元報酬，剩下的四十萬轉到其他人戶頭裡。聽陳泰民的意思他還要轉到其他戶頭，每轉一次就會提五萬出來，若是以後真查出來也能混淆警方的視線，不會暴露自己。

一切都計算得好好的，可是他們萬萬沒想到王亞梅居然這麼快就察覺到這件事，並且陳泰民還成為現行犯，更沒想到的是，趙佳慧居然自己撞到了人家車上。

第三十八章

陳泰民在派出所裡負隅頑抗了一個下午，死不承認那五十萬和自己有關係，他自己把這事想得很清楚，只要他不承認那五十萬，在警方找不到證據的情況下他就是犯罪未遂。他覺得光依靠監視器，警察很難把目標鎖定到米小青的小姨趙佳慧身上，她是按照王亞梅的模樣打扮的，只要把那件衣服丟掉換個髮型，就算是嘴唇和下巴相似，別人也不會把兩人想到一起。

他一邊啃饅頭，一邊給自己做心理建設，饅頭剛吃了一半就見警察推著一個眼熟的女人來到他的牢房外面。「陳泰民是吧？她叫趙佳慧，認識嗎？」

陳泰民看著眼前的人覺得自己的血液都凝固了，手腳剎那間變得冰涼，他怎麼也想不明白警察怎麼這麼快就抓到了趙佳慧。

似乎看出了陳泰民的想法，警察呵呵一笑。「你說巧不巧，她開車闖紅燈正好撞到你們公司劉總劉宇宸的車子，報警的王亞梅也正好在車裡面。人家一看這大衣這打扮還有這雙鞋一眼就認出來了，直接打電話報警，這真是叫做得來全不費功夫！」

陳泰民聽到警察的話絕望得想哭，他就這麼不受老天待見嗎？策劃好好的事居然就這樣被一個個的湊巧給毀了。

看著陳泰民想殺人一樣的眼神，趙佳慧下意識為自己辯解。「這大衣挺貴的，我就想再多穿兩天，我也沒想到這麼倒楣和他們撞在一起了。」

陳泰民兩眼發黑、嗓子發甜，恨不得當場噴出一口血。

他就不明白了，那麼多挪用公款的，怎麼就他這麼倒楣，僅僅三天就被掀底了。

趙佳慧進來了，米小青也很快被帶到派出所來進行審訊。起初陳泰民還不想說，但米小青的心理防線已經崩潰了，直接將這件事原原本本的供出來，陳泰民也只得招了。

其實陳泰民賭博這件事多少和米小青有些關係。

米小青剛到了公司財務部上班的時候是給別的會計做助理。會計這個工作本來就是瑣事多，月初、月底又特別忙，米小青嫌那個會計把重活雜活都交給自己，可薪水卻比自己多一倍，心裡覺得特別不公平。可公司財務部的這些會計都是這麼過來的，畢竟學校裡的知識得通過實踐才能轉化成業務能力，可米小青覺得自己是名牌大學畢業，不屑走這一步，總想著要抄捷徑。

財務部三個領導，經理王亞梅、副經理陳泰民和李潔，米小青連想都沒想直接以直屬學妹的身分找陳泰民套交情。陳泰民本來就不是心術正的人，對小學妹雖然有提攜之意，但更有占便宜的想法，兩人眉來眼去的沒多久就滾到一起了。嘗到甜味的陳泰民耐不住小情人的撒嬌，便以工程太多忙不過來為由，直接將米小青提為正式會計，並且把她的薪水升得和老會計一樣高。

陳泰民有家室，和米小青約會不是很方便。米小青又是個愛慕虛榮的人，不願意和陳泰民去那種什麼都沒有的小旅館，鬧著想和陳泰民出去旅遊，過過甜蜜的兩人世界。

太遠的地方陳泰民捨不得錢，太近的地方又容易被熟人看到，所以兩人決定去香港、澳門玩一玩。香港可以去的地方還多一些，可澳門本來就不大，除了賭場沒有什麼太多可以玩的地方。米小青對賭場還挺感興趣的，拽著陳泰民進了賭場換了一千塊錢的籌碼。

那個時候的陳泰民還是很厭惡賭博的，但是他更不想花錢出來鬧不痛快，便乾脆跟著米小青進去了。兩人對賭場裡的紙牌玩法不太熟悉，便找了一個猜大小遊戲，有的時候輸有的時候贏，兩人拿一千塊錢的籌碼玩了一下午居然還贏了兩千。米小青把這事當娛樂，看著時間不早了想出去換成錢去吃飯，可陳泰民卻一下子喜歡上這種讓自己心跳加速的遊戲，米小青拽他出去的時候他險些翻臉。

這種事有一就有二，之後在澳門的三天陳泰民一頭栽進了賭場裡，除了猜骰子以外他開始學著玩二十一點，等到要回家的那天算了一下帳，他總共輸了六、七千塊錢。

六、七千塊錢並沒有讓陳泰民悔悟，反而讓他覺得這是一種很好的調節壓力的方式，不但刺激還能放鬆心神，更有可能一夜暴富。

從澳門回到齊城，陳泰民上了半個月班後又忍不住回想起在澳門賭博的刺激，但他沒法總請假去澳門，便從網上找賭博的局。玩了一陣又被同城的賭友帶到了一個私人賭場裡，從此他徹底沈迷在賭博裡，完全忘了他的父親到底是怎麼走向不歸路的。

賭博沒有光贏不輸的，更何況這種私人賭局大部分都設了圈套，就是來贏這些賭徒的錢的。開始半年，陳泰民經常能小贏幾次，可時間一久，他的手氣就不那麼好了，他逐漸的輸光了薪水、輸光了以投資為名義從家裡騙來的存款，在實在沒有錢後他還借了高利貸繼續賭。

靠著拆東牆補西牆，陳泰民很快就入不敷出，他不想破壞在家人面前好兒子、好丈夫、好父親的形象，便把主意打到公司裡。

他想挪用公款。

公司的財務章由王亞梅保管，而人名章則在會計室的保險箱裡放著。起初陳泰民只打算挪用公款，可有一次他在米小青的手機上看到她家人的合影後就改變了主意，他不但要錢還想要財務經理這個位置。

王亞梅還有一、兩年就要退休了，下一任財務經理很大機率從他和李潔中間產生。陳泰民總覺得王亞梅更偏向李潔一些，甚至已經將部門的權力重心逐漸往李潔身上轉移。

在公司百分之八十的部分經理都是男性的情況下，陳泰民十分不服氣，覺得自己在王亞梅手底下就很委屈了，絕對不能讓比他年紀小的李潔再踩到頭上。

打定主意以後，陳泰民用甜言蜜語把米小青哄得暈頭轉向，想說服她配合自己實施這個計劃。米小青起初有些害怕，可架不住陳泰民天天和她保證，說只要按照他的計劃實行，肯定能發財，以後還可以提拔她當財務副經理。若是被發現了也沒關係，有王亞梅背黑鍋，一點後患都沒有。

米小青本來就是沒腦子的，要不然也不會給陳泰民當小三，而她小姨趙佳慧只是普通的上班族，聽說自己只要去冒充別人辦個戶頭然後取現金支票就能拿到十萬元的好處費，毫不猶豫的答應了。

按照陳泰民的計劃，這事實施起來並不複雜。米小青和陳泰民都經常找王亞梅蓋財務章，王亞梅開保險櫃的時候只靠著身體的遮擋，若是不留意可能看不到保險櫃的密碼，但是在陳泰民和米小青這種有心人眼裡，換個姿勢就能看得一清二楚。

至於辦公室鑰匙也不複雜，王亞梅在部門開會的時候經常會讓財務人員拿鑰匙去自己的辦公室取文件或者資料，以前這種工作是誰離王亞梅坐得近誰就去拿了。可有了別樣的心思以後，米小青主動把這件事攬到自己身上，總是特別積極的去跑腿。她在財務部裡本來就算是小的，她主動一點多做點事大家也不會覺得奇怪，反而覺得她比之前懂事多了。

她拿到鑰匙去了王亞梅的辦公室以後，按照網上配鑰匙的要求拿著尺把細節圖拍清清楚楚的，人家看著照片就把鑰匙配好出來。

辦公室鑰匙有了、保險櫃密碼看到了，找的就是王亞梅不在辦公室的機會。就連這件事都是陳泰民策劃好的，他刻意在週四晚上八點給王亞梅發去了一堆報表讓她審核。他知道王亞梅的習慣，只要是有工作，她一定會完成以後才休息。而王亞梅又有眼壓高的毛病，她要是熬夜看完這些報表，第二天肯定會頭疼。

為了怕王亞梅看不到，陳泰民還特意打了個電話給她，說明了報表的重要性。然後他直接在辦公室等著，趁著半夜保全都回休息室睡覺的時候從辦公室出來將監視器破壞掉。為了不引起懷疑，陳泰民一直在辦公室待了一個晚上，直到第二天一早有人來上班了，他才從辦公室裡出來。

果然，週五王亞梅到辦公室給陳泰民印出來的報告簽字後就回家休息了，陳泰民在窗口看著王亞梅開車離開後，便拿著早已準備好的現金支票去了王亞梅的辦公室，蓋章偷出身分證交給米小青。米小青再拿去給趙佳慧，趙佳慧先用身分證在另一個分行辦新卡，然後又拿著這張新卡去提了現金支票。

在五十萬到帳後，趙佳慧連續兩天總共提出來十萬元，剩下四十萬轉到了另外一張陳泰民給的舊卡上，而舊卡的主人就是陳泰民同辦公室的李潔。這張舊卡是陳泰民從李潔的辦公桌裡找到的，當時是由公司統一辦的，但李潔開卡以後一直放在抽屜裡從來沒用過，連初始密碼都沒改。

陳泰民拿了卡小額存取了幾次，見李潔似乎沒有收到任何提醒訊息，便把這張卡當作轉移資金的其中一環。反正只存一天就轉出去，不用擔心資金的安全，還能讓李潔背黑鍋，到時候就沒有人和他競爭財務經理的職位了。

警察聽完陳泰民交代的事無奈的直搖頭。

「你說你有這腦子有這精力做什麼不好？非得做這種事。」

寫完筆錄，警察又問起那一百萬支票的事，他想不明白像陳泰民這種看著十分謹慎步步為營的人，怎麼突然大白天的就去偷財務章了。

提起這件事陳泰民心裡也一個勁兒的後悔。「其實我的高利貸只欠了三十萬，我一開始想的是給趙佳慧和米小青一共十萬，還上三十萬高利貸後我還能剩十萬。可是週一早上，高利貸的那幫人打電話和我說我要是連本帶息一次還清得給他們四十五萬。我知道他們的利滾利很坑人，但是沒想到這麼坑人，我又沒辦法和他們理論，萬一把他們惹火了他們會去騷擾我的家人……」

陳泰民將臉埋在了手裡，聲音有些哽咽。「我不想讓我的家人知道我賭博，不想讓他們對我失望。」

偵訊的警察呵呵了一聲。「所以你準備再來一筆大的？」

陳泰民抬起頭，表情說不出的複雜。「我想既然做都做了，乾脆趁著監視器沒修好再來一筆，只可惜……」

只可惜就差那麼一點點，陳泰民仰起頭有些不甘心的嘆了口氣，計劃得再周密也比不上正巧這個詞，可能他的行為連老天都看不過眼吧……

支票盜開案就這麼順利的破了，五十萬一分不少的被追了回來，李潔這時才知道自己在不知情的情況下居然也被坑了，嚇得她趕緊把不用的金融卡全部都註銷了。

公司透過這件事暴露出不少管理漏洞，但是此時劉宇宸根本就沒有心思去和高層討論如何調整完善管理制度，他帶著胖包直飛南方，在一家司法鑑定機構做了親子鑑定後。買了從香港轉機飛馬爾地夫的機票，打算和胖包好好享受最後在一起的父子時光。

兩歲的胖包根本就不懂大人的情緒變化，他用含糊不清的口齒叫著爸爸，光著小胖腳丫哈哈大笑踩著浪花，跌跌撞撞的去抓一群群游來游去的小魚。

劉宇宸小心地護著胖包不讓他摔倒，看著孩子胖嘟嘟的臉他心裡湧起一陣陣的酸楚。說實話，他對張雅琪沒有什麼感情，即便是離婚也不會對他產生任何影響，可他真的是喜歡這個孩子。只可惜這個孩子和他一點關係都沒有。不說心裡的疙瘩，孩子有親媽、有親戚在，也不可能輪到他領養。

劉宇宸長嘆了口氣，把不小心跌坐在海裡的胖包抱了起來，在他的小臉上親了親。「以後你長大了，還會記得爸爸嗎？」

胖包把流下來的口水蹭到了劉宇宸的衣服上，歡快的笑了起來。「爸爸……爸爸……」

劉宇宸摸了摸胖包的頭，不知道該怎麼面對這個讓他崩潰的結局。他更想不明白，為什麼張家會選自己當接盤俠，他可是張家老朋友的兒子，這朋友當得可真夠缺德的！

七天後，劉宇宸帶著胖包去鑑定機構拿到結果，看著上面沒有血緣關係那幾個字他已經十分平靜了，他早就預料到是這個結果，只是要拿證據罷了。

劉宇宸苦笑了下，小大師真的是神算。

走出鑑定中心，劉宇宸掏出手機給張雅琪打電話，連著幾次都被掛掉。劉宇宸似乎已經習慣了這樣的待遇，臉上看不出一點波瀾，反而十分淡定的給張雅琪發了一個訊息：請速回齊城辦理離婚手續。

手機剛裝進包包裡，張雅琪的電話就打進來了，劉宇宸面無表情按下了接聽鍵，就聽手機裡傳來一陣不耐煩的聲音。「劉宇宸你發什麼瘋，說離婚就離婚你當我是什麼？」

劉宇宸一手抱著兒子一手拿著手機，直到那邊噼哩啪啦的罵完，他才慢條斯理說道：「我帶胖包做了親子鑑定，剛剛拿到鑑定結果，妳要聽我念一遍嗎？」

簡簡單單的一句話讓手機那邊的聲音迅速消失，沈默了大概半分鐘後，張雅琪哭哭啼啼的聲音傳了過來。

「宇宸哥，你不要這樣嘛，你聽我解釋！」

聽著電話那邊刻意做出來的軟綿綿嬌滴滴的聲音，劉宇宸心裡平靜到連他自己都覺得害怕，他現在完全沒有心思和張家人爭吵對峙，他甚至覺得連對他們發怒都浪費時間，唯一的想法就是趕緊解除婚姻關係，他真的不想再和張家的人有任何牽扯了。

「妳想解釋什麼？」劉宇宸聲音冷淡地問道：「是想解釋妳當初是怎麼隱瞞懷孕的身分嫁給我的？還是想解釋你們家讓我喜當爹其實是無心的？」

張雅琪被問得啞口無言，劉宇宸微微閉了閉眼睛，聲音裡充滿了疲憊。「張雅琪，我再說一遍，馬上買機票回齊城和我辦離婚手續，否則別怪我不客氣。」

「宇宸哥……」

劉宇宸不想再聽張雅琪沒有營養的狡辯，直接關機，帶著胖包出發去了機場。

張雅琪被掛斷電話後六神無主，只能打電話給家裡，張母接到女兒電話後沒等張雅琪開口就絮絮叨叨的抱怨。「妳說劉宇宸帶著孩子出去玩了一個多星期了，也不給家裡來個電話，難道讓我這個丈母娘主動打給他不成？等他回來了我一定得好好說說他！」

聽著母親還耍著丈母娘的威風，張雅琪氣得直跳腳。「媽，現在都什麼時候了妳還說這個！劉宇宸他知道了。」

張母還沒有反應過來，漫不經心地對著鏡子照自己新買的項鏈。「他知道什麼了？」

「他知道胖包不是他的孩子了。」張雅琪聲音裡的慌亂藏都藏不住，連拿手機的手都不住的發抖。「他帶胖包去做親子鑑定了。」

張母的手機咣啷一聲掉在了桌上，臉色白得和紙一樣。

東窗事發了！

劉宇宸下了飛機後先去拜訪了林清音，林清音捏了捏胖包的小胖臉，有些遺憾地說道：「是個好孩子，不過親生父母都不太可靠。」

劉宇宸聞言心裡五味雜陳，伸手把胖包抱在自己的懷裡。「小大師，您能不能幫我算算我妻子和胖包的情況，我想知道他們家到底隱瞞了我多少。」

劉宇宸把千辛萬苦找到的一枚張雅琪十年前的素顏照拿了出來。這張照片沒有化妝，又是拿單眼拍的特寫，五官十分清楚。

林清音結合著胖包面相和張雅琪的照片說道：「這個女人一生總共懷孕五次，胖包是第五個，從胖包目前的面相上看，他母親現在已經沒有生育的能力了，胖包會是她最後一個孩子。」

劉宇宸愣怔了一下，隨即冷笑一聲。「張家也是夠狠的，不僅要讓我當接盤俠，還打算把我們劉家的資產都變成他們張家的，野心不小呀！」

「張雅琪桃花滿面眼流邪光，感情經歷比較豐富，除了你以外，她還會有三段姻緣。不過……」林清音搖了搖頭，沒有繼續往下說，因為張雅琪未來的人生和劉宇宸無關，沒必要說出來。

林清音看了看胖包的掌紋又看了看他的面相。「這孩子的生父應該有三個親生的姊妹，家境貧窮但卻養成了好逸惡勞的性格，那人和胖包的緣分沒有間斷，你的妻子現在應該還和他有來往。」

劉宇宸想到張雅琪生產後六個月就出去讀研究所，忙得節假日都不太回來，可是成績卻從來不提，甚至問一問就要翻臉。劉宇宸一直以為她只是想混個學歷而已，卻沒想到在混學歷的同時還在外面養情人。

「大師謝謝妳！」劉宇宸掏出之前準備好的厚厚一疊現金放在了林清音桌上。「要不是妳，恐怕我這輩子就毀他們張家的手裡了。」

林清音用手指點了點桌子，寬慰他道：「人生在世多多少少都會經歷一些波折，這個坎就像是你的一個劫，只要邁過去後面的路就平坦了。」

劉宇宸連連點頭。「我知道，其實對這段婚姻我沒有什麼好留戀的，知道可以離婚還打心底鬆了口氣。」他摸了摸胖包的頭，露出一抹苦笑。「我只是可惜了這個孩子，他要是我親骨肉，傾家蕩產我也要把他帶走，只可惜我這個爸爸是假的，怎麼樣也輪不到我。」

林清音拿了一個洗乾淨的大蘋果遞給胖包玩。「既然你這麼喜歡胖包，我就多說兩句吧。孩子的面相是變化最多的，有的孩子一出生就能看到未來，也有幾種不同的人生出現在同一個面相上的情況，胖包就屬於第二種。這孩子面相現在出現了兩種未來，若是能遠離他的父母，還是可以成才的；要是在他父母身邊長大就是一個紈袴子弟，吃喝嫖賭一事無成且晚景淒涼。」

劉宇宸心疼的摸了摸胖包的頭，感謝的朝林清音頷首。「多謝小大師提點，我會提醒張家的人，希望他們能養好這個孩子。」

從學校出來，劉宇宸開車帶著胖包去張家。張家的人已經知道劉宇宸今天回來，全家誰也沒出去都在家等著，可是等了幾個小時也不見劉宇宸來，就在張母有些沈不住氣開始擔心自己外孫安危的時候，別墅的門鈴終於響了。

保母去開門，看到劉宇宸後依然滿面笑容的問候。「姑爺來了。」

劉宇宸抱著胖包走進來，張父、張母以及張家的兒子張明傑都在家，看到劉宇宸進來以後都不約而同的站起身。

張母雖然有些擔心胖包，可是一看到劉宇宸的臉色膽怯的有些不敢上前，劉宇宸放下胖包，問：「張雅琪回來了嗎？」

張明傑和劉宇宸關係還不錯，上前摟住了他的肩膀，好言好語地說道：「雅琪買了明天上午十點的機票，等她回來了我們說她，你別生氣。」

劉宇宸呵呵了兩聲，轉身就朝大門走去。

在一旁一直不吭聲的張父見劉宇宸一點面子都不給，只得主動站了起來叫住他。「宇宸，我們先坐下來談談。」

第三十九章

劉宇宸轉過身，嘴角揚起一抹嘲諷的笑容。

「岳父，您說我留下來談什麼呢？談談你們家聯手起來騙我當接盤俠的事嗎？您說我是不是得感謝你們在那麼多青年才俊中選了我，實在是讓我覺得受寵若驚呢。」

張父被臊得說不出話來，張明傑雖然不滿劉宇宸的態度，但也自知理虧，不好意思吭聲，只有張母撐不住捂著臉哭了起來。「宇宸，你從小就經常來我們家玩，你也知道我們家雅琪雖然嬌慣了一些但也沒有壞心。算計你們結婚的事確實是我們的錯，但那時我們實在沒辦法啊。雅琪她一時糊塗懷了孕，可她子宮膜特別的薄，如果流產的話很可能再也無法生育了，總不能讓她這輩子都沒孩子吧？我們實在沒法才同意她生下來的。」

張母哭哭啼啼的從胳膊縫裡看劉宇宸的臉色，見他不為所動的樣子倒真的有幾分難受了。「她一個未嫁的女孩生孩子名聲不好聽的，總得有靠得住的人照顧她和孩子我們才放心。你和雅琪一起長大的，人品、性格、家世我們都了解，你們倆是在一起再合適不過了。」

劉宇宸被張母理所當然的話給逗笑了。「您是不是忘記說了什麼？」看著張母閃躲的眼神，劉宇宸直接把話擺在了檯面上。「張雅琪連續流產了四次，所以她不得不留下胖包，因為再流產的話她將無法再生育。不過即便如此，她的身體也沒辦法恢復到流產以前的狀態吧？醫生有沒有和你們說過，她以後都沒辦法再懷孩子了。」

張父和張明傑同時轉頭看向張母，異口同聲地問道：「他說的是真的？」

張母臉色煞白，她想了一肚子哄騙劉宇宸的話都沒有了用武之地，在事實面前，她就是有再多的狡辯也不過是跳梁小丑而已。

看著張母閃躲的眼神和心虛的表情，張父氣得一巴掌搧了過去。「妳不是說雅琪只是一時貪玩，意外懷了孩子嗎？她流產和無法再生育的事妳怎麼沒說？」

張母捂著臉哭出聲來。「誰年輕的時候沒犯過糊塗啊！她都這樣了告訴你有什麼用？讓你把她打死嗎？」

張父哎呀一聲氣得直跺腳。「要是知道這樣，當初我就不該同意雅琪嫁給宇宸的事，這不害了劉家嗎？你讓我拿什麼臉去見劉大哥。」

劉宇宸聽到張父的話忍不住冷笑了兩聲。「說得現在您就好意思見我爸似的。您要是真拿我爸當朋友、當哥們，你當初就做不出這件事！沒有您的允許，張雅琪她做得出假的婚前健檢報告嗎？她能在這麼短的時間內策劃好這一切並且嫁給我嗎？張叔叔，您這齣戲看得我真噁心！」

張父無言以對，張明傑雖然被自己親媽和妹妹的騷操作弄得十分無語，但是為了張家的顏面，他還是硬著頭皮站了出來。「宇宸……」

「你給我閉嘴！」劉宇宸指著他冷冰冰地說道：「別在這給我充大舅子，你們家沒有一人在這件事裡是無辜的，少在我這裝好人！張雅琪明天上午下飛機是吧？那就下午三點來辦離婚。我家的財產她一分別想要，你們家的產業我也不稀罕，資產的部分誰也別動誰的。至於她在新房的首飾包包之類的，我給她一天時間收拾走，週末我會把房子交給仲介賣掉。」

「哇嗚嗚……」

似乎是樓下的聲音嚇到了胖包，剛剛回到家裡還沒適應過來的胖包突然嚎啕大哭起來。聽到胖包的聲音，劉宇宸的臉色有些緩和，他深吸了一口氣讓情緒平靜下來，然後將林清音說的話轉達給張家的人。「為了胖包的未來，我給你們一句勸告，讓他離他的親媽、親爹遠一點，免得被他們帶歪毀了一生。」

劉宇宸的態度已經說明了離婚的事無法挽回，張家的人也不敢再勸了。劉宇宸連張雅琪打過四次胎都知道，他們生怕再勸下去又被翻出什麼不可見人的事讓他們再丟一次臉。

第二天下午，張雅琪準時出現，見父母沒有勸動劉宇宸，她也懶得掩飾了，直接坦白地說道：「我承認我確實在外面有別人，不過這種事不是很正常嗎？以後你在外面玩我也不說，有私生子也可以帶回家來養，我都沒意見，就維持這個婚姻不行嗎？我們兩家的產業本來就有交集，若是聯起手來肯定能將企業做得更強更好，就為了這點事離婚多不值得。更何況，在我們這裡，你很難娶到比我更好的女孩了吧？」

看著張雅琪精緻的紅唇，劉宇宸皺起了眉頭。「我覺得齊城任何一個姑娘都比妳更好。」看著張雅琪倏然變色的臉，劉宇宸一字一句地說道：「畢竟像妳品行這麼惡劣的女人實在是不多。至於將企業做強做大的事就更不勞妳費心了，我會靠自己的能力做好。和你們張家聯手，我怕我們家的公司早晚被你們坑沒了。」

張雅琪從小就沒受過這種羞辱，氣得臉上一陣紅一陣白的。「劉宇宸，你以為你是什麼東西？離了你我照樣嫁更好的！現在我們就去辦離婚手續，我一分鐘都不想再見到你。」

劉宇宸勾起了嘴角。「謝謝放過，我也是如此。」

兩個人都還沒有繼承家裡的財產，新房是劉宇宸婚前買的，兩人也沒有怎麼在一起生活過，所以財產很好分割。

辦完離婚手續，劉宇宸直接開車到公司把離婚證書和親子鑑定送進了董事長辦公室。

劉父看到桌上的離婚證書臉色一下子就沈了下來。「離婚？這麼大的事怎麼不和家裡說一聲？你為什麼和雅琪離婚！」

劉宇宸指了指離婚證書下面的文件。「答案在那裡。」

劉父連忙將裝著親子鑑定的文件夾打開，看到裡面的內容後勃然大怒。「胖包居然不是你的兒子?!他們家怎麼說？」

「張雅琪就是因為懷孕了才設套嫁給我的，他們全家都知道。直到現在還想把我當傻子糊弄唄，不過我沒給他們機會。」伸了伸懶腰，劉宇宸忽然笑了起來。「結婚兩年多頭一次覺得像今天這麼輕鬆，看來離婚是對的。」

見劉宇宸如釋重負的樣子，劉父將離婚證書和親子鑑定收進了抽屜裡，決定好好和張家算算這筆帳。

「這事我再和你媽說，免得她受不了。至於張家的事你不用再管了，我會好好謝謝他們家對我們的厚愛的。」

劉宇宸點了點頭，他知道自己父親雖然平時看著很溫和，但能白手起家把生意做到這麼大，肯定有他自己的強硬手段的。

「你婚也離了，也出去度假了，該好好收收心。」劉父靠在椅背上看著劉宇宸。「之前那筆被盜開的五十萬雖然追了回來，但是這事不能就這麼結束。財務部要好好整頓整頓，王亞梅雖然及時發現了這件事沒有給公司造成損失，但這件事的源頭就是她保管財務章不力，該懲處還是要懲處。」

劉宇宸點了點頭。「這件事全公司都要引以為戒，各個部門都得自查管理漏洞修補。至於王亞梅，懲罰她一個季度的獎金以儆效尤，不過私下裡我會個人把錢給她補上。」

看著父親不解的神色，劉宇宸將翹起的腿放了下來，神色鄭重地說道：「這次多虧了王亞梅帶我認識了一位大師，我才知道胖包不是我親生兒子的事，算得真是太準了。」

劉父做了幾十年生意，對於風水算卦這一塊十分信服，他也總想要找一個懂行的人好好算算，可這些年認識的不是半吊子就是半桶水，沒有一個特別靈驗的。他一聽說這個大師算得特別準，頓時來了興致。「你和我說說到底怎麼個準法。」

「其實陳泰民挪用公款的事並不是王亞梅發現的，而是她找的這個大師給她算出來的。」劉宇宸從王亞梅算卦的經歷講起，一直講到自己陪著王亞梅算取錢的人是誰，結果大師把他留了下來。

「大師說張雅琪已經流產了四次，生下胖包是因為她再流產就會終身不孕，這才給孩子找了我當便宜爹。不過照小大師說的，她如今也無法再生了。」劉宇宸苦笑了一下。「其實我和張雅琪根本就沒什麼感情，之前不離婚是顧忌你和張家的情誼，也是希望可以給胖包一個完整的家庭。若不是小大師提點，只怕我可能一輩子都發現不了胖包不是我兒子。」

劉父鄭重的點了點頭。「這位大師是我們家的恩人，必須要好好感謝。你準備一張支票和一份厚禮，明天上午我們去拜訪一下大師。如果大師方便的話，我想請他到帝都給你叔叔家看看風水，最近他家事事不順，說不定就是有小人作祟。」

劉宇宸為難的搖了搖頭。「若是想拜訪大師的話，明天上午不行，得晚上六點半到七點這個時間大師可能有空。而且她現在可能也沒辦法給叔叔看風水，至少要等到放寒假她才有空。」

劉父詫異的一挑眉。「難道這位大師是在學校當老師？」

劉宇宸搖了搖頭。「不是，這位大師是在學校當學生，她今年上高二。」

劉父傻住了，不敢置信的問道：「現在的大師都這麼年輕了嗎？」

對此劉宇宸也不太了解，活到這麼大他也是第一次接觸算卦這件事，沒想到還挺靈驗的。

「爸，您說我們帶點什麼禮物去呢？」

聽到這個問題，做了這麼多年生意的劉父也為難了，過了半天才結結巴巴地問道：「要不然送一車習題？就你當年高中做的那玩意兒叫什麼來著？什麼幾年高考幾年模擬的。」

劉宇宸無語的看著親爹心忖：呵呵，小大師會把你扔出來信不信？

這天放學後，林清音沒有去食堂吃飯，而是決定去卦室和王胖子對一對最近比較急的生意。張思淼一聽說也要跟著去，她現在就像是林清音的腿部掛飾似的，恨不得上廁所都蹲一個坑，真是走到哪兒跟到哪兒。

原本林清音只有張思淼這一個掛飾，可自從她在月考的考場上借了文具給高三學姊商伊，並給她被推進加護病房的母親算了一卦後，商伊也成了林清音的腦殘粉，天天和學校申請想換到林清音的宿舍裡。

開始的時候學校的行政單位不同意商伊的申請，畢竟學校的宿舍都是按照年級來分的，商伊直接求到校長那裡。王校長對於和林清音有關的事都很重視，乾脆給林清音發了訊息問意見，然後大手一揮，同意了商伊更換宿舍的請求。

現在宿舍的三個人除了上課不在一起以外，其他的時候都能看到三人在一起的身影，吃飯也是在同一張桌上。林清音和張思淼要去校外一趟，自然得和商伊打聲招呼，商伊一聽兩人要去林清音的卦室，立刻掏出手機向班導師請了個假，樂顛顛的掛在了林清音的另一個胳膊上。

王胖子和林清音約好了時間，早早的就開車來到學校門口等她，看到林清音的身影後又殷勤的下來開門，載著三個人直奔卦室。

隨著林清音的名氣越來越大，老客戶介紹新客戶，大客戶介紹有錢的客戶，來找林清音的人越來越多，甚至有的人知道林清音的本事，還沒等算卦就提前把禮物送到了卦室裡。

王胖子打開預約名冊，和林清音介紹最近比較重要的幾筆生意。「楊大師有一個朋友老家新蓋的別墅總感覺不太對，約了您去看一看，當時定的時間是陰曆十五，正好是這個週六，需要過夜，小大師記得提前帶好換洗的東西，和家裡說一聲。」

「從香港回來的張易想競拍一塊地，設計圖已經出來了，想請您看看。」

「有一個新客戶姓張，叫張明傑，他說他妹妹子宮受損不能再生育，想從您這求一個滋養身體的玉符，開價一百萬……」

林清音聽到這忽然心裡有所感應。「留他妹妹的資料了嗎？」

「有！」王胖子連忙將自己記錄的詳細資料給林清音看。「叫張雅琪，九一年的。」

林清音輕笑了一聲，十分乾脆的說道：「推掉不接。」

王胖子聞言愣了一下，認識小大師這麼久還是第一次看到她推生意，尤其是一百萬的大生意。

「這個人有什麼不妥嗎？」王胖子有些不安地問道：「是不是她得罪小大師了？」

林清音微微一笑。「只是品行不端而已，我怕污了我的符。」

王胖子點點頭，立刻在上面打了一個大大的叉，然後又翻到了下一頁。「小大師，這有一戶全家接二連三生了重病的，您有空看看嗎？」

林清音掐算了一下。「這個接下來，週日下午我去看看他家的風水。」

張明傑最近被家裡公司的事鬧得心煩意亂，劉宇宸發現了兒子不是自己親生骨肉後毅然和張雅琪離婚，決絕到一點商量的餘地都沒有。

張家設計劉宇宸的事已經全都掀開了，劉家雖然沒有上門興師問罪，但和張家已經要一起合作的項目全部停止了。張家在承攬項目上很大一方面就是倚靠和劉家的姻親關係，現在人家劉家的知道了張家做了不厚道的事，自然不會再讓他們占便宜。

說起劉家和張家的關係比較親近，純粹是兩家發跡的時間差不多，彼此都有些惺惺相惜的意思。劉父一直挺欣賞張父做事的魄力和衝勁，但這種魄力用在自己家身上就不那麼舒坦了。不過劉母向來就不喜歡張母這個人，做事咄咄逼人不說，而且有些行徑劉母真的瞧不上。以前兩人的關係就普通，等做了親家以後來往的反而更少了，劉母連話都不想和她說。

兩家父親早年關係好的時候就買了同一個住宅區，因此張明傑和劉宇宸都是從小認識的，以前上國中的時候上學放學還經常同行，後來兩人考了不同的高中、大學，兩人逐漸發現彼此的觀念想法有挺大的差距，就不像小時候那麼親近了，但礙於兩家的關係，兩人見面也客客氣氣的以兄弟相稱。不過自從知道張家辦的缺德事，劉宇宸直接把張家所有人都列入拒絕來往的黑名單裡，這讓張明傑覺得有些憋屈又有點生氣。

張明傑承認這件事確實是自己家做的不太厚道，但他一直覺得是有情可原的。

總不能讓雅琪背負未婚生子的名聲吧？那張家還要不要做人了。更何況嫁人也不是隨便嫁的，不選個青年才俊難道要讓她嫁給她那個除了臉以外一無是處的窩囊男朋友，那他們張家在齊城豈不是成了大家的笑料。

張明傑拿著財經報紙卻一個字都看不下去，有些生氣的把報紙丟在桌上，恨恨的踹了一腳紅木書桌。張母在外面聽到動靜以後端著一盤切好的水果送進來放到桌上。「好端端的你又發什麼脾氣？我讓你約的大師你約好了？」

張明傑強忍住不耐煩解釋。「我打電話了，那邊得和大師定好時間才會回電話。」

「那就好，我聽好多人提過這個大師了，據說特別靈驗。」張母在椅子上坐下來，有些不屑的彈了彈自己的裙子。「回頭先讓大師給你妹妹做個玉符，等調理好身體以後，我們家雅琪想嫁給誰不行？稀罕劉宇宸那個沒眼光的東西。」

張明傑沒好氣的冷哼一聲。「當初劉宇宸也是妳和爸爸千挑萬選出來的女婿，也不是我想替他說話，但這事擱在誰頭上都鬧心。妳說雅琪都嫁給劉宇宸了就不能老實的過日子嗎？天天不是作就是鬧的，還把不到半歲的孩子放家裡去讀研究所。她那研究生怎麼來的心裡沒數嗎？真那麼愛學習，怎麼不自己考？退一萬步說，她要是真去學習也行，但她是去學習的嗎？那就是找了個地方養男人！妳說她要是和劉宇宸好好過日子，人家怎麼會去做什麼親子鑑定？我看這事都是她自找的，還連累家裡！」

張母捨不得女兒挨說，趕緊替她打圓場。「你妹妹還小不懂事，回頭我說說她。其實也是劉宇宸對她不夠體貼，要不然她放著劉宇宸不喜歡，偏偏喜歡那個一堆姊姊的軟飯男？還是劉宇宸不會哄人。」

「妳就慣著她吧。」張明傑生氣的拍了扶手一下。「雅琪這次既然回家了就別再讓她回學校，反正也學不出什麼東西，乾脆就老老實實的在家待著。等養好了身體我和爸再給她找一門好婚事，至於那個她養的小白臉趁早斷了。」

張母有些為難的嘆了口氣。「我也是這麼想的，可是一說你妹妹就哭，這都兩天沒怎麼吃飯了。」

「我看她也是沒臉吃。」見張母一副拎不清輕重的模樣，張明傑覺得越來越煩了。「世上沒有不透風的牆，最好讓她避風頭別惹劉家人。萬一他家把我們家做的事抖出去，我看我們家都不用做人了，直接就是齊城最大的笑料，到那時妳也不用想再找金龜婿了，沒一個男人知道這事會娶她的。」

這句話終於把張母嚇住了，她有些慌亂地站了起來。「我這就上去和你妹妹好好說說，讓她別任性。哎呀，不是我偏疼她，其實你妹妹還是懂事的，上次嫁給劉宇宸的事不還是她想的主意嗎？她是知道輕重的。那男人就是她養的一個玩意兒，哄她開心的，要是不安全就和那個男的斷了就成。」

張明傑這才沈著臉哼了一聲，剛要說話放在桌子上的手機響了，張明傑看到屏幕上顯示的名字眼睛一亮，連忙朝張母做了個手勢，接通電話用十分熱情的聲音說道：「哎喲王大師，我等您的電話可等得都心急了，小大師那邊幫我約好了嗎？」

王胖子聽到電話那邊虛偽的笑聲，呵呵兩聲堵了回去。「別心急，我打電話給你未必是有好消息。通知你一下，我們小大師說了，貴府小姐的生意我們不接。」

張明傑的笑容僵在臉上，他下意識提高了聲音。「為什麼不接？」

「這個我不好說啊！」王胖子摳了摳臉，樂呵呵地說道：「你們家人應該比我知道的更清楚。好了，也沒別的事了，我就掛了。」

「等等，等等！」張明傑強忍住怒火，努力的擠出一抹笑來。「其實我們家是想和小大師交朋友的，和小大師想談的也不止這一筆生意。除了我妹妹的玉符外，我和父母也想求護身符，另外家裡和公司的風水也想讓大師幫忙看看。」

張明傑越說越有底氣，他覺得這怎麼也算得上是兩、三百萬的大生意，那個大師只要聰明點，就不會拒絕他們這種人家，語氣也從剛才的焦急變得淡然起來，甚至還帶了些傲氣。「也不知道是不是別人傳了什麼不好的話到小大師耳朵裡，讓小大師對我妹妹產生了誤會。其實沒什麼，說開了就好，我們不會介意的。只是我們家這事比較急，還希望小大師能早點來幫我們刻符。」

王胖子聽到這話也笑了，別說是跟在小大師旁邊，就是他自己擺攤算卦的時候也沒見過這麼會自說自話的人，聽張明傑這口氣直接是一副恩賜的模樣。

小大師若是想多賺錢，區區兩百萬還真不難，這個張明傑太把自己當回事了。

王胖子索性不說話了，聽到張明傑絮絮叨叨的說張家多麼有實力、多麼有底蘊，說到最後居然還變成一副禮賢下士的語氣。

王胖子終於忍不住笑了。「張總，我想你的理解有些偏差，當然也有可能是我剛才說的話不簡潔明瞭讓你誤會了。這樣吧，我簡單再重說一遍，你聽清楚了。不止你妹妹的生意我們不接，你們張家的每個人的生意我們都不接，即便是你今天拿出一個億來我們也不接不接不接！你們不如去找找別的大師吧，說不定會遇到也很靈驗的。」

第四十章

聽到電話裡暴跳如雷的怒吼，王胖子笑咪咪掛斷了電話，把存在手機裡的張明傑的號碼拉到黑名單。「還是小大師看人準，這個張明傑就不像是什麼好鳥。」

張明傑聽到手機話筒裡傳來的嘟嘟聲一時間沒反應過來，張母看著他氣呼呼的表情還沒反應過來怎麼回事。「怎麼了？那個大師什麼時候來我們家？」

張明傑冷哼一聲，怒氣沖沖的把手機摔在桌子上。「一個破算命的還真把自己當人物了！我張明傑要是不收拾他收拾得跪地求饒，我他媽的跟他一個姓！」

聽到張明傑話裡的意思，張母也沈下了臉。「怎麼？那個小大師不願意給我們張家算卦嗎？」

「人家說了不接我們張家的活。」張明傑伸腿踹了下桌子，轉頭問張母。「媽，妳那些朋友怎麼介紹的？就這個德行也好意思叫小大師？」

張母也是聽別人說這個小大師算卦很靈，從她那買的護身符也管用，但具體怎麼靈驗她還真不知道。一聽這個小大師居然不接自己家生意，張母覺得自己像是被打了臉，特別的難堪，登時就把眉毛豎了起來。「叫她一句大師還真把自己當人物了，也敢在我們家面前使臉色，我看不收拾收拾他們真是一個個的不把我們張家人放在眼裡了。」

張明傑臉色陰鬱地問道：「媽，那個小大師叫什麼名字？」

張母皺起了眉頭有些為難地搖了搖頭。「這個我還真不知道，只知道是個女的，年紀不大所以大家才叫她小大師。不過沒事，我知道有幾個人去她那算過，我一打聽就打聽得出來。哼！回頭問清楚她的店在哪兒，我找人去把她的店砸了。」

張明傑看了張母一眼。「妳只管去打聽，剩下的事交給我做，至於雅琪的事妳也不用擔心，該看病看病、該吃藥吃藥，我再打聽打聽別的大師，我就不信就沒有人比那小丫頭更強。」

齊城有個知名的貴婦人養生會所，裡面裝修得富麗堂皇，服務品質在齊城也是頂級的，很多有錢的女人富太太都喜歡來這裡泡溫泉做水療。張母就是在這裡聽說小大師的傳聞，並且和她們要了電話號碼。

張家是那種沾上了時代的便宜先富起來的那一批，張母從窮人家的大丫頭搖身變成了有錢人家的富太太，頓時覺得高人一等，直到現在她還是有這種狗眼看人低的毛病。在家裡，條件不如他家好的親戚都看不起。逢年過節人家來拜訪就覺得是來打秋風占便宜的，恨不得和所有的親戚都斷絕關係；出門在外，只要是賺她錢的她都覺得是給她提供服務的，那就比她低一等。雖然和其他人一樣也一口一個小大師叫著，可心裡根本就沒把什麼大師當回事。在她眼裡，給個面子叫大師，要是不給她臉就是個臭算命的。

張母自己是這種想法，也覺得別人和她一樣。來到會所她先去洗了個澡然後去休息大廳，又碰到那幾個認識小大師的貴婦。張母對比自己有錢的人倒是畢恭畢敬，一看到人家先是笑容滿面的打了招呼，然後就開始打聽小大師叫什麼、開的店在哪裡。

這些人聽到張母問這個問題彼此看了一眼笑容都淡上幾分，有一個看著和張母差不多年紀的好心地提醒她。「問店在哪兒沒用，妳得提前約了才能去，一般都是王大師在店裡，小大師不一定什麼時候去呢。」

張母自認為自己和這些人是一個階層的，說話也沒顧忌說什麼，一邊喝著茶，一邊開始抱怨。「這個小大師不知道本事怎麼樣，架子倒是不小。上次妳們不是說她做的玉符很調養身體很靈驗嗎？我想給我女兒買個好點的玉符，怎麼著也得一百萬吧。結果打了電話過去，那個大師居然不接我們的生意，也不知道在擺什麼架子。」

張母翻了個白眼喝下半杯茶，都沒發現沒有人附和她，還自顧自的絮絮叨叨。「我說這些什麼大師的就不能太給他們臉，要不然一個個的都不知道自己姓什麼。說實在話，這裡能有什麼算得好的人啊，我聽說真有本事的都在香港那邊，少於四、五百萬都請不來的。」

旁邊的那幾個人彼此對視一眼，臉上都帶了幾分對張母的不屑。她們一開始去小大師那裡算卦的時候也懷疑過小大師，畢竟從沒見過這樣年少的大師。可一旦讓小大師算上一卦，沒有一個人不心服口服的。況且小大師的口碑大家都知道，一卦兩千塊錢，老客戶甚至只要一千，只要不買法器或者不請人上門，一分錢都不會再多要，這個價錢普通老百姓都算得起。要是小大師真想抬價，別說兩千了，就是兩萬一卦都有人會去算。

不過雖然小大師算卦只要兩千，但是很多生意人遇到這麼靈驗的大師自然想要交好，更何況一些讓他們感到棘手的事，在小大師這裡輕輕鬆鬆就解決掉了，他們真的是心甘情願的送上厚禮。然後再請一個護身符，既幫了小大師的生意，也給自己請到一個保平安的法器，可謂是一舉雙得。

小大師在齊城算了幾個月的卦，從她那算過卦的客人沒有幾十也有上百，無論是有錢的還是普普通通的大媽、大爺，小大師都是一樣的態度，頭一回聽說小大師不算的，肯定有問題。

張母得意洋洋的說著小大師的各種不是，甚至還添油加醋的編造無中生有的事，覺得這樣能給她斷絕一批有錢的客戶。殊不知她說得越多，知道小大師的人看她的眼神越詭異，甚至有兩個人用手掩著嘴竊竊私語。「小大師越來越厲害了，連人都不用見，就能算出她是什麼東西來。」

「可不是？這種人還真不配讓小大師給她算卦。」

「我估計小大師根本就不想理這種人。」

張母喝了兩杯茶才想起自己來的目的，又將話題轉了回去。「那個大師的工作室到底在哪兒啊？妳們和我說說我記一下，她不是不想見我們嗎？我親自去拜訪拜訪，也教教她做人的道理。」

「噗哧！」那幾個從林清音那裡求過符的人都忍不住笑了起來，彼此對視了一眼，嘴角帶著譏諷的笑容離開休息大廳。

張母看著自己身邊的人越來越少，連那個一開始和她搭話的人都沒再搭理她了，頓時有些傻眼。

張母被晾在那裡臊得夠嗆，不過她自己本身和那些人不太熟，也不好意思追問，在大廳裡轉了一圈倒是看到另外的熟人，趕忙笑容滿面的過去打招呼。「馬太太好久不見，我聽我們家老張說，妳家要在新區競拍了個新地塊？」

「沒競拍上！」馬太太撇了撇嘴說道：「香港來的那個金達地產出了高價拍了個地王出來。我聽老馬說光地的成本價就差不多要三萬一坪了，再加上建築成本和銷售成本，我覺得開盤的時候至少也得四萬一坪。我們這小城市現在樓市的均價才四萬五一坪，妳看等他蓋好肯定賣不出去。」

張母是那種認為外國的月亮比較圓的人，香港雖然不是外國，但在別的國家手裡混過，她就覺得那個地方要高一等，話不過腦子的就往外冒。「那你們是競爭不過，香港的房企肯定很厲害，你們怎麼能和人家比呢。」

馬太太雖然認識張母很久了，但是依然被她這句話氣到想翻白眼。拿起一顆葡萄放進嘴裡，似笑非笑地拿話捅張母的要害。「我聽說妳女兒和劉宇宸離婚了？哎，你們怎麼想的啊，劉宇宸那麼好的青年才俊也捨得。」

張母臉上露出一絲尷尬的神情，像她這種好面子的人最怕的就是這種話題，更何況她女兒離婚的背後全都是不光彩的事。

看著馬太太一副八卦的神情，張母掩飾的笑了一下。「年輕人今天離了明天好了的誰知道？不提他們了，我有件重要的事要問妳，有一個叫小大師的算卦的妳知道嗎？」

「喔，我知道，我也是剛聽說的，我弟妹前幾天剛去那裡算過說算得可好了，我打算去預約一下呢。」

張母一聽眼睛就亮了。「妳弟妹有沒有和妳說算卦的地方在哪裡呀？」

馬太太還真的問了。「就在向陽街東方明珠的二樓，我記得是二〇一室。」

「那個地方不是正經的商業大廈吧？」張母不屑地撇了撇嘴，小聲的嘀咕。「果然就是個臭算命的，窮酸！」

張母的言談舉止明顯的對小大師充滿了惡意，小大師的老客戶們自然不會坐視不管，一個個都打電話給王胖子，讓他們千萬提防小心。她們倒不擔心王胖子會被怎麼樣，王胖子又高又壯，光站著就挺有威懾力的，她們記掛的是看起來柔柔弱弱的小大師。

萬一那家不要臉的上門鬧事，把小大師嚇到了怎麼辦？

王胖子聽明白她們的意思後哭笑不得的答應了，對要鬧事的張家倒是不太畏懼。小大師是什麼人啊？那是能把天雷招來的神人。上次綁架張思淼的那個罪犯被雷把鳥都給劈沒了，下面比過去被閹割的太監還乾淨，聽說現在說話都變得細聲細氣的。那張家人要是敢惹小大師，不出幾天就得全家要飯去。

張母得到地址後就告訴了兒子張明傑，讓他趕緊找人去給那個小大師一點教訓，讓她知道知道天高地厚。說完了以後又覺得不過癮，在電話裡給兒子出餿主意。「乾脆我把她租的那個房子買下來，往後她租哪裡我就出雙倍的錢，我要讓她連算卦的地方都沒有，只能去路邊擺攤。」

張明傑還有工作要處理，無所謂的應付了兩句。「妳喜歡買就買，東方明珠那個地方還是挺保值的，也有升值空間，賠不了。」

張母聽到這話更開心了，拎著自己的包開車去了東方明珠大廈。

出了電梯往右一拐就是二〇一室，張母踩著粗跟鞋特別有氣勢的走了過去，剛想敲門，忽然發現大門是虛掩的，她直接連敲門這一步都省了，抬腿邁進去。

裡面是一間挺大的客廳，可是看不見人，張母看到其中一個房間門口掛著一個卦室的牌子便推開了房間的門，看到一個年輕的女孩子坐在裡面。

「妳就是小大師？」

張母一邊往裡走一邊問，可剛離開門口就覺得眼睛一花，她閉上眼睛揉了兩下，等再睜開眼睛的時候發現自己已經不在屋裡，而是身處於一個陰森茂密的森林裡。張母頓時嚇得跪了下來，喊救命的聲調都變了。

撕心裂肺的喊聲沒有人回應，森林裡反而響起了野獸的咆哮聲，嚇得張母趕緊把嘴閉上，跌跌撞撞往前跑。

王胖子坐在另一個房間裡，一邊喝茶，一邊看著監視器裡的張母在空盪盪的屋子裡跑來跑去。只見張母一會兒往牆上撞一會兒撕扯自己的衣服，時不時的發出絕望的哭喊。林清音早就算出張家的人會過來找麻煩，她直接在這裡設了一個幻陣，還囑咐王胖子別忘記安裝上攝像頭，免得自己摔到頭破血流，還回頭誣賴他們實施暴力。

張母也不知道自己在深山裡跑了多久，鞋丟了、衣服亂了，身上的包也不知道丟哪裡了，就在她絕望的時候看到遠處有裊裊炊煙，連忙打起精神朝那個方向跑去。

好不容易出了深山，張母看到一座破破爛爛的房子，她一眼就認出來這是她老家的宅子，她就是從這個屋子裡出生的。

看到自己家的老房子，張母不但沒有放鬆，反而一臉的畏懼和害怕，她抱著胳膊看著那座房子不敢上前，可是她身上被樹枝刮破的衣服根本就抵不住寒冷的侵襲，冷冽的北風和飄起來的濛濛細雨似乎在催促她趕緊去那個房子裡躲避。

眼看著風越來越大，雨也下得密集起來，寒冷戰勝了心頭的恐懼，張母一邊安慰自己可能是哥哥一家還住在這裡，一邊快步跑了過去。

推開門，坐在灶間燒火的兩個人聽到動靜抬起頭來，朝張母露出陰森森的笑容。「二妞妳回來了，妳看到我和妳爸爸養老看病的錢了嗎？」

看著去世的老倆口站起身一步一步朝自己逼近，張母轉身想往外跑卻發現門已經不見了。

「二妞，妳偷了我的救命錢！妳偷了我的救命錢！」

張母嚇得臉色煞白，一翻白眼暈過去了。

王胖子看到張母暈倒了有些發愁，正猶豫要不要替她叫一輛救護車的時候，工作室的大門忽然被人一腳踹開了，六個紋著刺青的大漢走了進來，一邊叼著菸一邊吆喝。「算卦的呢？出來給爺算算！」

王胖子躡手躡腳的走到門口把辦公室的門鎖上，幾個大漢看見卦室的門半開著就走過去看一眼，也不知道瞧見了什麼，一個跟著一個進了卦室。

王胖子鬆一口氣，看著幾個人進了卦室後，很快他們就互相辱罵起來，罵著罵著就開始掀黑歷史。聽話裡的意思，街頭打架鬥毆對他們來說都是家常便飯了，他們還接了不少打砸恐嚇的工作，收了錢去鬧事砸店，甚至他們這裡面還有兩個晚上兼職搶劫，最嚇人的是有一個還是在逃的殺人犯。

王胖子看著他們吵著吵著就從身上拿出雙節棍、彈簧刀之類的武器，有一個人還抽出來一根鐵棍，王胖子都沒看清楚他是藏哪裡帶進來的。

張母一個人在這又哭又撞牆的他還能看熱鬧，可是這幾個眼看著就要鬧出人命來，王胖子趕緊打電話報警，甚至加重提到了這裡有一個在逃的殺人犯。

派出所離這裡也就五分鐘的路程，王胖子把卦室的牌子摘下來藏到櫃子後面。警察很快來了，王胖子把他們領進來，一副苦不堪言的樣子。「我在辦公室睡覺的時候，忽然聽到隔壁有吵鬧的聲音，我打開監視器一看才發現不知道什麼時候進來了一些莫名其妙的人，我看他們又是拿刀又是拿棍子的，還有個說好像是殺人犯趕緊報警了。」

警察們也聽到屋裡的動靜，上前就要查看。王胖子趕緊攔住了警察，壓低聲音說道：「我怕他們出來就用控制鎖把門鎖上了，你們等一下。」王胖子說完，拿著一個玉石嵌在門上的一個孔洞裡，聽到清脆的咔嚓一聲，他心裡鬆了口氣，這聲音代表著屋裡的陣法被破壞了。

一個小警察伸長脖子好奇地看了他一眼。「你這鎖挺奇特啊，像機關似的。」

王胖子訕笑兩聲。「閒著沒事自己搗鼓著玩的。」

雖然幻境已經消失，但是在裡面互毆的幾個人根本就沒有察覺到環境的變化。他們在幻境裡的一切都是源於心裡的真情實感，只是平時不會把這些話說出來。現在即便是幻境製造出來的景象消失了，但是他們對彼此的怒火已經勾起，打得根本就停不下來。

王胖子推開門，一群警察看到一個人用棍子狠狠打對方的背，另一個則把手裡的彈簧刀對準另一個人的胸膛。他們趕緊抽出佩槍衝了進去，大聲喝了一聲。「別動，警察！」

六個人被這一聲大喝震回了心神，幾個人看著不知道什麼時候出現在自己身邊的警察，一個個嚇得腿軟了。

將他們全體繳械，六個來砸場的人鼻青臉腫的被拷上手銬帶回警局。警察看到角落裡躺著一個女人，指著她轉頭問王胖子。「這個是怎麼回事？」

王胖子一臉無辜。「我也不知道，我醒來就看到他們打架，根本就沒注意到她什麼時候進來的。」

張母只是嚇暈了而已，但是她夢裡也沒有消停，幻境幫她把這些年她做過的缺德事回憶了一遍，嚇得張母睡著了還不停的打哆嗦。

張母在幻境裡根本就脫離不了夢魘，只能被迫回憶她遺忘的過往。直到王胖子把幻陣給撤掉了，她的夢被嘈雜的聲音驚擾後變得支離破碎，張母才逐漸醒過來。

翻身坐起來，張母有些不知今夕是何年的感覺，總感覺她那病死的爹和跳河死的娘還在眼前看著她，嚇得她渾身發抖。

張母養尊處優，保養得還不錯，也不像是和那幾個砸場的人是一夥，警察蹲下去例行詢問了個人訊息。

張母神情有些恍惚，語無倫次的說自己當年出嫁前把父母壓箱底的錢都偷走了，為此她父親沒錢買藥病死，母親則一氣之下跳了河，現在老倆口變成鬼回來索命；又說自己家剛做生意那幾年，賺了些錢買了房子又想買車，可是錢不夠，正好大伯哥出意外死了拿到一筆賠償金，她偽造了借條把那筆錢給騙過來買了自己第一輛車……

一件件虧心事絮叨出來，有的雖然法理不管，但是情理上聽著讓人噁心，有的則觸犯了法律。在她家發財之前，張母做的惡事主要是針對親戚朋友，發跡了以後做的壞事就比較惡劣了，其中一部分剛好還在訴訟時效裡，正好讓警察用執法記錄儀拍得清清楚楚。

原本沒什麼事的張母頓時自己把自己送到警察手裡，王胖子主動配合警察拷貝了監視器影片。不過警察對兩夥人同時在一間屋裡發瘋也感到奇怪，可是查來查去就是一間空曠的房間，裡面除了一些漂亮的盆栽竹子以外就沒有什麼東西了，感覺一切都挺湊巧的。

王胖子倒是知道怎麼回事，小大師早就算得明明白白的了。

面對著警察的詢問，王胖子擺出了一副苦相。「這事說來話長，我這個公司是剛註冊沒多久的文化公司，就是指導指導家裡的擺設之類的，其實也沒有多少生意，反正是自己的房子，平常當個娛樂，也不指望賺大錢。前幾天有個叫張明傑的人讓我們找大師給他家看風水什麼的，開價就是上百萬，我不太會這方面的事就給推了。我聽張明傑話裡的意思說我不識好歹，說要找人給我好看，還傳出話說要找人來砸我的店。我一聽就害怕了，一大早就找人裝了攝像頭，等忙完到房間睡一會兒，沒想到這些人還真來了。」他朝門口努了努嘴，隱晦地提醒道：「回去您審審，說不定後面那夥人和前面的老太太就是張明傑請來的。」

王胖子知道張母一會兒被審問，肯定什麼都往外推，倒不如自己真真假假的把事情說出來，先占個理。

被推到客廳的張母這會逐漸清醒過來，看到自己手腕上被戴上手銬有些嚇壞了，連聲說自己是張安集團的董事長夫人，連聲說要請律師，還要求給自己的兒子張明傑打電話。

警察還想檢查一下室內有沒有可疑的物品，畢竟無論是那些大漢還是張母看著精神都不太正常。

王胖子趁著這個時候在張母旁邊搧風點火。他之前在街頭算卦說話都帶著套的，張母的腦子本來就不怎麼好，這些年的好日子又讓她養成了目中無人的性格，罵起王胖子來肆無忌憚，倒是把自家給王胖子打電話讓他算卦、看風水被拒的事情給證實了。

警察看著張母的眼神更無語了，覺得這家人真有病，跑到一個文化公司讓人家看風水，被拒絕後還上門鬧事，這是覺得自己可以凌駕於法律之上了？怎麼這麼有能耐呢！

檢查完整個辦公室，警察也沒發現什麼特別的地方，便將所有人帶回派出所做筆錄。有王胖子的錄影存證在，六個大漢身上的案子被他們交代得清清楚楚的，審起來特別輕鬆。這幾個人連命案和搶劫案都被警察知道了，被張明傑收錢出買砸人家公司的事更是沒什麼好隱瞞的。

張母長這麼大還是第一次進派出所，並且是以嫌疑人的身分。此時的她已經沒有剛才對王胖子囂張跋扈的模樣，反而一把鼻涕一把淚的哭得可憐，希望能打電話給自己的兒子。

派出所正準備派人去抓張明傑呢，聽張母要打電話把他叫來，直接把手機給她了。張明傑自己能來的話最好不過了，不然他們還要專門跑一趟。

於是被張母叫來接人的張明傑剛進派出所大門出示證件，手腕上就被套上一副亮晶晶的手銬帶進了審訊室。

——未完，待續，請看文創風1126《算什麼大師》3

2022年11月出版

掌勺千金

文創風 1120～1121

十指不沾陽春水的嬌嬌女，
變身熱愛美食的料理達人！
不論街邊小吃，還是辦桌筵席，通通難不倒她！
千金變大廚，舞鍋弄鏟，十里飄香——

點食成金／江遙

突然穿越到小說世界裡當個千金小姐，江挽雲有點懵。
家財萬貫，貌美如花，又有個超寵她的富爹爹，
聽起來這新的人生好像不賴對吧？才怪哩——
因為她這角色，是個腦袋空空的炮灰配角呀！
爹爹死後，她被繼母剋扣嫁妝，嫁給怪病纏身的窮書生，
受不了苦日子，丟下丈夫跟人跑了，卻被騙財騙色，悽慘一生。
江挽雲畢竟是看完小說的人，自然不會讓自己落入悲慘結局，
要知道那個被拋棄的病書生陸予風，就是小說男主角，
他以後會高中狀元，飛黃騰達的呀！
所以在男女主角正式相遇前，她會做好原配夫人的角色，
照料臥病在床的男主角，以免他掛點，導致故事提早結局。
靠著一手好廚藝，她先收服陸家人的胃，再收服全家的心，
一家人齊心努力上街賣美食，脫離負債，前進富裕——
目標推廣美食！努力賺錢！爭取舒舒服服過日子！

2022年11月出版

金蛋福妻

文創風 1117～1119

一個人甜不夠，全家一起甜才是好滋味！

看她巧手生金，無鹽小農女也可以擁有微糖的幸福～～

明珠有囍，稼妝滿村／芝麻湯圓

家貧貌醜又被吃軟飯的未婚夫退親，再被流言逼得投河？這種人設要氣死誰啊！
穿越的唐宓火大，忘恩負義的渣男豈能輕饒，使計討回十兩銀子還是吃虧了耶。
孰料唐家人窮歸窮卻是標準的女兒控，竟揚言要替她招新婿出氣，令她好生感動，
既然能種出頂級作物的隨身空間也跟著穿到古代，翻轉家計的任務就交給她啦！
前世她可是手工達人兼廚藝高手，變著花樣開發新菜讓唐家廚房香飄十里不說，
再用空間裡的青草和竹子編出草編小物和竹扇賺得高價，攢足本錢開了雜貨鋪；
又做油紙傘賣給書鋪當鎮店之寶，身價一翻數倍，簡直是會下金蛋的金雞母～～
如今家人吃喝不愁，她便想試試被村民當成毒物拒食的野菇料理，出門採菇去，
卻遇見戴著銀色面具的神秘男子攔路買菇，還說這是好吃食，不由大為疑惑——
全村能辨認美味野菇的只有她，難道這人也懂菇，還同是深藏不露的吃貨不成？

2022年11月出版

姑娘深藏不露

文創風 1115～1116

七妹剛從村裡逃出來，初出江湖，自是不知險惡，
遇到有人求助，她定是二話不說，伸出援手，
但世上的人，不是每一個都像她那般單純。
於是她懂了，凡事不可輕信，在這險峻江湖，她要靠自己！

有一種愛情叫莫顏，有笑也有甜／莫顏

安芷萱一開始並不叫這個名字，而是叫七妹。
七妹出生在溪田村，爹娘死後被二伯收養，
誰知無良二伯和村長勾結，一心只想把她賣了賺錢。
她才不願讓他們得逞呢，天下之大，何處不能容身？
她乘機逃脫，路上偶然得到法寶幫忙，
原以為靠著法寶，她可以美滋滋過著自己的小日子，衣食無憂，
誰料得到，竟是將她拉進一連串驚心動魄的旅程……
易飛身為靖王身邊的得力護衛，什麼江湖高手沒見過？
誰知一個看似無害的姑娘，竟讓他有如臨大敵的感覺。
易飛覺得安芷萱很可疑。「她一路跟蹤我們，神出鬼沒。」
好夥伴喬桑狐疑道：「可是她沒有內力，也沒有武功。」
安芷萱趕緊附議。「我是無辜的。」
易飛認定這姑娘有問題。「她掉下萬丈深淵，竟然沒死。」
軍師柴子通捋了捋下巴的鬍子。「丫頭，妳怎麼說？」
安芷萱回答得理直氣壯。「我吉人自有天相，大難不死！」
一旁的護衛們交頭接耳，還有人說她是東瀛來的忍者……
安芷萱抗議。「怎麼不說我是仙子？」
靖王含笑道：「小仙子是本王的救命恩人，不可無禮。」
安芷萱眉開眼笑。「殿下英明。」
易飛冷笑，一雙清冷眉目瞪著她。妳就裝吧，我就不信查不出妳的秘密！
安芷萱也笑，回瞪他。你就查吧，看我怎麼玩你！

文創風
1125

算什麼大師 2

國家圖書館出版品預行編目資料

算什麼大師 / 懿珊著. --
初版. -- 臺北市 : 狗屋出版社有限公司, 2022.12
冊 ; 公分. --（文創風 ; 1124-1128）
ISBN 978-986-509-384-6（第2冊 : 平裝）. --

857.7 111018681

著作者	懿珊
編輯	林俐君
校對	吳帛奕
發行所	狗屋出版社有限公司
地址	台北市104中山區龍江路71巷15號1樓
電話	02-2776-5889～0
發行字號	局版台業字845號
法律顧問	蕭雄淋律師
總經銷	知遠文化事業有限公司
電話	02-2664-8800
初版	2022年12月
國際書碼	ISBN-13　978-986-509-384-6

本著作物由北京晉江原創網絡科技有限公司授權出版

定價270元
狗屋劃撥帳號：19001626
網址：love.doghouse.com.tw　E-mail：love@doghouse.com.tw